GRöLS Verlage

„Bücher sind wie Fallschirme. Sie nützen uns nichts, wenn wir sie nicht öffnen."

Gröls Verlag

Redaktionelle Hinweise und Impressum

Das vorliegende Werk wurde zugunsten der Authentizität sehr zurückhaltend bearbeitet. So wurden etwa ursprüngliche Rechtschreibfehler *nicht* systematisch behoben, denn kleine Unvollkommenheiten machen das Buch – wie im Übrigen den Menschen – erst authentisch. Mitunter wurden jedoch zum Beispiel Absätze behutsam neu getrennt, um den Lesefluss zu erleichtern.

Um die Texte zu rekonstruieren, werden antiquarische Bücher von Lesegeräten gescannt und dann durch eine Software lesbar gemacht. Der so entstandene Text wird von Menschen gegengelesen und korrigiert – hierbei treten auch Fehler auf. Wenn Sie ebenfalls antiquarische Texte einreichen möchten, finden Sie weitere Informationen auf www.groels.de

Viel Freude bei der Lektüre wünscht Ihnen das Team des Gröls-Verlags.

Adressen

Verleger: Sophia Gröls, Im Borngrund 26, 61440 Oberursel

Externer Dienstleister für Distribution & Herstellung: BoD, In de Tarpen 42, 22848 Norderstedt

Unsere „Edition | Werke der Weltliteratur" hat den Anspruch, eine der größten und vollständigsten Sammlungen klassischer Literatur in deutscher Sprache zu sein. Nach und nach versammeln wir hier nicht nur die „üblichen Verdächtigen" von Goethe bis Schiller, sondern auch Kleinode der vergangenen Jahrhunderte, die – zu Unrecht – drohen, in Vergessenheit zu geraten. Wir kultivieren und kuratieren damit einen der wertvollsten Bereiche der abendländischen Kultur. Kleine Auswahl:

Francis Bacon • Neues Organon • **Balzac** • Glanz und Elend der Kurtisanen • **Joachim H. Campe** • Robinson der Jüngere • **Dante Alighieri** • Die Göttliche Komödie • **Daniel Defoe** • Robinson Crusoe • **Charles Dickens** • Oliver Twist • **Denis Diderot** • Jacques der Fatalist • **Fjodor Dostojewski** • Schuld und Sühne • **Arthur Conan Doyle** • Der Hund von Baskerville • **Marie von Ebner-Eschenbach** • Das Gemeindekind • **Elisabeth von Österreich** • Das Poetische Tagebuch • **Friedrich Engels** • Die Lage der arbeitenden Klasse • **Ludwig Feuerbach** • Das Wesen des Christentums • **Johann G. Fichte** • Reden an die deutsche Nation • **Fitzgerald** • Zärtlich ist die Nacht • **Flaubert** • Madame Bovary • **Gorch Fock** • Seefahrt ist not! • **Theodor Fontane** • Effi Briest • **Robert Musil** • Über die Dummheit • **Edgar Wallace** • Der Frosch mit der Maske • **Jakob Wassermann** • Der Fall Maurizius • **Oscar Wilde** • Das Bildnis des Dorian Grey • **Émile Zola** • Germinal • **Stefan Zweig** • Schachnovelle • **Hugo von Hofmannsthal** • Der Tor und der Tod • **Anton Tschechow** • Ein Heiratsantrag • **Arthur Schnitzler** • Reigen • **Friedrich Schiller** • Kabale und Liebe • **Nicolo Machiavelli** • Der Fürst • **Gotthold E. Lessing** • Nathan der Weise • **Augustinus** • Die Bekenntnisse des heiligen Augustinus • **Marcus Aurelius** • Selbstbetrachtungen • **Charles Baudelaire** • Die Blumen des Bösen • **Harriett Stowe** • Onkel Toms Hütte • **Walter Benjamin** • Deutsche Menschen • **Hugo Bettauer** • Die Stadt ohne Juden • **Lewis Caroll** • *und viele mehr….*

Julius Stinde

Der Familie Buchholz

Aus dem Leben der Hauptstadt

Zweiter Theil

Inhalt

Erziehungspläne

So lange als meine Tochter Emmi noch nicht verheirathet war, glaubte ich, sie würde mit demjenigen Manne glücklich werden, der ihr in meinen Augen von der Vorsehung ausgesucht worden war, jetzt aber bin ich zur gegentheiligen Ansicht gekommen und kann nur annehmen, daß das menschliche Leben ebenso verschieden blüht wie die Balsaminen, welche man in einen Topf säet. Man meint, es kommen lauter gefüllte, rosenrothe zum Vorschein, allein wenn sie endlich so weit sind, haben einige ganz ordinäre violette Blumen, andere sind roth aber einfach und höchstens zwei bis drei blühen so, wie es im Gartenkatalog beschrieben steht. Manche laufen gar nicht auf, oder wenn sie es thun, lassen sie die Knospen vor dem Aufbrechen fallen.

Oder ist das Glück nicht so groß, daß sich jeder ein Stück davon herunterschneiden kann, wie ich und mein guter Karl gethan haben? Warum sind wir denn glücklich und zufrieden? Weil mein Karl seine Schwiegermutter ganz gewiß im höchsten Grade verehrt haben würde, wenn sie nicht schon vor unserer Verheirathung gestorben wäre. Schwören möchte ich darauf, daß Karl ganz anders gegen sie gewesen wäre, als sich der Doktor gegen mich benimmt. Ich kann ja nicht darüber klagen, daß er mit Höflichkeit und Umgangsformen an mir sparsam ist, aber je zuvorkommender er sich anläßt, um so verdächtiger erscheint er, denn wer sich entschuldigt, klagt sich an, wie gebildete Leute zu sagen pflegen, wenn er es aufrichtig mit mir meinte, dann hätte er seine Köchin auf der Stelle fortgejagt, als sie sich nicht nur impertinent, sondern sogar schnöde gegen mich benahm. Eine Schwiegermutter hat in der Küche ihrer kürzlich verheiratheten Tochter ganz dieselben Rechte, wie diese, zumal wenn die junge Gattin noch unerfahren ist und es sich darum handelt, bei der ersten Gesellschaft, wenn auch gerade nicht das Erstaunen der Gäste, so doch ihre Achtung vor den häuslichen Leistungen hervorzurufen. Wird man hierin jedoch von der Köchin gehindert, die sich vor den Heerd stellt und die leibliche Mutter ihrer Herrschaft mit unkultivirten Redensarten zwingt, sich rückwärts aus dem Lokal zu konzentriren, so ist es die heilige Pflicht des Schwiegersohns, sofort selbst einen Schutzmann zu holen und die infame Person mit der größtmöglichsten Plötzlichkeit einspunden zu lassen. Da der Doktor das nicht that, weiß ich, was ich von seinen Höflichkeiten und Zuvorkömmlichkeiten zu halten habe: sie sind das eherne Schild des Erbfeindes, mit dem er mich abwehren will, damit ich nicht die Gelegenheit finde, ihm einmal gründlich die Wahrheit zu sagen. Aber es wird ihm nichts nützen, die Gelegenheiten lassen sich auf die Dauer nicht aufstecken, wenn ihre Zeit da ist, kommen sie so sicher wie das Einmaleins. Dann werden wir ja sehen.

Ich hatte mir vorgenommen, nie wieder über die Schwelle zu treten, jenseits welcher man mich so unangebracht behandelt hat, aber ehe die Buchholzen sich von einer Küchenfee verdrängen läßt, muß es noch ganz anders kommen, so leicht giebt man seine angeborenen Privilegien nicht auf. Natürlich ist die Köchin für mich Luft, wenn ich dort bin. Keinen Blick habe ich für sie, keinen guten Tag, kein herablassendes Lächeln, in eisige Verachtung gewickelt wie in ein nasses Badelaken, schreite ich an ihr vorüber. Aber aus lauter Dickfelligkeit kündigt sie nicht.

Emmi freut sich stets außerordentlich, wenn ich des Nachmittags zum Kaffee bei ihr vorspreche. Er ist dann auf der Praxis und wir können ungestört über dies und jenes verhandeln, wofür die Männer kein Verständniß haben. Was mich wundert, ist, daß das Kind sich so gut in die Doktorin gefunden hat. Sie schreibt die Patienten auf, zu denen er kommen soll, und nimmt großen Antheil an seinen Kranken, ja sie läßt es sich nicht nehmen, hin und wieder eine kräftige Suppe zu kochen, wenn irgendwo die Noth groß ist und der Kochlöffel besser hilft als der Arzneilöffel. Nur des Donnerstags, wenn er in seine Medizinische Gesellschaft geht, um bis nach Mitternacht Skat zu trommeln, dann fühlt sie sich einsam und verlassen. – „Kind," sagte ich, „dies Elend mußt Du leider wohl bis an Dein Ende tragen, aber Du kannst immer noch zufrieden sein, denn es giebt bedeutend rücksichtslosere Männer als Deinen, die nur drei Sinne haben wie die Bären, nämlich Fressen, Brummen und Schlafen. Du hättest von Anfang an die Donnerstagsaushäusigkeit nicht dulden sollen. Jetzt, fürchte ich, wird es zu spät sein, ihn zu erziehen."

„Wenn ich nur nicht gar so allein wäre", entgegnete Emmi, „Du hast keine Ahnung davon, wie öde die Stunden sind, wenn ich auf ihn laure." – „Bleibst Du denn aufsitzen?" – „Nein, das will Franz nicht haben." – „Also er schickt Dich zu Bett?" – „Er meint, es sei besser für meine Gesundheit." – „Und daß Du Dich über sein Nichtnachhausekommen grämst, das spielt wohl keine Rolle? Oder kannst Du unentwegt schlafen, wenn er sich mit seinen Bundesbierbrüdern die Nacht um die Ohren schlägt? Ich wäre nicht fähig dazu." – „Mama, was hast Du eigentlich gegen Franz?" – „Ich? Durchaus nichts, bis auf die Donnerstagsabende und die Köchin." – „Laß doch die Vergangenheit ruhen. Das Mädchen hat seinen

Verweis erhalten und wird sich nichts wieder zu Schulden kommen lassen. Was Franz anbelangt, so hat er sich gleich von vornherein den Donnerstagabend ausbedungen und ich habe ja dazu gesagt." – „Wenn Du glücklich dabei bist, soll mir es auch recht sein, denn Du mußt am besten wissen, was deine Nerven vertragen können", erwiderte ich. „Aber was rede ich mir den Mund fusselig, Du willst ja nicht sehen und nicht hören." –

Emmi schwieg. Dann fragte sie: „Was ist es denn Böses, wenn er einen Abend in der Woche mit seinen Freunden zubringt? Ich kann ihn doch nicht vergolden lassen und in Watte packen?" – „Ist dies ein Ton, in dem Du zu mir sprechen darfst?" entgegnete ich. – „Mama, ich bin jetzt eine verheirathete Frau und habe keinem anderen Menschen Rechenschaft zu geben, als meinem Manne. Du weißt, ich habe Dich unendlich lieb, aber es macht mir kein Vergnügen, wenn Du mich immer noch als Backfisch behandelst." – „Willst Du denn nicht verstehen, wie gut ich es mit Dir meine?" rief ich. „Glaubst Du, ich merkte es Dir nicht an, daß Du nicht so glücklich bist, wie Du sein solltest? Du freust Dich wohl gar auf die Donnerstage?"

Sie schüttelte den Kopf fast unmerklich, aber ich sah es doch. Nach einer Weile lächelte sie wieder und sagte: „Ich werde einen kleinen Hund anschaffen, der kann mir Gesellschaft leisten." –

Als ich hierauf etwas erwidern wollte, kam Besuch. Es war die kleine Assessorin Lehmann, mit der Emmi sich recht befreundet hat und auch ich muß sagen, daß sie mir ganz gut gefällt, wenn sie auch mehr dem Spillerigen zuneigt. So neben meiner Emmi kann sie nicht aufkommen, die sich über alle Begriffe herausgemustert hat und mit ihrem vollen, runden Arm geradezu Staat machen kann, aber die Assessorin ist sehr heiter und wenn sie Fremden gegenüber ihre Befangenheit erst überwunden hat, steht ihr Alles reizend und niedlich. Was man für gewöhnlich hübsch nennt, ist sie jedoch wohl nie gewesen.

Die Assessorin war nicht einverstanden, als sie hörte, daß Emmi sich einen Hund zulegen wollte. „Ich rathe Ihnen ab," sagte sie, „so ein junger Köter knabbert Alles an und gerade die neuen Sachen zuerst. Wir hatten auch einen, der ruinirte in kaum acht Tagen zwei paar gestickte Morgenschuhe und einen frisch geschenkten Fußteppich, und wenn er des Nachts allein auf dem Flur liegen sollte, bekam er Heimweh und jaulte den Sehnsuchtswalzer. Dann mußte mein Mann aufstehen und ihm mit dem Ausklopfrohr einen anderen Takt beibringen." – „Das arme Thier," rief Emmi. – „Wenn es sich laut und heulend beträgt, muß es erzogen werden," schaltete ich ein, „denn was der Mensch braucht, muß er haben. Ward er denn schließlich gesittet?" fragte ich weiter. – „Wir hatten später noch manchen Spaß mit ihm," antwortete die Assessorin, „aber als ich meinen Aeltesten bekam, schafften wir ihn ab. Es soll ja nicht gut sein, wenn Kinder und Hunde viel mit einander spielen, da sie Veranlassung zu Krankheiten geben. Fragen Sie nur Ihren Mann einmal danach, Frau Doktorin, der muß es ja wissen." – „Es wird wohl nicht so gefährlich sein," sagte Emmi kurz, der die Unterhaltung nicht angenehm zu sein schien. – „Ich denke, Du giebst die Idee mit dem Hunde auf," nahm ich besänftigend das Wort. „Dir zu Gefallen bleibt Dein Mann gewiß gern einige Male zu Hause, oder Betti kommt zu Dir, oder Du kommst zu uns, wenn es Dir alleine zu langstiezig wird. Ich habe Dir schon früher gesagt, Dein elterliches Haus hat stets offene Arme für Dich." – Emmi schien zu überlegen, und deshalb hielt ich es für gut, ihr nicht weiter zuzusetzen, sondern wandte mich an die Assessorin mit der Frage: „Ist Ihr Herr Gemahl des Abends auch viel aus?" – „Je nachdem," antwortete sie. „Er hat seine Klubs und Vereine, von denen er sich nicht abhalten läßt." – „Müssen Sie auch lange auf ihn warten?" – „Früher war ich so dumm, sah alle fünf Minuten nach der Uhr und fing schließlich an zu weinen, wenn es spät wurde, nun aber hab' ich keine Zeit zum Wachen; die Kinder werden schon früh am Morgen munter und die sind meine ganze kleine Welt und meine Unterhaltung. Ein Mann will auch einmal etwas Anderes besprechen als Hausstandssorgen und Kinderstubenangelegenheiten und dazu hat er seine Abende außerhalb."

„Als ich jünger war," entgegnete ich, „ging man nicht so viel ins Wirthshaus wie heutzutage, aber jetzt, wo sie die Lokale mit einem Luxus ausstatten, der dem Mittelstand zu hoch hängt, werden die Männer in der unerhörtesten Weise verwöhnt und finden es nachher zwischen ihren eigenen einfachen vier Pfählen nicht mehr gemüthlich. Deshalb muß man verhindern, daß sie überhaupt viel ausgehen. Wenn jedoch, dann nur mit ihren Frauen." – „Und die kleinen Kinder mit dem Mädchen zu Hause lassen?" warf die Assessorin ein, „dafür bin ich durchaus nicht. Auf die Dauer ist kein Verlaß auf die Mädchen. Wenn sie wissen, daß ihre Herrschaft jeden Abend außer dem Hause ist, fühlen sie sich sicher und nehmen Besuch an von Gott weiß wem oder schließen das Haus zu und gehen promeniren."

„Haben Sie schon Derartiges erlebt?" fragte ich. – „O ja," erwiderte die Assessorin lachend, „eines Abends, als wir ausnahmsweise früh von einer Gesellschaft zurückkehrten, fing mein Mann sogar einen Maikäfer in der Küche."

– „Einen Maikäfer?“ rief ich erstaunt. – „Nun freilich, so heißen doch die Gardefüseliere aus der Chausseestraßenkaserne.“ – „Davon könnte ich auch ein Erlebniß erzählen,“ platzte ich heraus. – „Du Mama?“ fragte Emmi. – „Ich? ... O nein ... durchaus nicht.“ – Ich fühlte, daß ich ponceau bis an die Ohren wurde, aber die Geschichte von dem Krieger, der mich statt der Jette in der Speisekammer überfiel, konnte und durfte ich Emmi nicht erzählen. Hätte der Doktor von ihr erfahren, wie ich ihm damals die Gelegenheit geben wollte, sich zu erklären ... jedes Ansehen bei ihm wäre hin gewesen. Ich sammelte mich daher und sagte mit gewaltsamer Gelassenheit: „Wie es eigentlich war, habe ich schon wieder vergessen. Uebrigens passirte mir die Geschichte nicht, sondern einer Freundin und ist außerdem gar nicht einmal interessant.“ – Dunkle Stellen im Menschenleben sind wie Rußflecke vom Schornstein, sie fressen sich immer wieder durch die Wand. Die Assessorin, welche jedoch gottlob redelustig geworden war, fing wieder an: „Und dabei der Aufwand, den sie machen, man sollte es nicht für möglich halten.“

„Wem sagen Sie das, liebe Frau Assessorin?“ entgegnete ich rasch, „wenn Jemand über Mädchen Erfahrung hat, so bin ich es. Sie werden ja von Jahr zu Jahr großartiger, ohne einen Umhang von Gerson thun sie es nicht mehr, und woher sie das Kleingeld dazu nehmen, das weiß man, das sind angeblich die Trinkgelder, aber wenn die nicht langen, helfen sie mit den Schmugroschen nach. Voriges Jahr waren die Spargel lächerbar billig, aber wenn ich meine allein einkaufen ließ, dann galt die Mandel immer fünf Pfennig mehr, und ich kann nicht behaupten, daß die Stangen dicker waren, als wenn ich selbst ging. Wenn man die Augen nicht gewaltsam zudrückte, würde man die Schutzleute wohl nicht aus dem Hause los.“

„Ehrlich ist meine,“ sagte die Assessorin, „und ich könnte sehr mit ihr zufrieden sein, wenn sie nicht so schrecklich kiesetig wäre. Mein Mann ißt so gerne Zusammengekochtes, wie Hammelfleisch mit Wirsing oder Rüben, wenn die ersten kommen.“ – „Die ißt mein Mann nicht. Teltower kann ich ein paar Mal bringen, aber viel macht er sich auch nicht daraus,“ bemerkte ich. – „Oder weiße Bohnen mit Rindfleisch, ein bischen säuerlich,“ fuhr die Assessorin fort, „aber das Mädchen läßt sie stehen, weil sie so etwas von ihrem elterlichen Hause her nicht gewöhnt ist, obgleich das doch nur kleine Handwerker in Rixdorf waren!“ – „Es will heute eben Alles über seinen Stand hinaus,“ stimmte ich der Assessorin bei, „und wenn eine noch dient, thut sie es nur aus Gnade und bedauert im Stillen, daß sie keine Klaviermamsell oder so herum geworden ist.

Meine Waschfrau hat eine Tochter, die Fortepiano lernt und in derselben Zeit, wenn das Fräulein eine Reverie herunterübt, hat die Mutter drei Hemden durchgewaschen. Dabei können die Leute nicht vor Hunger in den Schlaf kommen." – „Ein Glück, daß sie in Rixdorf noch kein Konservatorium haben," sagte die Assessorin, „denn sonst würde meine auch wohl musikalisch sein. Das Romanlesen habe ich ihr verboten. Denken Sie sich nur, sie war ordentlich auf einen Kolportage-Roman abonnirt, wofür sie vierzig Pfennig die Woche bezahlen mußte. Das sind im Jahr über zwanzig Mark." – „Soviel geben ja selbst Grafen und Barone nicht für Bücher aus," rief ich entrüstet. – „Und wie abscheulich der Roman war, davon machen Sie sich keinen Begriff. Gleich im ersten Kapitel ward einem Findelkinde ungelöschter Kalk auf die Augen gestreut, um es blind zu beitzen, und dann nichts als Mord und Todtschlag und sämmtliche Greuel der Welt. Mein Mann sagt, daß solche Lektüre die Moral tief schädigt." – „Und Zusammengekochtes ist ihr nicht gut genug," fügte ich hinzu. „Liest Deine auch?" fragte ich Emmi, die ziemlich theilnahmslos zugehört hatte und mit ihren Gedanken anderwärts war. Es mußte ihr irgend eine Sorge im Gemüth sitzen, wie ein Splitter, den man sich in den Finger gerannt hat und der gerade anfängt, sich zu verfüllen und zu puckern. – „Ich kann nicht über meine klagen," antwortete sie abweisend. „So lange sie das Essen bereitet, wie Franz es einmal am liebsten hat, und ihre Arbeit thut, habe ich keinen Grund, sie schlecht zu machen." – „O nein," erwiderte ich verletzt, „Deine ist ja das Muster aller Vollkommenheiten. Nimm es nur nicht übel, daß wir über ein so gewöhnliches Kapitel gesprochen haben, aber Du hast die Dienstbotenfrage nicht in die Welt gebracht und wirst sie dito nicht herausschaffen." – „Ich weiß auch nicht, wie wir auf dies Thema gerathen sind," sagte die kleine Assessorin verlegen werdend. – „Es kam von dem Hund her," bemerkte ich, „Emmi selbst ist schuld daran." –

Die Assessorin, welcher Emmi's Einsilbigkeit auch aufgefallen sein mußte, erhob sich und indem sie sagte: „Nicht böse sein, liebe süße Frau Doktorin," nahm sie Emmi's Schmollköpfchen, zog es an sich und streichelte sanft die goldblonden Haare und die Wangen meiner Jüngsten, die wirklich etwas bleich aussahen. – Emmi entgegnete: „Ich finde allerdings kein großes Vergnügen an den Fehmgerichten über die Dienstboten." – Die Assessorin lachte. „Das nächste Mal sprechen wir vom Wetter," erwiderte sie neckisch, „oder noch besser, ich bringe meinen Jungen mit, den kleinen Hanswurst, der giebt uns Stoff genug. Oder legen Sie sich einen Kanarienvogel zu, wie meinen, der macht das ganze

Haus fidel. Aber vorher sehe ich Sie einmal gemüthlich bei uns." – Es wurde Abschied genommen und die Assessorin ging.

„Was hast Du, Emmi?" fragte ich, als sie weg war. – „Immer renommirt sie mit ihren Kindern," antwortete Emmi ärgerlich, „warum mußtest Du ihr auch von dem Hund erzählen?" – „Du hattest mir nicht verboten, darüber zu sprechen." – „Du hättest wissen müssen, daß mir es unangenehm war. Was geht es andere Leute an, wenn mir das Alleinsein mitunter zu viel wird?"

„Dein Mann muß Dir den Donnerstag opfern," entgegnete ich entschlossen. „Uebrigens kannst Du ja mit ihm ausmachen, daß Du den Abend bei uns zubringst, wenn er seinem Vergnügen nachgeht."

„Allein, ohne Franz?"

„Wenn er wirklich Dich sitzen läßt, kannst du ihn auch einmal vergebens Posten stehen lassen. Du sollst sehen, das hilft."

„Nein, Mama."

„Selbstverständlich ohne Schroffheit," fuhr ich fort. „Zum nächsten Donnerstag bitte ich Euch beide zu Pellkartoffeln und Hering, wo er ja sehr hinterher ist; den Donnerstag darauf laden Lehmanns Euch ein, und so immer weiter, bis er seine wüsten Gewohnheiten verliert. Er muß sanft und unmerklich an die Familie gekettet werden. Sollte das vergebens sein, dann rückst Du Abends einmal auf Deine eigene Hand aus."

Sie schüttelte bedächtig mit dem Kopfe. – „Ueberlege Dir's," sagte ich. „Wenn er jetzt nicht nachgiebt, wird er es nie, und das bischen Glück, was ihr vom Leben haben sollt, geht heidi!" – Emmi seufzte tief auf. – „Du wirst Dich noch besinnen," sagte ich und machte der Visite ebenfalls ein Ende.

Am Abend theilte ich meinem Karl mit, daß Doktors nächsten Donnerstag bei uns sein würden. „Aber wundere Dich nicht, wenn die Heringe unzerschnitten auf den Tisch kommen," sagte ich. – „Was soll denn die neue Mode?" fragte mein Karl befremdet. – „Diese Heringe sind feine innere Politik," erwiderte ich. „Im ganzgebliebenen Zustande kann der Doktor sich nicht die Mittelstücke alle heraussuchen, wie er neulich that, sondern muß den Schwanz und Kopf ebenso gut mit vertilgen, wie wir anderen." – „Wenn er aber die Mittelstücke gern ißt? Du gönnst Deinen Mitmenschen sonst doch immer das beste." – „Karl, ich gönne sie ihm mit Wonne, hier aber handelt es sich um Erziehung. Für blos Mittelstücke ist er noch lange nicht bejahrt genug."

Das Preßfest

Seitdem die Literatur ein Fach geworden ist, was sie früher bekanntlich nicht war, da sie in den seltensten Fällen etwas abwarf und nur nebenbei getrieben wurde, hat sich manches zu ihren Gunsten geändert. Es ist in der That keine Schande mehr, ihr anzugehören, und was nun die Presse ist, so sagt sie ja selbst, daß sie die siebente Großmacht sei, wenn ich auch eingestehen muß, daß mir noch nie ein Redakteur mit der Krone auf dem Kopfe und im Purpurmantel als Paletot begegnet ist. Es müßte großes Aufsehen erregen, wenn einmal Einer so Unter den Linden spazieren ginge und sich bei Kranzler Kaffee trinken setzte. Hat man jedoch zuweilen persönlich mit einem Redakteur zu thun, so macht er einen sehr liberalen Eindruck und ist gegen jedes Herrscherprinzip, außer, daß sein Blatt allein zu sagen haben soll. Ohne die Schnellpresse benimmt er sich jedoch wie andere Sterbliche und ist in der freien Zeit für das Amusement.

Aus diesem Grunde war der Preßball in Aussicht genommen, und da ein Fest um so hervorragender ausfällt, je zahlreicher die Theilnehmer sind, wurden auch Billete für Nichtfachleute in den Handel gebracht. Die siebente Großmacht gab gewissermaßen ihren Hofball, und es wäre oppositionell gewesen, zu fehlen. Ueberdies hatte ich den Wintergarten mit seinen tropischen Gewächsen nur während eines Konzertes besucht und die Säle nebenan noch gar nicht gesehen. Ich war daher gespannt, wie die Lokalitäten sich bei festlicher Gelegenheit ausnehmen würden, aber ich muß sagen: meine Erwartungen erwiesen sich viel zu unbeträchtlich, als ich der Wirklichkeit gegenüberstand. Es war ja enorm! Von oben das elektrische Licht und die Rosenguirlanden, von zwei Seiten Musik und auf dem künstlichen Parquetfußboden eine Ballgesellschaft, die geradezu graziös genannt werden mußte, das heißt, was die Damen anbetrifft, während die Außenseite der Herren sich nur durch die weiße Binde unterscheidet, welche verschieden geformt, von verschiedenem Stoff und verschiedenem Sitzen ist. Der Geist, welcher als des Mannes Zier gilt, tritt auf Bällen vor der Tanzfertigkeit zurück, so daß ein beiniger Sekondelieutenant einen Ministerialrath schlägt, dem die Würde seiner Stellung in die Kniekehlen gefahren ist. Die Damenwelt dagegen ist überirdisch, wenn sie in eleganter Toilette gegen die Herrenwelt einen ästhetischen Kontrast bildet.

Dies waren meine ersten Gedanken, als ich mit Onkel Fritz die Festsäle betrat. Mein Karl wollte nicht mitthun, so viel ich ihn auch bat, da er sich einredete, den schriftstellerischen Kreisen fern zu stehen. „Karl," sagte ich, „liest Du nicht alle

Morgen Deine Zeitung, kannst Du ohne sie existiren? Hast Du nicht das Verlangen, die Herren von Angesicht zu Angesicht zu sehen, welche Dich täglich mit geistiger Nahrung versorgen? Du kannst Dir ja die Abonnementsquittung ins Knopfloch stecken, um zu zeigen, daß Du auch zur Presse gehörst und zwar als lesender Theil.“ –

Es war jedoch nicht möglich, ihn zu überreden. Da mir aber daran lag, den Ball der Presse mitzumachen, so ging ich Onkel Fritz um seine Begleitung an, der auch gleich zusagte, indem er meinte, da ich mit zum Fach gehörte, könnte er es wagen. Auch verspräche er sich viel Vergnügen, wenn ich ihn nicht fortwährend maßregeln wollte, wie meinen Karl. Um ihn nicht kopfscheu zu machen, behielt ich die passende Antwort diesmal für mich, zumal er immer noch an heimlichem Herzenskummer leidet.

Als ich ihm bei Gelegenheit zu verstehen gab, daß ich mir nichts Unergiebigeres denken könnte, als wenn der Gegenstand der Neigung unnahbar wäre, sagte er: „Du irrst, Wilhelmine, briefliche Liebe hat auch ihre Lichtseiten,“ woraus mir sofort kund ward, wie fest entschlossen er ist, die Erika zu nehmen. Dis Großmutter giebt sie ihm aber nicht. –

Mein Karl hatte noch einen zweiten Grund, weshalb er den Preßball ausschlug, nämlich ein Fäßchen auswärtiges Bier, das sein Freund Moderow an demselben Abend zum Besten gab, und da sie Alle mitzutrinken versprochen hatten: der alte Bergfeldt, Schramke, Steinkohlen-Müller und außer den Uebrigen vielleicht auch Dr. Paber, so sagte ich: „In diesem Falle kannst Du gehen, denn wenn ein Arzt dabei ist, wird es dir wohl nicht schaden. Sei nur nicht der Letzte und komme nicht unter die Räder.“ – Betti feierte bei Polizeilieutenants den Geburtstag Mila's, und so war Onkel Fritz meine einzige Stütze in einer Umgebung, die ich zwar theilweise gelesen, aber noch nie vis à vis vor mir gehabt hatte. –

Als wir ankamen, war das Tanzvergnügen bereits im Gange; mir wurde fast beklommen, als ich so viele Gäste versammelt sah, lauter fremde Gesichter, von denen man nicht wissen konnte, wie berühmt sie waren.

Da erblickte ich denn zum Glück Herrn Kleines, der einem gefälschten Gesandtschafts-Attaché glich und den ich mir sofort langte. „Kennen Sie die Koryphäen?“ fragte ich ihn. – „Sämmtlich,“ antwortete er. – „Dann stellen Sie mich denselben vor,“ verlangte ich. – Er erwiderte, die Meisten sähen gerade so aus wie ihre Photographieen. Das genügte mir nicht. – Da er begriff, daß ich ihn nicht freilassen würde, gab er mir seinen Arm und lootste mich durch das Gewoge.

Er kannte in der That viele von den Kapazitäten, aber es schien mir doch, als wenn sie sich seiner nicht mit gleicher Genauigkeit erinnerten. Er fragte, ob ich schon mein Autographenalbum in Empfang genommen hätte. Als ich dies verneinte, führte er mich nach einem türkisch-arabischen Zelt

aus echten persischen Teppichen, in dem ein Herr stand, der jeder Dame ein Büchlein überreichte, in das die Kapazitäten etwas Geistiges niedergelegt hatten, damit sie auf dem Feste unbehelligt blieben und sich ganz dem Vergnügen hingeben konnten. Es muß ja auch sehr peinlich sein, wenn einer Kapazität auf dem Balle zugemuthet wird, aus heiler Haut geistreich zu sein. Ein Herr vom Komité hatte die Vertheilung der literarisch-poetischen Liebesgabe übernommen, was um so mühevoller war, als er bei jedem Exemplar zeigen mußte, wie es aufgemacht wurde. Man mußte nämlich den Deckel seitlich wegschieben, wenn man zu dem Inhalt gelangen wollte, was neu und überraschend war. Wer aber versuchte, den Deckel wie gewöhnlich aufzuklappen, der hatte das Buch gleich kaput, was nicht minder überraschte. Wenn alle Bücher so eingerichtet würden, könnte der Buchhandel einen ungeahnten Aufschwung nehmen, und da es die Aufgabe der Presse ist, für fortschreitende Entwickelung zu sorgen, so kann man diese Neuerung nur loben.

Die Toiletten der Damen, welche ich mit mehr Muße betrachten konnte, nachdem ich mich etwas einheimischer fühlte, waren mit einem Worte großartig. Da war rother Sammet, blauer, schwarzer, Alles mit Gold gestickt, Brokat, Seide in den wundervollsten Mustern, besetzt mit den echtesten Kanten und Blumen, Perlen und Diamanten gab es wie die ungezählten Sterne der Milchstraße. Mit einem Wort, es waren Kapitalien, die da tanzten.

Wenn auch Herr Kleines sagte, daß Manche sich ihre ganzen Familien-Simili angehängt hätten, so glaubte ich diese Verleumdung nicht, denn welche Dame würde es wohl wagen, dem durchdringenden Scharfblick der Presse mit falschen Steinen entgegenzutreten? –

Wie es sich gehörte, traf ich auch den Dr. Stinde, der erfreut war, mich einmal wieder zu sehen. Wir setzten uns seitwärts unter die Zweige der Orangenbäume, an welchen in sehr schlauer Manier richtige Apfelsinen mit Draht befestigt waren, die uns lebhaft an Italien erinnerten. „Es ist hier doch gefahrloser, als auf dem Vesuv," begann ich das Gespräch, auf das er sogleich einging, und so schwelgten wir denn in köstlichen Rückerinnerungen. Nur wenn jemand Bedeutendes vorbeiging, erklärte er mir, wer es sei, was er mit der Feder fertig brächte und worin seine Spezialität läge. Dies war nicht zu sagen belehrend. – „Ist das auch eine Spezialität," fragte ich, als ich einen Herrn mit einem ausdrucksvollen Zwicker auf der kühn geschwungenen Nase erblickte. – „Wie? Kennen Sie Paul Lindau nicht?" – „Den hätte ich mir anders gedacht," erwiderte ich, „er sieht ja viel interessanter aus, als er schreibt. Namentlich den leidenden Zug um den Mund hätte ich ihm nicht zugetraut?" – „Den werden ihm wohl die Kritiker beigebracht haben." – „Vergreifen die sich an einem so außerordentlichen Verfasser?" – „Kritiker vergreifen sich an Allem; aber er hat es ihnen ja selbst gezeigt, wie es gemacht wird." – „Darüber bitte ich um Aufklärung." – „Sehen Sie, verehrte Frau Buchholz," begann der Doktor nach einer Weile, „es verhält sich mit den Dichtern, wie mit den Vögeln im Walde: jeder singt seine Weise so gut er kann, und wie nicht jeder Vogel eine Nachtigall ist, sind auch nicht alle Dichter Schiller und Goethe. Was thut es, wenn ihr Sang kein Meistersang ist? Da kam denn nun Lindau und griff sich bald diesen, bald jenen Sänger, rupfte ihm erbarmungslos die Federn aus und ließ ihn unter Spottgelächter vor aller Welt nackt und bloß davonhüpfen."

„Das ist ja Thierquälerei!" rief ich empört aus. – „O nein, es sind nur Dichter, mit denen so umgegangen wird, damit die Gesellschaft kritischen Geist und Witz bewundert, und weil Niemand das heimliche Weinen der Verhöhnten hörte, weil ihr stiller Gram Keinen belästigte, klatschte das Publikum Paulchens Späßen Beifall." – „Und diese Manier zu spaßen haben die Andern von ihm gelernt?" – „Mit großem Verständniß sogar, einige bildeten sich ausschließlich zu literarischen Neuntödtern aus." – „Ganz ungenirt?" – „Je ungenirter, um so besser, aber als nun Lindau auch anfing zu sinnen und zu schaffen, als er, wie die anderen Vögel im Walde, sein Lied begann, da haben sie ihm die buntesten Federn aus dem Bürzel gerissen, und so weh das auch that, mußte er doch den Vergnügtgleichgültigen herausbeißen, um sich nichts zu vergeben. Können Sie sich jetzt den schwermüthigen Zug um seinen Mund erklären? Sie wissen doch: wenn Jemand verdrießlich wird, läßt er zuerst die Lippe hängen." – „wie meine Betti mitunter," bestätigte ich, und da ein Preßball vornehmlich die geeignetste Scenerie bietet, auf die Literatur zu kommen, fuhr ich fort: „Betti ist talentvoll, aber sie hat das Dichten noch nicht so recht heraus, wenn ich einen Fachmann wüßte, der sie anleitete, so könnte vielleicht etwas aus ihr werden. Das Rupfen wollte ich Paulchen schon versalzen." – „Daran zweifle ich keinen Augenblick," entgegnete der Doktor lächelnd. „Uebrigens begegnete ich vorhin einem Herrn vom „Allgemeinen deutschen Reimverein“, möglicherweise entspricht der Ihren Wünschen?“ – „Er braucht nur die Anfangsgründe ertheilen und später etwas nachhelfen; mehr ist doch wohl bei Kunst und Wissenschaft nicht nöthig?“ – „Für Damen völlig ausreichend,“ sagte der Doktor, „das Fehlende ersetzt die Begabung.“ – „Sie haben die Wahrheit auf den Kopf getroffen, Herr Doktor,“ gab ich beifällig zur Antwort und fragte weiter: „Würde es vielleicht gelingen, den Herrn aufzufinden?“ –

Wir machten uns auf die Suche und richtig entdeckten wir ihn gegen einen Palmenstamm gelehnt, das blonde Lockenhaupt nachdenklich auf den rechten Arm gestützt, deren Hand die Wange malerisch berührte. In der Linken hielt er ein rothsammetnes Notizbuch. Seine Kravatte war nicht weiß, sondern maigrün. So ungefähr hatte ich mir lebende Dichter stets gedacht. Der Doktor stellte uns gegenseitig vor: „Feodor Wichmann-Leuenfels ... Frau Wilhelmine Buchholz.“ – „Sehr angenehm,“ sagte ich. – „Sie dichteten wohl gerade?“ fragte der Doktor und deutete auf das Büchelchen. – „Sie haben es errathen,“ erwiderte Herr Feodor Wichmann-Leuenfels, „ich glaube, mir sind soeben einige Verse vorzüglich gelungen; urtheilen Sie selber.“ – „Jetzt nicht,“ sagte der Doktor abwehrend, „aber wenn Sie Ihre Dichtungen im Hause Buchholz gelegentlich vorlesen wollten ...“ – „Darum möchte ich gebeten haben,“ unterbrach ich den Doktor und nannte dem jungen Manne unsere Adresse mit der Bitte um seinen Besuch. Als er zugesagt hatte, zog der Doktor mich gewaltsam fort. – „Sind Sie kein Freund von Poesien?“ fragte ich. – „Alles zu seiner Zeit,“ versetzte er. „Am liebsten lese ich Verse allein für mich. Finde ich in einem Gedichtbuche unter vieler Spreu ein einziges Korn, bin ich hoch erfreut, weil ich weiß, daß das Mittelmäßige vergessen wird, das Werthvolle dagegen bleibt. Hat die Zeit es geläutert, dann schließt das Volk es in seine Schatzkammer ein, in sein Herz.“ – „Hat das Volk denn so viel Verständniß?“ fragte ich. – „Nein,“ war die Antwort, „aber Gefühl. Das sogenannte Verständniß ist gerade der Freibrief, auf den hin die Kritik Unfug treibt. Nicht der Verstand schafft Kunstwerke, sondern die Empfindung; sie ist es, der wir das Herrlichste verdanken. Daher kommt es mir stets vor, wenn der Verstand den unerklärlichen Zauber der Poesie seinem vermeintlich unfehlbaren Urtheil unterzieht, als wollte Jemand den Duft der Blumen mit der Elle messen. Noch bis heute hat kein Philosoph ergrübeln können, was eigentlich das Schöne sei.“ – „Giebt es etwas Einfacheres?“ rief ich. „Das Schöne ist eben Alles, was schön ist. Das kann ja ein Blinder mit dem Stock fühlen." – „Sie haben gewiß Hartmanns Philosophie des Unbewußten studirt?" fragte der Doktor. – „Wo denken Sie hin, einer praktischen Frau fehlt zum Studiren die Zeit. Trotzdem aber habe ich Sinn für das Schöne, denn es gefällt mir stets bester als das Häßliche."

„Ich will Sie mit einem Herrn von Fach bekannt machen, der ganz Ihrer Ansicht ist," sagte der Doktor. „Dort kommt er des Weges. Herr Ludwig Pietsch ... Frau Buchholz würde glücklich sein ..." „Ah, scharmant," sagte der Herr und gab mir galant seinen Arm, aber ich war nicht im Stande, ein Wort hervorzubringen, so beengt fühlte ich mich, als ich an Ludwig Pietschen's Seite einherwandelte, denn eine Zeile von ihm in der „Vossischen" und man steht am nächsten Tage makellos verherrlicht da, oder es kommt eine Andere hinein und die ausgewählteste Toilette ist für die Katze. Das Walten der Großmacht überschauerte mich, als er huldreich sprechend, sein Auge auf mir ruhen ließ, jedoch seine Art und Weise als vollendeter Kavalier gab mir successive die Kourage, mich mit einem flehenden Blick an ihn zu wenden und zu sagen: „Sehen Sie, bitte, nicht zu genau hin, Herr Pietsch, ich habe heute nur die zweite Garnitur übergestreift; wenn man bereits in die Jahre gekommen ist ..." – „Sie scherzen," schnitt er mir verbindlich das Wort ab, „mit Ihren Reizen stellen Sie manche der Jüngsten in den Schatten." – „Wenn die Presse das sagt, muß es wohl wahr sein," entgegnete ich verlegen. – Er machte mich nun noch auf die wundervollen Farbentöne aufmerksam, welche das elektrische Licht bei den Toiletten einzelner Damen hervorrief und erläuterte mir das belebte Gesammtbild des Festes, worauf wir uns, wenn auch ungern trennten, da die Vorträge losgingen und noch viele Damen seiner harrten, um in Augenschein genommen zu werden. – Am Dienstag war ich richtig in der Morgennummer und die Kolporteure trugen mich, ausgezeichnet in die Reihe gemacht und für die allernächsten Bekannten ziemlich errathbar, durch ganz Berlin, in Hütten und Palästen strahlende Freude zu verbreiten. –

Nun begann der ideale Theil des Festes. Die Bühne war, wie mir ein archäologischer Feuilletonist erklärte, genau nach antikem Muster eingerichtet: nur mit einem Vorhang, einem Bettschirm und einem Bechstein'schen Flügel. Eine Dame vom Theater deklamirte. Sie hatte ihr Gedicht hinten auf dem Fächer befestigt, weil die alten Griechen auch keinen Souffleur hatten und sprach seelenvoll. Ich verstand leider kein Wort, weil die Akustik im Wintergarten verworren ist und ich ziemlich weit von der Arena entfernt war, aber der Ton ihrer Stimme rührte mich tief. Es ist ja auch ganz einerlei, was gemimt wird, wenn es den Zuhörer nur erschüttert, namentlich auf einem Ballfest.

Das umsichtige Komité ließ hierauf die Eßpause eintreten, da auch die Musikanten eine Erholung haben mußten. Eins aber gefiel mir nicht und hat mir schon lange nicht gefallen, das sind die Lohndiener, die ebenso im Frack herumlaufen, wie die Ballherren, nur allerdings mit dem Unterschiede, daß ihre Fräcke fettblank sind. Bei einem solchen Feste sollte man die dienenden Geister in eine kleidsame Livré stecken oder ihnen weiße saubere Schürzen vorbinden, wie es in einigen feineren Restaurants Sitte ist. Onkel Fritz aber meinte, daß diese Einrichtung eine Entwerthung der alten Fräcke zur Folge haben würde, die einen unverantwortlichen Rückschlag auf das Nationalvermögen ausüben müßte. Vom volkswirthschaftlichen Standpunkte mag er recht haben, was aber das festliche Aeußere betrifft, so bleibe ich bei meiner Ansicht.

Großes Vergnügen gewährte mir, die Bekanntschaft mit einer Kollegin zu machen, und zwar mit der Vely, welche so hinreißende Romane schreibt. „Velychen," fragte ich sie, „wie kommen Sie zu all' den Kenntnissen, das menschliche Dasein hat für Sie ja kaum eine Verborgenheit?" – „Liebe Buchholzen," antwortete sie offen, „ich schreibe mit Leonhardi's Alizarintinte, die legt den Flügeln des Geistes keinen Hemmschuh an!" – Ich nahm mir vor, gleich am nächsten Tage dieselbe Tinte anzuschaffen, denn ich bin keine von Denen, die sich guten Rath ungesagt sein lassen, und manchmal liegt ja sehr viel an unbeachteten Kleinigkeiten. Wir unterhielten uns noch sehr lange und kamen überein, daß das Fest unvergleichlich sei.

Das war es in der That, und wenn nach und nach auch die Apfelsinen von den Orangenbäumen verschwanden, so hoch Menschenhände, ohne aufzusteigen, anreichen: die Koryphäen blieben noch. Man war mit Berühmtheiten zusammen, die wir in der Landsbergerstraße nicht einmal abgemalt zu sehen bekommen, und schließlich spürte ich von meiner anfänglichen Zaghaftigkeit so gut wie gar nichts mehr. Ich nahm mir sogar die Freiheit, Ernst von Wildenbruch anzureden und ihm ebenfalls die Alizarintinte zu empfehlen, weil Alles, was damit geschildert würde, den Beifall der Großmacht hätte. – „Meine Gnädige," antwortete er, „mit der nämlichen Tinte arbeite ich schon seit Jahren, „Christoph Marlow" ist sogar ausschließlich damit geschrieben." – „Dann begreife ich die Kritik nicht," rief ich stutzig geworden aus. – „Mit dieser Ansicht stehen Sie nicht allein, verehrte Frau." – „Wissen Sie was," sagte ich, „geben Sie Ihren Trauerspielen recht lustige Schlüsse, die Großmacht hat für den Lacherfolg immer etwas übrig." – „Die Thräne nur eines Menschen, die des Dichters Wort entlockte, löscht alle kränkenden Vorwürfe der Druckerschwärze aus; sie ist der Thau, der neue Keime weckt." – „Sie arbeiten also unbeirrt weiter?" – „Ganz recht, meine Gnädige." – „Wo Sie wissen, daß doch gleich über Sie hergefahren wird? Das nenne ich tapfer." – „Die Dichtkunst ist meine zweite Heimath, ihr habe ich dieselbe Treue geschworen, wie meinem deutschen Vaterlande." –

Leider wurde jetzt der Aufbruch ein allgemeiner und obgleich ich für mein Leben gerne noch mit mehreren Kapazitäten geistigen Austausch gepflogen hätte, mußte ich mit Onkel Fritz die Heimreise antreten. Er hatte sich hinreichend ergötzt und meinte der Damenflor sei großartig gewesen. – „Siehst Du," sagte ich, „wie überflüssig es ist, auswärts herum zu suchen, wo am Platz viel mehr Auswahl und Besseres geboten wird?" – „Leider waren die Verheiratheten die Nettesten," entgegnete er. – „Sind das Grundsätze?" begehrte ich auf. – „Sei so gut," erwiderte er kurz und pfiff sich einen Walzer. „Wie war Ludwig Pietsch doch ganz anders," dachte ich „und wie erziehungsvoll benahmen sich die übrigen Herren. Aber Brüder haben selten schwesterliches Zartgefühl." –

Mein Herz war wie gespickt mit den Erlebnissen und erfüllt von den vielen Begegnissen mit hervorragenden Persönlichkeiten, daß ich meinem Karl das Wissenwertheste unverweilt mitzutheilen gedachte, aber er war eben so wenig munter zu kriegen wie das Dornröschen, welches soeben das erste Quartal von den hundert Jahren zu schlafen angefangen hatte. Ich rief: „Karl! Ich bin wieder da." – Er rippte und rührte sich nicht. Ich schüttelte ihn. Das war auch zwecklos. So viel schien mir aber sicher: sie mußten ein besonders schädliches Gift getrunken haben, denn so angeäthert war er noch nie gewesen.

Wie er wohl ins Haus gekommen sein mochte! Am Ende gar ausgeraubt? – Nein, seine Uhr lag auf dem Nachttisch und das Glas war noch heil. Aber das Portemonnaie? Es stach stak mit den Schlüsseln in der Hosentasche, wo er es sonst im normalen Zustande nie läßt. „Er wird morgen sträfliches Gehirnkneifen haben," sagte ich und untersuchte das Portemonnaie, dessen ungewohnte Dicke mir auffiel. Was war darin? Mindestens eine Handvoll Biermarken. Ich mußte wissen, was das bedeutete. „Karl," schrie ich ihm ins Ohr, „Karl, was sollen die vielen Biermarken?" und richtete ihn milde schüttelnd auf, so gut es gehen wollte. – „Minna ... noch einen Schnitt ... zum Abgewöhnen!" brachte er mühsam hervor und entwand sich mit einem Ruck meinen Händen, um wieder in die Kissen zu versinken. – „Warum er mich wohl Minna nennt," sann ich nach, „das ist doch ganz gegen seine übliche Manier. Na, nur Geduld, morgen werde ich schon erfahren, was sie mit ihm aufgestellt haben. Schade ist nur, daß er kein eingehendes Verständniß für das Preßfest haben wird, das nur mit einem völlig freien Kopf und Hingebung an das Ideelle begriffen werden kann.

Mit dem Gedanken, ob Ludwig Pietsch sich meiner wohl erinnern würde, löschte ich das Licht.

Häusliche Kunst

Wir hatten die billige Möbelausstellung in dem früheren Hygiene-Glaskäfig besucht und da die Preiswürdigkeit der einzelnen Gegenstände bei wirklich bestehender Gediegenheit erstaunlich war, erwarben wir ein Spinde, um den alten Kleiderspeicher, den wir auf dem Flur zu stehen hatten, endlich zu beseitigen. Die untersten Kasten gingen ja nie auf, wenn man recht hastig etwas herausnehmen wollte, und der Wurm war auch darin. Mein Karl war ebenfalls einverstanden, denn das neue Spinde ist in der Mitte durchgetheilt, so daß er nun sein Reich ganz für sich hat und nicht mehr bremmeln braucht, daß seine Sachen immer auf dem hintersten Haken hängen und ihm jedesmal gerade das Stück in die Hand fällt, was er nicht haben will.

Als wir jedoch das neue Spinde aufstellten, ergab sich, daß es kleiner war als das alte und die Wand nur unvollkommen bedeckte, weil diese Stelle früher nicht mit tapezirt worden war, denn ich erinnere mich noch recht gut, wie wir damals einen Rest nahmen, den der Tapetenfritze uns billig abließ und der nicht ganz reichte. Da wir etwas Passendes nicht zubekommen konnten, blieb die Wand hinter dem Spinde in ihrer ursprünglichen Verfassung schön blau mit Oelfarbe gestrichen. Man sah ja auch keine Spur davon.

„Nun muß der Flur wegen des neuen Möbels frisch tapezirt werden," sagte mein Karl, „wo bleibt da der Vortheil, Wilhelmine?"

„Sei nur unbesorgt," erwiderte ich, „Du sollst schon sehen, wie intelligent wir uns zu helfen wissen."

Er ging kopfschüttelnd ab, aber er versuchte es nicht, mir mit unterschätzenden Worten entgegen zu sein.

Dieses „wir" bezog sich nun nicht auf mich allein, sondern auf Betti und mich, denn ohne ihre Hilfe war ich nicht veranlagt, meine Idee auszuführen.

Betti hat sich nämlich auf das Malen geworfen, da ihr das Gouvernantenwerden durchaus nicht zusagt und sie doch nicht ohne eine ernstliche Beschäftigung sein mag. Was soll sie auch erst ein wissenschaftliches Examen ablegen, um die Kinder rein zu halten und ihnen das bischen Buchstabiren beizubringen? Onkel Fritz bestärkte sie hierin, indem er behauptete: Kinder wären gräßlich, da ihre Beschäftigung nur in Schreien und Schlafen bestünde, wovon das letztere zu den Annehmlichkeiten in den Familien gehörte, aber ich sagte: „Du wirst einmal ganz anders reden, mein Junge." Hierauf erwiderte er: „Ich bin allerdings durch unsere Vereinsbarden ziemlich abgehärtet worden, aber an Säuglingskonzerte gewöhne ich mich nie, oder ich müßte mir schon Gummiohren anschaffen."

Ich entgegnete: „Kinder haben Engelsstimmen, jedoch müssen es freilich die eigenen sein. In Eurem Gesangverein „Keuchhusten" mögt Ihr Euch einen netten Stiefel zusammensingen. Mich wundert nur, daß die Nachbarsleute so etwas dulden." – „Die geben noch was zu. Wenn sie nicht eine Maus im Glaskasten zurückbehalten hätten, würden sie nicht mehr wissen, wie so'n Biest aussieht." –

Betti hatte von jeher Sinn für das Malerische. Schon als Kind schnitt sie die Figuren aus dem Modenjournal, malte sie sehr niedlich an und klebte sie in ein Schreibheft. Außerdem ist das Malen jetzt so sehr in Aufnahme bei den Damen, daß die ersten Berühmtheiten ihnen Stunde geben. Und wie wird die Malerei heutzutage bezahlt! Menzel hat kürzlich für ein einziges Bild neunzigtausend Mark bekommen, und wie Betti sagt, hat er gar nicht einmal von den kostspieligsten Farben genommen. Solche Ansprüche würden wir natürlich nicht erheben, obgleich man die Auslagen gerne wieder heraushaben möchte.

Allerdings ist Betti noch bei den ersten Anfangsgründen auf Holzsachen, aber ich kann nur sagen, daß sie sehr fleißig ist. Drei Kleiderbürsten hat sie schon gemalt, eine für mich, eine für ihren Papa und eine für Doktor Wrenzchen, alle drei verschieden mit Blumen darauf; man konnte glauben, sie wären in einem Laden gekauft, so künstlerisch vollendet nahmen sie sich aus. Wenn nur das Lackiren nachher nicht so theuer käme. Sie versuchte es anfangs allerdings selbst, aber es wollte ihr nicht recht gelingen, es kam nicht die richtige Glattheit heraus. Die kleineren Gegenstände, wie die Tellerchen, Papiermesser, Taschenbücher, Dosen und Kästchen sind sehr nützlich zum Verschenken; es giebt in Bekannten- und Freundinnenkreisen Geburtstage genug, um irgendwo anständig mit zu bleiben.

Ich sagte also zu Betti: „Kind, nun kannst Du Dein Talent zeigen, wir wollen Vatern einmal gründlich überraschen. Da, wo die Tapete bei dem neuen Spinde fehlt, malst Du akkurat solches Muster hin, wie das Uebrige. Er wird sich wundern wenn er die Täuschung nicht eher vom Original unterscheidet, als bis er auf das Genaueste zusieht!"

Betti meinte zwar, es würde wohl zu schwierig sein, da sie noch keine Wandmalerei gehabt hat und ja erst später bei Gussow kommt, wenn sie mit den Holzsachen und hierauf mit dem Landschaftlichen durch ist, das sehr gewissenhaft im Verein der Künstlerinnen gelehrt wird, aber sie wollte es doch versuchen.

Ich freute mich schon von vornherein darauf, wenn ich meinen Karl fragen würde: „Na, was sagst Du dazu? Und die Kosten nicht der Rede werth. Einfach nur durch häusliche Kunst." –

Wir nahmen nun ein paar alte Sahnetöpfchen und gingen Farbe holen. Es war nicht leicht, die richtigen Nummern zu finden, aber ich eilte zurück und polkte ein Stück Tapete ab, das nach unten hinter dem Spinde saß, und brachte es dem jungen Mann im Materialgeschäfte. Daraus konnte der sich sofort vernehmen und so mischte er denn die Farben ganz naturgetreu. Als Betti dies sah, bekam sie ordentlich Lust zum Malen, woran man ja auch die eigentliche Begabung erkennt. Auch die Pinsel suchte der junge Mann aus, einen großen zum Grundiren und mehrere kleine zum Ausführen. – Noch an demselben Abend zeichnete Betti das Muster auf und am nächsten Morgen, als mein Karl ins Kontor gegangen war, machten wir uns an die Arbeit. Das heißt Betti übernahm das Künstlerische und ich stand und sah zu, um ihr mit gutem Rath behilflich zu sein. Da sie aber sagte, daß sie es nicht könnte, wenn ich ihr auf die Finger sähe, begab ich mich in die Küche, und weil wir gerade Kaulbarsche hatten, die mein Karl mit Leidenschaft ißt, wenn sie gut geschuppt mit etwas Bolle und Petersilienwurzel recht kurz eingekocht sind, so hatte ich Arbeit genug, zumal Köchinnen schon allein wegen des Zurechtmachens abgeneigt gegen Kaulbarsche sind und deshalb immer lügen, es wären auf dem Markt keine gewesen.

Ehe mir jedoch die letzten durch die Hände gegangen waren, trieb mich das mütterliche Kunstinteresse, zu sehen, wie weit Betti wohl mit ihrer Freskomalerei gekommen sei. Ich fand sie in keiner anheimelnden Verfassung, denn als ich auf den Flur trat, fragte sie: „Was willst Du?" – Ich merkte gleich, daß ihr was nicht paßte, denn wenn sie mit der Stimme bufft, ist sie zu zarten Umgangsformen schlecht aufgelegt, und fragte daher mit möglichster Lieblichkeit: „Nun, hat es schon geschafft, mein Kind?“

Betti stieg von der Küchenleiter herunter, auf der sie gestanden hatte, um das Muster oben anzulegen, und prüfte die Arbeit aus perspektivischer Ferne.

„Findest Du, daß es so gut wird?“ fragte sie.

Was sollte ich nun antworten? Sagte ich „nein“, so wäre Betti im Stande gewesen und hätte gesagt: dann nimm Du die Farbe und die Pinsel und mache es selbst. Sagte ich „ja“, dann wäre die Malerei so geblieben, und mein Karl hätte alle Ursache zu einem Verweise gehabt, denn was das Kind sich zurecht gemalt hatte, war nicht recht etwas.

„Betti,“ sagte ich, nachdem ich das Ganze von verschiedenen Standpunkten aus mit ziemlichem Kunstverständniß betrachtet hatte, „das Muster ist sprechend ähnlich, aber die Farbe scheint mir nicht ganz zu stimmen. Kommt es Dir nicht auch vor, als wenn sie um ein paar Nummern zu hell wäre?“

„Sie *ist* zu hell,“ sagte Betti, „aber wie kann das möglich sein, da der junge Mann sie doch genau nach der Probe gemischt hat? Sollte es am Ende an dem Licht liegen? Du weißt, Mama, wie die Künstler immer klagen, daß die Beleuchtung ihre besten Gemälde verdirbt.“

Ich wollte die Möglichkeit schon zugeben, als ein höchst unangenehmer Gedanke in mir aufdämmerte. Und so, wie ich dachte, war es auch gewesen. Ich hatte nämlich die Tapetenprobe von einer Stelle genommen, wo sie von dem alten Spinde bedeckt gewesen war und sich deshalb in ihrem ursprünglichen helleren Naturzustande erhalten hatte.

„Ja, Mama,“ sagte Betti etwas ärgerlich nach dieser Entdeckung, „wenn Du so durchaus gar nichts von der Malerei verstehst, warum mengst Du Dich denn hinein?“

„Oho,“ entgegnete ich, „das darfst Du mir nicht sagen, ich habe im Vatikan, neun Treppen hoch, die echten Raffaels gesehen und die übrigen Berühmtheiten in Oel dazu!“

„Mama,“ erwiderte Betti, „hier nützt der ganze Vatikan nichts, ich muß hin und die richtigen Töne anrühren lassen.“

Betti zog ein Stück nachgedunkelter Tapete von der Wand ab und flog davon, da sie noch gerne vor Mittag mit der Arbeit fertig sein wollte, während ich meinen Gedanken nachhing. So viel war mir klar geworden: leicht ist die Kunst keinenfalls und sie beansprucht einen tüchtigen Posten Genie.

Als Betti wiederkam, sagte sie: „Mama, so wie wir beide meinen, geht es nicht. Erst muß der Grund gemalen werden, und wenn der trocken ist, wird das Muster darauf gesetzt."

„Woher weißt Du denn das?"

„Der junge Mann in dem Farbengeschäft belehrte mich darüber; er ist früher selbst auf der Akademie gewesen."

„Hat er denn schon bei Gussow gehabt, daß er sich so auskennt?"

„Danach habe ich ihn nicht gefragt, aber er sagte, das Farbenverkaufen brächte mehr ein als die Kunst."

„Das hat er Dir nur vorgesohlt, um sich gewissermaßen zu entschuldigen. Bedenke doch, was dazu gehören würde, ehe Menzel für neunzigtausend Mark Oelfarbe und Fußbodenlack verkauft hätte? Er müßte ja wohl Tag und Nacht im Laden stehen. Nein, man kann den Menschen nicht so ohne weiteres glauben, sondern muß ihren Gedankengang stets nachrechnen."

Während wir uns so unterhielten, hatte Betti das Stück Wand mit dem großen Pinsel gegründet. Da noch Farbe in dem Quast saß, versuchte ich in der Küche am Holzkasten wie es ging; es war durchaus nicht schwer. „Betti," rief ich erfreut, „von jetzt an gebrauchen wir keinen Maler mehr im Hause, wir machen alles selbst und sparen einen hübschen Groschen dabei!" –

Als mein Karl zu Tisch kam, konnte ihm die angefangene Malerei natürlich nicht verborgen bleiben, da sie im Trocknen begriffen war. Er besah sie, schüttelte den Kopf und sagte: „Wilhelmine, ich fürchte, man wird den Unterschied doch merken. Laßt das Malen lieber unterwegs und tapezirt den Flur."

„Geld zum Fenster hinauswerfen?" entgegnete ich, „nein, mein Karl. Uebrigens heißt es die Kunst nicht aufmuntern, wenn man sie übereilt in ihren Anfängen tadelt. Warte nur ab und dann urtheile. Morgen wirst Du schon einen ganz anderen Anblick genießen." – Das war auch der Fall, aber in der entgegengesetzten Richtung, wie ich erwartet hatte. –

Woran es nun lag, weiß ich nicht, aber als Betti am nächsten Tage das Muster malte, ward die Wand immer merkwürdiger. „Betti," sagte ich einlenkend, „ich glaube, Du hast den rechten Schwung noch nicht ganz heraus, was meinst Du, wenn wir die totalen Wände ebenmäßig anstrichen? Wenn Papa auch mehr für Tapete ist, weil er uns wenig zutraut, so wird er sich doch schon zufrieden geben, wenn der Flur sich präsentirt wie ein Juwel."

Wir schickten unser Mädchen Doris mit einem Topf, wo ungefähr für vier Wände Farbe hineinging, nach dem Materialisten und ließen noch einen recht großen Gründungspinsel für mich mitbringen. Angeregt durch die alte Stelle und weil das Frühere wieder Mode ist, hatten wir uns für Himmelblau entschieden.

Wir waren nicht schlecht fleißig. Betti nahm, auf dem Küchentritt stehend, die oberen Regionen, während ich auf dem Fußboden knieend das Untere strich. Wenn die Farbe alle war, tobte Doris nach frischer. Es war die reine Hasenjagd.

„So," sagte Betti scherzend, denn das Malen machte ihr ebensoviel Spaß wie mir, „nun müßte Besuch kommen."

„Den könnten wir gerade gebrauchen," rief ich. „Kind, wir müssen uns sputen, damit wir nicht gestört werden und die Arbeit in einem Guß vollendet wird, ehe Papa kommt."

Eile ist aber theils anstrengend, theils schädigend. Im Eifer stieß Betti den Farbentopf von der Küchenleiter und das gute Blau quatschte auf den Boden.

Es giebt nichts Abscheulicheres als umgeworfene Oelfarbe. Wir wischten sie auf. Sie kam aber immer wieder. Nicht weg zu kriegen. – „Der Fußboden hätte so wie so gemalen werden müssen," tröstete ich Betti. „Doris muß doch bald wieder laufen, da kann sie gleich braune Fußbodenglasur mitbringen."

„Und recht hübsches Roth für die Borte oben und unten," fügte Betti hinzu.

„Sollte ein Obertopf voll genug sein?"

„Laß sie die große Kontortasse nehmen," meinte Betti. Das Mädchen eilte davon. –

Betti hatte recht, die Borten fehlten noch, um die künstlerische Abrundung zu erzielen, sie hoffte ebenso wie ich, wenn die rothen Streifen erst gezogen wären, würde man kaum sehen, daß die Malerei ein wenig unegal gerathen sei.

Als die Farbe kam, sagte ich: „Betti, fange nur gleich mit der Borte an, ich will schon die Wände besorgen; wenn Papa kommt, muß das Werk gethan sein."

Das Kind wieder auf die Leiter hinauf, aber da Betti in der einen Hand das Lineal und in der anderen den Pinsel hielt, so mußte das Mädchen unten stehen und ihr die Kontortasse hochreichen.

Nach einer Weile sagte Doris: „Fräulein müssen nicht so kleckern, ich hab' schon die ganze Taille und das ganze Gesicht voll Farbe." – So war es auch. – „Ich hab' die Taille erst zum zweiten Male an," murrte das Mädchen weiter.

„Nu ja," entgegnete ich, „wenn die Farbe in der Wäsche nicht ausgeht, kriegen Sie eine neue." – Ich wandte mich wieder zur Arbeit. Noch einige kräftige Striche und ich konnte ausrufen: „Fertig!"

Aber ehe ich so weit war, rief Betti kläglich: „Mama, die Borte will gar nicht, sie läuft immer herunter auf das Andere; es ist rein zum Verzagen."

Ich muß sagen, ich hatte nicht gerade allzuviel von der Borte erhofft, aber so nichtswürdig bin ich noch nie getäuscht worden. Die rothe Farbe war richtig in langen Strähnen auf die blaue heruntergesickert und zu den ausgesuchtesten Fransen ausgelaufen. Wir versuchten die rothen Streifchen wieder mit dem Blaupinsel nach oben zu treiben, aber es ward nur noch schlimmer.

„Wir müssen morgen ganz von vorne anfangen," sagte Betti.

„Noch einmal die Schmiererei?" rief ich entsetzt. „Kind, sieh blos, wie Du Dich eingesiehlt hast, wie ich aussehe und wie die Doris aussieht."

„Wurschtmachen auf'n Lande is nischt dajejen," sagte Doris.

Ich wischte noch den letzten Rest Blau auf die Wand, Doris räumte die Farben und Pinsel fort, und Betti und ich gingen uns anziehen. Ich hätte nie gedacht, daß Oelfarbe so spritzen kann; ganz hinten im Nacken hatte ich welche zu sitzen. Und wie schwer sie unter den Fingernägeln weggeht! Es ist erstaunlich, was so ein bißchen Farbe austhut, wenn sie an den verkehrten Fleck kommt. Und wie die Handtücher aussehen würden. Es war schon nicht mehr schön.

Wir hatten kaum unsere Toilette beendet und uns so gut renovirt, wie es in der Geschwindigkeit ging, als mein Karl und Onkel Fritz kamen. Ich erkannte an ihren Stimmen, wie sie das Werk unserer Hände bewunderten.

„Wir gehen nicht hinaus," flüsterte ich Betti zu, „laß' sie nur mit Ruhe den ersten Eindruck überwinden, der ist meistens der machtvollere." –

Sie traten ins Zimmer. Mein Karl, wie ich sofort erkannte, nicht in der besten Laune, aber Onkel Fritz glänzten die Augen ordentlich vor Vergnügen und die schlechten Witze sah ich förmlich auf seinen Lippen herumturnen.

„Wilhelmine, hab' ich Dir nicht gesagt ..." wollte mein Karl seine Vorwurfsrede beginnen, aber Onkel Fritz fiel ihm lachend ins Wort:

„Nee, Karl, alter Junge, spiele nicht den Kunstbarbaren, solchen Flur, wie Deinen Flur giebt's nicht noch einmal auf der ganzen Welt. Wenn Du den auf'n Cantiansplatz ausstellst, geben sie Dir die große goldene Medaille."

„Ich verbitte mir jede Anzüglichkeit," sagte ich verletzt, „wenn man thut, was man kann, hat man nicht nöthig, sich noch obendrein verspotten zu lassen."

„Dir hat wohl die blaue Grotte Modell gesessen?" fragte Onkel Fritz, ohne auf meine Abweisung Rücksicht zu nehmen. „Wenn Du noch einen Kahn an das neue Spinde bindest, ist sie komplett."

„Bitte, sei nur gerührt," erwiderte ich, „die Hauptsache ist die Ersparniß, wovon Du als Junggeselle aber nichts verstehst."

„Ersparniß?" fragte mein Karl. „Was hat denn die ... die ... (er rang nach einem gelinden Ausdruck, mein guter Mann) der Schw... der Scherz gekostet?"

„Die Arbeit kommt in Wegfall, also dafür ist auch nicht ein Pfennig zu entrichten, das Uebrige habe ich vorläufig anschreiben lassen."

Mein Karl rief Doris, damit sie die Rechnung von dem Farbenhändler holen sollte. Doris kam sogleich, weil er ziemlich barsch gerufen hatte. Als Doris antrat, schrie Onkel Fritz laut vor Wonne auf, denn sie hatte noch keine Zeit gehabt, die rothe Farbe gänzlich von sich zu entfernen, und sah für Uneingeweihte recht beängstigend aus. Selbst mein Karl sagte: „Doris, so können Sie unmöglich auf die Straße; die Leute würden glauben, Sie kämen eben vom Morden."

Mir war es außerordentlich lieb, daß sie nicht gleich ging und ich durch umsichtige Leitung des Gesprächs meinen Karl von der Rechnung abbringen konnte, denn wie sich bei der Bezahlung herausstellte, hatten wir ein nicht ungeringes Theil Farbe verschmaddert, wofür bequem hätte neu tapezirt werden können, ohne gerade von der billigeren Sorte zu nehmen, was nun dennoch geschehen mußte. Von dem ruinirten Zeug und von der neuen Taille, auf welche Doris unerschütterlich bestand, habe ich Karl'n erst erzählt, als die Angelegenheit schon fast vergessen war und ich ihm hoch und heilig gelobt hatte, die häusliche Kunst nicht wieder auf Thüren und Wände auszudehnen, sondern erfahrene Handwerker zu nehmen, die doch auch leben wollen. Ich hätte nie geahnt, daß Sparsamkeit unter Umständen so ins Geld laufen kann. –

Betti ist jetzt wieder bei den Holzsachen, obgleich Onkel Fritz meint, sie besäße kolossales Talent zum Menschenmalen ... das hätte er an der Doris gesehen. Natürlich haben wir für solchen Hohn nur kühle Verachtung, und wer weiß, ob der Flur nicht noch sehr schön geworden wäre, wenn wir unseren Eingebungen ungehindert hätten folgen können? Die alten Meister brauchten Jahrhunderte, ehe sie ihren Höhepunkt erreichten, und wir hatten kaum zwei Tage zur Verfügung, aber davon hat Onkel Fritz keine Spur von einer Idee.

Wie lange Betti noch auf Holz malen wird, das muß sich bald entscheiden, denn ich sehe bereits eine Überproduktion voraus und wohin soll man zu allerletzt damit? Es wird meine Aufgabe sein, sie für die Literatur zu gewinnen, obgleich sie sich von Wichmann-Leuenfels nicht viel verspricht.

Regatta

Es war die höchste Zeit, daß die Regatta abgehalten wurde, denn seit drei Wochen verdarb uns die Ruderei die gemüthlichen Sonntagsmittage. Nichts ist familiärer, als wenn die Angehörigen am Sonntag zusammenkommen: das Geschäft bleibt hinter den verschlossenen Kontorthüren, die Damen ziehen das Neueste an, was sie kürzlich haben machen lassen, und die Herren ehren den Feiertag mit der frischesten Wäsche und dem guten Tuchrock. In der Küche wird sich ebenfalls etwas mehr Mühe gegeben, als an den anderen Tagen, und wenn das Kochbuch sonst auch nicht gebraucht wird, so kann man es am Sonntag doch nicht entbehren, um die Gesellschaft mit einem besonderen Gerichte zu überraschen. So ein Familiensonntag hat wirklich etwas Sonniges an sich.

Mein Schwiegersohn, der Doktor Wrenzchen, war gleich von Anfang an dafür, weil sie dann nicht nöthig haben, bei sich zu kochen und ihr Mädchen ausgehen kann, das natürlich in der unerhörtesten Weise verwöhnt wird, und Onkel Fritz ist schon seit Jahren unser ständiger Sonntagsgast. Kommt noch der eine oder der andere von seinen Freunden mit, so ist uns das recht, und wenn Betti eine Freundin bittet, so mögen wir das gern. Junge, hübsch angezogene Freundinnen zieren ungemein.

Das Essen allein macht jedoch nicht glücklich, es muß sich auch nett unterhalten werden, und das hatten wir meistens, denn der Doktor sammelt die ganze Woche über kleine Lächeln erregende Geschichten und Onkel Fritz ist lange nicht auf den Mund gefallen. Nur zu arg muß er es nicht machen.

Seitdem nun aber die Ruderübungen wieder angingen und die Regatta näher heranrückte, hatte Onkel Fritz nur noch Sinn für den Wassersport, wie sie es nennen, denn er hat nicht genug an seinem Gesangverein, sondern mußte natürlich Mitglied vom Ruderklub werden, als der in die Mode kam. Theils bewegte er sich in ganz fremden Ausdrücken, theils hatte er einen Ton angenommen, der auf eine Herabminderung der Bildung durch die Seeluft schließen ließ und den ich ihm des Oefteren verweisen mußte. Dazu kam, daß der Doktor von dem Nutzen des Ruderns durchaus nicht so begeistert war, wie Onkel Fritz, und sich hartnäckig weigerte, zahlendes Klubmitglied zu werden. Die beiden kriegten denn auch jedesmal das Streiten. Früher neckte Onkel Fritz den Doktor öfters damit, daß die Armleuchter, welche seine Kollegen ihm als Hochzeitspräsent verehrt hatten, nur plattirte Waare sei, was dieser ablehnte, aber der Dialog ward doch niemals so unleidlich wie jetzt, und da soll man noch mit Lust und Liebe und expressen Zuthaten kochen? –

Es war daher wirklich der äußerste Termin, daß die Regatta den ewigen Meinungsverschiedenheiten ein Ende machte, wenn die Menschheit ihre Kräfte untereinander gemessen hat, ist sie ja beruhigt, einerlei, ob sie nun einen richtigen Krieg machen, Wettrennen anstellen oder auf dem Wasser starten, wie es in dem Schifferlatein heißt. Mühe geben die Bootsleute sich freilich genug, denn sie lassen eigens einen Mann aus London kommen, der ihnen das Biertrinken und das Kartoffelessen abgewöhnt. Nur Fleisch dürfen sie zu sich nehmen und das Rauchen ist ihnen ganz verboten, weil es die Körperkraft ebenso schwächt wie junges Gemüse und spätes Aufbleiben. Dafür müssen sie mit dem Morgengrauen aus ihren Wolldecken und rudern, bis sie Hühneraugen in den Händen haben und nur noch Muskeln und Sehnen sind. Diese Art von Kur nennen sie Training. Ich möchte wohl wissen, was von Herrn Kleines nachbliebe, wenn der getrainingt würde. Ich fürchte, nur das Skelett mit dem Augenglas, das er sich neuerdings zugelegt hat, und vermuthlich der Geist, den selbst Onkel Fritz ihm nicht ganz absprechen kann. –

Endlich kam der lang erwartete Tag, aber auch gleichzeitig ein abscheuliches Wetter, denn alle Tage vorher goß es mit Mollen und an dem Sonntagmorgen dreeschte es egal weg. Da jedoch auf alle Fälle gerudert werden mußte, weil von auswärts Wettkämpfer gekommen waren, beschlossen wir, am Nachmittag dennoch nach Grünau hinauszufahren. Wenn man nur will, kann man sich auch im Regen amüsiren. – Wir hatten aber Glück, denn als wir um halb Drei auf dem Görlitzer Bahnhof anlangten, zeigte der Himmel hoch oben schon einzelne hellblaue Lücken. Es konnte noch gut werden.

Nun aber diese Menschenmenge auf dem Bahnhofe. Ein Faß Anchovis ist gar nichts dagegen. Raum war überhaupt nicht, es schob sich dicke in die Vorhalle von draußen hinein und schob sich dann ebenso dicke in die Ankunftshalle hinaus, aber jeder bekam sein Billet und auch seinen Platz im Zuge, denn sowie ein Zug abgedampft war, fuhr gleich ein anderer vor. Maybachen sein Geschäft blühte. Als er am Abend Kasse machte, hat er gewiß gesagt, daß die Ruderer schönes Geld unter die Leute bringen. Und auch die Droschken verdienten, und die Pferdebahnen und die Kremser, es war eine förmliche Völkerwanderung nach diesem Ende der Stadt, wohin man sonst nur selten kommt.

Je mehr der Himmel sich aufklärte, um so vergnügter wurden die Menschen und in unserem Wagen ging es munter her, obgleich wir sehr überzählig waren, aber da der Doktor seine Frau auf den Schooß nahm und mein Karl sich möglichst zusammenzog, konnte es gehen, zumal wir bald in Grünau anlangten.

Vom Bahnhof hatten wir noch zehn Minuten durch den Kiefernwald zu gehen. Schon von fern bummerte die Musik; wir sahen eine hübsche Ehrenpforte, die für den Kronprinzen errichtet war, und dann kamen wir zu der Treppe, die auf unsere Tribüne führte, zu der Onkel Fritz uns die Billets besorgt hatte. Ich stieg hinauf, ohne mir gerade viel zu versprechen, aber ich war doch höchlichst überrascht, als ich oben stand, und nun hinabsah.

Dieser Anblick! Die Spree macht sich bei Grünau ganz breit und liegt wie ein schöner großer See da, dessen Ufer sanft aufsteigen, vorne nach dem Wasser zu als schmales Wiesenland, das von Eichen- und Kiefernwald begrenzt wird, weiter oben nach rechts erheben sich die Müggelberge wie eine Gebirgslandschaft im Kleinen und nach links in der Ferne kuckt der Kirchthurm von Köpenick freundlich aus dem Gebüsch hervor. Nun hatten sie dem Langen See, wie die Spree hier heißt, Festschmuck angethan, denn mitten darin lag eine endlose Reihe von großen und kleinen Segelbooten, alle von oben bis unten mit unzählbaren Flaggen und Wimpeln bedeckt, die lustig im Winde flatterten. Man glaubt kaum, daß es so viele Flaggen geben kann und so bunte dazu. Und nun die vielen Dampfboote, die in einem fort neues Publikum heranführten und die

Hunderte und aber Hunderte von Booten mit Herren und Damen darin und einem vergnügten Lappen am Ende. Es wimmelte nur so auf dem Wasser. Auf den Tribünen saßen Tausende und an den Ufern standen noch mehr Tausende und vernünftige Leute hatten Zelte aufgeschlagen, wo die vielen Menschen Erfrischungen bekommen konnten.

Ich konnte mich nicht satt sehen an diesem Getreibe hier in der freien Natur, auf dem waldumkränzten See und an den Ufern und ich denke, Alle, die draußen waren, sind ebenso entzückt gewesen wie ich.

Dicht neben unserer Tribüne war der Pavillon für den Kronprinzen erbaut, aus rothem Stoff mit Goldfransen, geschmückt mit Eichenlaubguirlanden, gerade dem Ziel gegenüber, wo der Wettkampf entschieden wird. Und nun hörten wir Hochrufe. Der Kronprinz kam. Er trat in den Pavillon, begleitet von Prinz Wilhelm und Prinz Heinrich. Alles erhob sich von den Sitzen und rings von den Ufern und von den Booten und Schiffen brauste ihm ein jubelndes Willkommen entgegen. Die Musik spielte „Heil Dir im Siegerkranz“ und als nun der Kronprinz freundlich dankend den Gruß erwiderte, da brach gerade die Sonne durch und in hellem Glanze strahlte das farbenreiche Bild auf. Das Wasser glitzerte, die bunten Wimpel flimmerten wie ein nagelneuer Tuschkasten und Wald und Wiese leuchteten so maifrisch und so goldig. Es war das schönste Wetter am grünen Strand der Spree, richtiges Hohenzollernwetter. –

Nun begannen die Wettkämpfe. Ein Kanonenschuß gab das Zeichen, daß die Ruderer ganz weit unten, hinter der Bammelecke, wo auch Tausende Stehsitz genommen hatten, abgefahren seien, und gleichzeitig ward an einem hohen Mastbaum ein rother Ballon aufgezogen, der sich in der grünen Natur ausnahm, wie eine einsame riesige Mohnblume. Noch sah man freilich nichts von den Booten, dann aber bogen sie um die Ecke. Wer ein Fernglas hatte, der richtete es dorthin, wo sie sich zeigten, „Wer ist vorn?“ hörte man fragen, „die Berliner?“ – „Die Magdeburger scheinen mit ihnen gleich zu sein.“ – „Wo sind die Stettiner?“ – „Ziemlich zurück.“ – „Die Berliner sind vor.“ – „Jetzt kommt die Biegung, da wird sich's zeigen.“ – „Bravo, die Berliner haben Vorsprung!“ – Die Boote kommen näher, die Mannschaft mit dem großen rothen Stern auf dem Rücken voran, die weißblauen Stettiner nicht weit von ihnen. Nun aber galt es! Wie sie die Ruder eintauchten – immer rascher – immer kräftiger – die Boote sausten nur so durch das Wasser, als wären es Rasirmesser. Und nun flog das erste Boot durch das Ziel! Es waren die Rothgesternten vom Berliner Ruderklub. Sie hatten gesiegt!

Ich war so aufgeregt, daß ich kaum mit in das allgemeine Belobungshurrah einstimmen konnte, dafür jauchzte der Doktor aber für Zwei und schmunzelte für Drei, denn über alles Schätzenswerthe, was sich in Berlin ereignet, freut er sich wie ein Schneekönig. Die Ruderer hielten an. Wie sie pusteten. Es muß eine Pferdearbeit sein, das Gewinnen. Dann salutirten sie vor dem Kronprinzen und fuhren zurück.

Den Freudenjubel dämpfte jedoch der Himmel jetzt dadurch, daß er eine Regenwolke sandte, die besonders große Tropfen fallen ließ. Die Schirme wurden aufgespannt und verschwunden war mit einem Male alles Festliche und Heitere. Aber dies war nur für den ersten Augenblick, denn nach dem Lachen und Kichern unter dem großen Dach von Schirmen zu urtheilen, hatten die Meisten sich in das Unvermeidliche gefügt und machten Scherze, weil der Unmuth kleine Mißgeschicke auch nicht um eine Handbreit besser macht. Nur wer einen neuen Sammtumhang anhatte, stimmte nicht mit aus vollem Herzen ein, da er mindestens nach Spindler zum Aufbügeln muß und seine erste Schönheit einbüßt. Deshalb eignet sich für Feste mit Regen hauptsächlich das Einfachere.

Als ich ruhig in Betrachtungen versunken unter dem Schirm hockte, flüsterte mein Karl mir zu: „Hast Du sie gesehen?“ – „Wen?“ fragte ich. – „Bergfeldts.“ – „Die Möglichkeit!“ rief ich. – „Emil ist da mit seiner Braut und zukünftigen Schwiegermutter. Die Bergfeldten ebenfalls. Sie sitzen unten auf den theuersten Plätzen.“ – „Die darf natürlichermang nicht fehlen. Als wenn es ohne sie nicht ginge,“ erwiderte ich, über solche Dünkelhaftigkeit aufgebracht, „wo sie sonst doch zufrieden sein mußte, wenn sie überhaupt irgendwo mit hinkam.“ – „Sie haben Champagner vor sich,“ fuhr mein Karl fort. Dies kostete mich eine Lache. „Sie sollten lieber das Geld nehmen und ihren Bierfuhrmann mit bezahlen,“ sagte ich darauf, „vom Champagner versteht die doch nicht mehr als der Bauer vom Gurkensalat. Wir könnten es ganz gut, mein Karl, aber wir thun es nicht, dazu sind wir zu anspruchslos. Wenn Du mir nachher eine Tasse Kaffee spendiren willst, werde ich sie mit großem Danke annehmen. Man müßte sich ja geniren, so großpraatschig dazusitzen wie gewisse Leute.“ –

Es drippte zwar noch ein bischen, aber als Jemand mit lauter Stimme rief „Schirme herunter“ klappte Alles zu, da ein richtiges Kommando immer Gehör findet und ein einzelner Paraplü von der Umgebung doch nicht geduldet worden wäre. Auch klärte es sich schon wieder auf und die Sonne beschien bereits die Müggelberge. Es konnte nicht lange dauern, dann mußte sie auch bei uns sein.

„Es wird noch das schönste Wetter,“ sagte ich zu Betti, aber sie hörte gar nicht hin, sondern sah wie verloren auf das Wasser. Ich blickte sie forschend an. – „Kind,“ fragte ich besorgt, „hast Du geweint?“ – „Nicht doch,“ entgegnete sie, „es ist nur ein Regentropfen!“ und trocknete die Augen. – „Sollten Bergfeldts die Ursache ihres Kummers sein?“ dachte ich, „das wäre doch zu verworfen von dieser Familie.“

Als ich aber ihren Blicken folgte, sah ich weiter unten einen jungen Mann im Gespräche mit Anderen stehen, die mir wohl bekannt vorkamen. Es waren Herr Max und seine Freunde, aber so viel Mühe ich mir auch mit meines Mannes Opernglas gab, Herrn Felix Schmidt vermochte ich nicht zu entdecken. Nun wußte ich, was der Regentropfen zu bedeuten hatte: liebe Erinnerungen waren zur Thräne geworden, die in ein Nichts zerrann, wie die unausgesprochene Hoffnung, die wir im Herzen gehegt hatten, mein schweigsames Kind und ich. –

Unsere Aufmerksamkeit wandte sich jedoch wieder der Regatta zu, da jetzt das wichtigste Rennen kam, denn es ging nunmehr um den Ehrenpreis des Kaisers, einen Pokal, der nur auf ein Jahr in den Besitz des siegenden Klubs übergeht und aufs Neue vertheidigt werden muß. Im vorigen Jahre hatte der Berliner Ruderklub ihn gewonnen und nun wollten der Berliner Ruderverein, die Bremer und Frankfurter ihn auch mal haben. Es glückte ihnen aber nicht, obgleich die Frankfurter die Bremer zweimal angefahren hatten, weshalb sie das dritte Mal nicht mehr mitmachen durften. Der Ruderklub siegte auch diesmal und so blieb der Kaiserpreis in Berlin, wo er ja auch eigentlich hingehört. Der Kronprinz ließ sich die Sieger vorstellen und sprach viel mit ihnen, und wir Anderen standen ganz dicht dabei. „Er trage dem Rudersport seine wärmste Sympathie entgegen,“ hatte der Kronprinz gesagt, „und würde stets zu haben sein, wenn man seiner bedürfe.“ – Nein, wie war das prächtig.

Doktor Wrenzchen war durch die Siege bereits anderer Meinung geworden und nun, da er dies auch noch erfuhr, begrub er das Kriegsbeil, das er stets gegen Onkel Fritz schwang, wenn sie auf das Rudern zu sprechen kamen. „Na, alter Kronensohn, was sagst Du nun?“ fragte Onkel Fritz ihn. – „Es sind ganz verfluchte Kerle, Eure Bootsleute,“ sagte der Doktor schäkernd. – Ich erlaubte mir, diesen Ausdruck sehr unpassend zu finden und sagte: „Lieber Doktor, an solchem Ehrentage für Berlin könnten Sie doch wohl etwas mehr auf die Wahl Ihrer Worte achten, oder hat das bischen Seeluft Sie auch schon verdorben? Mas soll blos die Umgebung davon denken?“ – „Schwiegermamachen,“ entgegnete er,

„das ist ja nur äußerlich.“ – Dann ging er mit Onkel Fritz einen Versöhnungsschoppen trinken.

Als sie wieder retour kamen, war der Doktor richtig zahlendes Mitglied geworden, was er jedoch meines Erachtens nach ohne Emmi's Bewilligung nicht hätte so mir nichts dir nichts thun dürfen. Auch mußte er bedenken, daß ihm Kosten daraus erwachsen, die man praktischer verwenden könnte, wie zum Beispiel für ausreichend Krebse, wenn er einmal wieder Gesellschaft giebt.

In der Zwischenpause kletterten wir von der Tribüne herunter und ließen uns an einem der vielen Tische, welche das Wirthshaus im Walde aufgeschlagen hatte, von meinem Karl mit dem versprochenen Kaffee traktiren, bei welchem wir zufriedener waren, als andere Leute bei Champagner. Emmi sowohl als Betti gaben mir beide hierin recht, sie mögen auch gar nicht mal gerne Champagner und mir ist er von Jugend auf gleichgültig gewesen. Wo die Witterung kühl und umschichtig regnerisch ist, zieht jeder Vernünftige etwas Heißes vor, aber wer prahlen will, stürmt auf seine Gesundheit ein und trinkt Kaltes. Das wäre meine Sache durchaus nicht. – Onkel Fritz führte uns nun zu den Preisen, welche geschmackvoll arrangirt auf einem Tische unter den Eichen standen: goldene und silberne Pokale, ein Ehrenschild aus Silber und mehrere werthvolle Gegenstände, theils altdeutsche Zimmer zu dekoriren, theils um den Durst zu stillen, alle aber von kunstgewerblicher Schönheit. Während die Töchter die Einzelheiten betrachteten und Onkel Fritz ihnen das Sinnbildliche der Verzierungen erklärte, bemerkte ich plötzlich nicht weit von mir Herrn Max und im Handumdrehen hatte ich ihn mir geangelt. Er war hierauf wohl nicht gefaßt gewesen, wie ich aus seinen verlegenen Mienen zurechtdividirte, aber ich ließ ihn gar nicht erst zur Besinnung kommen, sondern sagte: „Gut, daß ich Sie treffe, ich habe mit Ihnen zu reden. Geben Sie mir Ihren Arm.“ – Das that er und ehe er noch mucksen konnte, waren wir den Kindern aus der Sehnähe in der Kiefernhaide, wo der Grünauer Verschönerungsverein allerlei runde Wege angelegt hat, die jedoch von geradeauswollenden Leuten nicht respektirt werden.

„Ich habe mich sehr zu beschweren,“ begann ich, „und zwar über das Betragen Ihres Herrn Freundes Felix gegen mich und unser Haus. Sie sind doch sein Freund?“ – „Gewiß!“ antwortete er. – „Nun gut also, dann wende ich mich an die richtige Adresse; als wahrer Freund werden Sie ihm kein Wort vorenthalten.“ – Er wollte etwas erwidern, aber ich sagte: „Bitte, keine Unterbrechung, ich bin an der Tour ... Einer nach dem Andern. Nachher haben Sie auch das Recht. Warum hat Ihr Freund die Einladung zur Hochzeit nicht angenommen, die ich ihm extra schrieb, warum hat er sich nicht einmal entschuldigt? Welche Veranlassung haben wir ihm zu solcher Rücksichtslosigkeit gegeben? Ich glaube, wir ließen es an Gesellschaftlichkeit nicht fehlen, und Sie sind auch nicht viel besser. Was können Sie zu Ihrer Vertheidigung vorbringen?"

Er stand vor mir, den Blick auf den dürren Kiesboden geheftet, als wäre dort die Antwort geschrieben. Dann, nach einer Weile richtete er seine blauen milden Augen auf mich, die wie von Trauer umflort waren, und sprach leise nur das eine Wort: „Nichts."

„Das ist Alles?" fragte ich.

„Mehr kann und darf ich Ihnen nicht sagen."

„Sie waren in Tegel offen und vertrauensvoll gegen mich, Sie waren glücklich in dem Glücke Ihres Freundes. Sind Sie ihm heute noch ebenso redlich gut wie damals?" – „Ebenso," sagte er fest und seine Züge nahmen einen leuchtenden Ausdruck an. – „Also lösen Sie mir das Räthsel."

Er schwieg wieder und sagte darauf: „Noch ist nicht die Zeit, aber verlassen Sie sich darauf, Sie sollen Alles erfahren, wenn die Stunde gekommen ist; und dann hoffe ich, wird sich alles zum Besten wenden." – „Das ist nichts Genaues," rief ich, „ich möchte mir mehr Begreiflichkeit ausbitten!" – Er gab hierauf keine Antwort, sondern fragte: „Darf ich ihm einen Gruß von Ihnen schreiben, das würde ihm unendlich wohlthun?" – „Er ist also nicht hier?" – „Felix hat Berlin verlassen." – „Warum?" – „Um sich in seiner Branche zu vervollkommnen." – „Grüßen Sie ihm meinetwegen von mir, ich wäre nicht besonders gut auf ihn zu sprechen," erwiderte ich, „und Sie mit Ihrer Geheimnißkrämerei können mir auch gewogen bleiben." – „Es thut mir leid, Ihren Zorn auf mich geladen zu haben, aber ich trage ihn gern um meines Freundes willen." – „So ist es nicht gemeint, aber irgend etwas ist branstig, darüber täuscht mich Ihre Freundschaft nicht einen Augenblick. Ich erwarte, daß Sie Ihr Versprechen halten, wenn es an der Zeit ist." – „Das wird meine Pflicht sein, wenn auch eine schwere." –

Da doch nichts Gescheites aus ihm herauszubringen war, kehrten wir zurück. Als wir an dem Halteplatz der Kutschen vorbeikamen, sah ich Bergfeldts Emil bei einer Equipage stehen. So wie er mich gewahrte, machte er sich wichtig mit den Gäulen zu schaffen, that, als wenn eine Schnalle am Geschirr anders sitzen müßte und besah sich das Handpferd, wie ein sachgemäßer Roßkamm, obgleich seine Pferdekenntnisse doch höchstens von den Würsten herrühren, die sie zu

Hause immer aßen. Gerade in diesem Augenblicke brachte der Kutscher ihm ein Glas Grog, das er sichtlich auf eine heimliche Weise bestellt hatte, denn er wurde roth, wie er merkte, daß ich ihn ertappte, und winkte dem Kutscher ab, der ihm jedoch falsch verstehender Weise das Glas erst recht präsentirte. „Ob er wohl öfter in aller Stille Einen nimmt," dachte ich, „oder ob es ausnahmsweise wegen der Kälte geschieht?" Ich beschloß, einmal mit Auguste Weigelt darüber zu sprechen. –

Die Regatta ward mittlerweile fortgesetzt und die Berliner blieben ebenmäßig beim Siegen. Wenn Berlin einmal Seestadt werden sollte, können die Ruderer bei Seeschlachten dieselben Dienste auf dem feuchten Element verrichten, wie die Ulanen auf dem trockenen, so schleunig sind sie. – Bei den spannenden Einzelkämpfen gewann ein Breslauer und als er beim Ziel ankam, wurde ihm ebenso heftig applaudirt und zugerufen wie den Berlinern. Sein Recht muß auch jedem werden.

Ich gestehe gern, daß ich mich trotz Bergfeldtens und des Herrn Max selten so gut amüsirt habe, wie bei der Regatta. „Was sie doch Alles in Berlin fertig bringen," sagte ich zu meinem Karl, „es macht mich ordentlich stolz, obgleich das Rudern durchaus nicht für Damen paßt, schon allein wegen des Kostüms, da es zu barft ist." – Mein Karl sagte: „Bei solchem Thun verweichlicht unsere Jugend nicht, und das Streben, auf jedem Gebiete der Erste zu sein, schadet dem Deutschen nicht." – „Aber es können doch nicht Alle sich dem Rudern widmen," warf ich ein. – „Auch nicht nöthig," erwiderte mein Karl, „das gute Beispiel wirkt. Da mag denn jeder versuchen, auf seinem Gebiete das Beste zu leisten und es den Konkurrenten in Tüchtigkeit zuvorzuthun." – „Du sollst recht haben," sagte ich, „in dem Nationalökonomischen weißt Du besser Bescheid, als ich." –

Mit einem übermenschlich langen Extrazuge fuhren wir wieder zurück nach Berlin. Die Landstraße, welche neben der Bahn herläuft, war voll von Fuhrwerk. Aus dem Zuge wurde den Fahrenden auf der Landstraße mit Taschentüchern zugewinkt und sie winkten munter wieder, einerlei, ob sie in Equipagen saßen, oder in Kremsern, oder auf Milch- und anderen Wagen, wo sie familienweise Platz gefunden hatten. Das kam wohl daher, weil sie Alle gleich froh waren, über das Wetter, über unseren Kronprinzen und über die Siege. Und der Kronprinz hat sich auch über seine Berliner gefreut, das sah man ihm an. Prinz Heinrich, der doch schon rund um die Erde gefahren ist, hat gesagt, er hätte nirgends in der Welt so etwas gesehen, wie den See im Festschmuck und die Ufer der Spree mit den vielen Menschen, wir waren ja auch Alle miteinander hingerissen. –

Onkel Fritz blieb in Grünau zur kameradschaftlichen Feier der glorreichen Ereignisse. Er war noch zwei Tage hinterher rauh, wie mit einer ausgesengten Kehle, als er wieder zum Vorschein kam, und behauptete steif und fest, er hätte einen Holzhacker auf Stückarbeit im Kopfe. – „Wie kommt denn das?" fragte ich ihn theilnahmsvoll. – „Vom vielen Gesundheittrinken, Wilhelmine," erwiderte er, „wir haben die Siege nicht schlecht begossen." – „Fritz," sagte ich, „nennst Du das Gesundheit, wenn Du kaum aus den Augen sehen kannst?"

„Wilhelm," sagte er, „schön war's doch!"

Im grünen Grunewald

Was ich allmählich sehr merkwürdig im Leben finde, ist, daß man die meisten Erfahrungen macht, ohne es zu wissen und erst später darüber klar wird, ob dieses oder jenes Begebniß eine Erfahrung war oder nicht. Man genießt zum Beispiel an einem einladenden Abend die Natur draußen und achtet nicht darauf, daß man von dem schönsten Zug umsäuselt wird, aber wenn sich am nächsten Tage Gliederreißen, steifer Nacken, Hexenschuß oder sonst etwas Chirurgisches einstellt, wogegen flüchtiges Kampferelement hilfreiche Dienste leistet, so weiß man ganz genau, daß man im Zug gesessen hat und ist um eine Erfahrung reicher. Man nimmt sich allerdings vor, es nicht zum zweiten Male wieder zu thun, aber dann ist es vielleicht nicht der Zug, mit dem man sich versieht, sondern saure Milch, oder das Bier war zu eisig und man hat statt einer dicken Backe die einheimischen Semikolon-Bacillen weg, die jedoch in recht heißem Glühwein keine Existenz finden, wie sie auf dem Reichsgesundheitsamte entdeckt haben. Und das ist sehr gut, denn wenn die blos oberflächlich abgebürsteten Franzosen in ihren unkanalisirten Hafenstädten Krankheiten großzüchten, haben wir nun in Berlin nicht nöthig, Karbol-Bowle zu trinken, wie Onkel Fritz vorschlug, als wir Geheimrath Koch ein bischen an Frankreich ausgeliehen hatten und die Zeitungen täglich so voll von dortiger Cholera waren, daß man sie kaum mehr in die Hand nehmen mochte.

Glühwein ist eine wissenschaftliche Erfahrung, die sich schon bei der bloßen Angst bewährt, wie ich bei der Frau Polizeilieutenanten erprobte, die allein von dem Zeitungslesen Kollern im Leibe bekommen hatte und ihren Puls nicht finden konnte, als sie danach suchte, worüber sie in eine ganz unglaubwürdige

Verfassung gerieth; denn wenn der Puls weggeht, ist das letzte Stadium da und der Mensch thut gut, über sein Leichenbegängniß nachzudenken. Einige Gläser Glühwein hoben die Symptome jedoch sofort und nach einer Viertelstunde konnte die Polizeilieutenanten den Puls überall fühlen. Es hämmerte unten in den Zehen, wie sie versicherte, ebenso gut wie in den Schläfen. Sie war gerettet. – „Frau Buchholz," sagte sie, „wenn Sie nicht zufällig gekommen wären, wer weiß, ob nicht schon der schwarze Omnibus für mich angeschirrt gewesen wäre?" – „Es sah allerdings bedenklich aus," erwiderte ich, „aber vom Abschrammen waren Sie doch noch ein nettes Endeken entfernt; Ihnen war blos die Bangigkeit stark aufs Innere geschlagen." – „Ich lese keine Zeitung wieder, als bis die Obstzeit vorbei ist," sagte die Polizeilieutenanten. – „Daran thun Sie ganz recht," pflichtete ich ihr bei, „in der einen Hand eine mürbe Birne und in der anderen Hand nichts als Cholerafeuilletons, das könnte selbst der Riese Goliath nicht vertragen." –

So hatte ich denn wieder eine Erfahrung gemacht und zwar derartig, daß nicht Alles, was in den Zeitungen steht, dem Menschen gesund ist und daß es kein besseres Mittel giebt, den Puls wieder hervorzutreiben, als Glühwein. Aber heiß muß er sein und wären es auch vierundzwanzig Grad im Sommer hinterm Ofen. –

Die Polizeilieutenanten gehört nicht zu jener Art Rasse von Menschen, die sich durch Undankbarkeit ein Ansehen zu geben suchen, die, wenn sie irgendwo Hausbesuch gewesen sind, hinterher die Betten schlecht machen, und wenn sie gebeten waren, am nächsten Tage zu einer durchaus gleichgültigen Nachbarschaft rennen und erzählen, sie begriffen nicht, wie man es wagen könnte, den Leuten so etwas vorzusetzen. Nein, so ist sie keineswegs, denn als sie gänzlich wiederhergestellt war, lud sie uns zu einer Nachmittagspartie nach dem Grunewald ein mit Kaffeetrinken auf Paulsborn und dann bei Schildhorn herum nach den Pichelsbergen. Sie hatte eine herrschaftliche Equipage für den Nachmittag gemiethet, sehr nobel mit einem Livreekutscher, dessen zusammengelegter Ueberzieher mit den blanken Knöpfen wie anderthalb Meter Sternenhimmel vom Bocke herunter in die Kutsche hing. Wir beiden älteren Damen nahmen Platz im Fond, Polizeilieutenants Mila und Betti saßen uns gegenüber. Die Herren wollten uns am Abend draußen im Kaisergarten abholen, und so hatten wir denn den köstlichsten Nachmittag ganz für uns.

Es läßt sich ja leider nicht leugnen, daß der Kurfürstendamm dort, wo die Häuser aufhören, ziemlich versandet ist und sein Staub eine ganz besonders

Flugkraft entwickelt, aber da ich das neue pellkartoffelfarbene Kleid mit hellbraunem Atlasbesatz angezogen hatte, so litt ich fast gar nicht, während die Frau Polizeilieutenanten in ihrem schwarzen Kostüme mit der vielen Passementerie bald aussah, als ginge sie in Packpapier. Wenn uns auch bei jedem kräftigen Luftzug etwas von der Gegend zwischen die Zähne wehte, daß es knirschte, so kümmerten wir uns nicht viel darum, denn wir wußten: in Paulsborn winkte die Kaffeekanne mit ihrem lindernden Inhalte.

Wie lange wird es dauern bis der Kurfürstendamm ganz bebaut ist? Dann erstreckt Berlin sich bis an den Grunewald, der Zoologische Garten liegt mitten in der Stadt, der Halensee stellt dann dasselbe vor, was jetzt der Goldfischteich ist und der Grunewald selbst wird zum Thiergarten. Wenn der Berliner die Siegessäule sehen will, muß er ein Fernrohr nehmen, so groß wird dann die Stadt sein. Hat man diesen Zukunftsbauplatz überstanden, der sich entwickelt, wenn wir den Frieden behalten, welcher sehr fördersam auf alle Geschäfte einwirkt, wie mein Karl sagt (mit Ausnahme natürlich von Pulvermühlen und Gipsverbandfabriken, die sehr stöhnen sollen, derentwegen Bismarck jedoch keinen Krieg anfängt), so nimmt Einen der herrliche Grunewald auf. Waldesschatten, Waldesduft und Waldseen habe ich von jeher ungemein gern gehabt und man findet sie im Grunewald von unvergleichlicher Qualität, aber ich muß sagen, wenn man so in eine Equipage hingegossen daran vorbeifährt, ist der Waldesreiz doch noch energischer.

Diesen Verhältnissen angemessen unterhielten wir uns nur über höherliegende Gegenstände, namentlich über den Mangel an wirklich gebildetem Umgang, wobei wir denn auch auf Bergfeldts zu sprechen kamen. Die Polizeilieutenanten meinte, die Bergfeldten habe gewiß ihre guten Seiten, aber in einer Equipage würde sie doch nicht mit ihr durch den Grunewald fahren. „Siehst Du wohl, Betti," sagte ich, „daß die Frau Polizeilieutenanten sehr wohl ihre Unterschiede zu machen pflegt? Dieser Nachmittag wird stets hervorragend in unserer Erinnerung bleiben." – Auch Mila meinte, das Wetter sei exquisit und es wären nur wenig ordinäre Leute unterwegs. Sonntags führen sie deshalb auch nie irgendwo hin, weil es überall zu gemischt sei. – Als Betti, die in der letzten Zeit sehr viel über Menschenrechte und Egalheit der Stände gelesen hat, hierauf etwas entgegnen wollte, hielt die Equipage glücklicherweise vor dem Paulsborner Försterhause. Wir stiegen Alle aus und Betti mußte eine Antwort bei sich behalten, die der Frau Polizeilieutenanten sicherlich nicht gefallen haben würde. – Ich verachte keinen Rang und keinen Stand und schätze Jeden, der sich ehrlich durch die Welt schlägt; aber trotz aller Gleichheitsbücher wird es mir doch nie einfallen, meinen Obst- und Gemüsefrauen, dem Milchmann und dem Schornsteinfeger einen Theedansant zu geben. –

Wir tranken Kaffee, besahen das Jagdschloß, das so romantisch an dem See liegt, und kutschirten dann weiter durch den grünen Wald, bis wir an die Havel kamen und der Wagen langsam die hohe Chaussee herunterfuhr, von der man einen entzückenden Anblick auf Wald und Wasser hat. Wie es dort schön ist! Ohne Grund haben sich am Fuße dieser hügeligen Ufer auch nicht so viele Wirtschaften angesiedelt. Beim Kaisergarten machten wir Halt, denn hier wollten unsere Männer mit uns zusammentreffen. Natürlich war noch keiner da. In den Jugendjahren läßt der Verliebte die Dame seines Herzens nicht warten, im Gegentheil, er ist stets früher am Platz als sie, aber wenn man erst ein bischen angebrannte Waare ist, dann haben die Herren Zeit. Dies ist eine sogenannte Welterfahrung, die schon von sehr Vielen gemacht worden sein soll. Mein Karl ist dagegen stets sehr präzise, wenn nicht eine ausweisliche Entschuldigung vorliegt und ihn alsdann kein Vorwurf treffen kann.

Es wäre mir sehr lieb gewesen, wenn wir die Herren vorgefunden hätten, denn so angenehm auch Damenumgang ist: ein ausschließlich weiblicher Nachmittag wird zuletzt doch etwas interesselos. Um so angenehmer war es uns daher, als ein Herr an unseren Tisch trat, höflich grüßte, im ersten Augenblick völlig unkenntlich erschien, sich dann aber als Herr Kleines entpuppte. – „Wie sehen Sie denn aus?" rief ich, „Sie haben wohl das Zeug von Ihrem jüngeren Bruder an?" – „O nein," erwiderte Herr Kleines eigendünkelig mit seinen klapperigen Formen liebäugelnd, „ich bin ganz Pschütt!" – „Was sind Sie?" fragte die Frau Polizeilieutenanten, die verlangte, daß ich ihn formell vorstellte, obgleich sie ihn von meiner Tochter Emmi Hochzeit hätte kennen müssen, da man eine so komische Biele doch nicht leicht wieder vergißt. – „Pschütt!" wiederholte er und fügte erklärend hinzu: „die neueste Mode von Paris." – „Nun sind sie ja wohl ganz brägenklietrig, die Franzosen?" rief ich aus, „Alles zu eng und zu knapp ..." – „Und die Haare kurz abrasirt wie ein Zuchthäusler," fiel mir die Polizeilieutenanten ins Wort. – „Das ist aber gerade das echte," sagte Herr Kleines, über seine eigene Verruinirung triumphlächelnd, „man muß es nur verstehen!" – „Es mag verständnißinnig sein," sagte ich, „aber schön ist etwas Anderes. Nehmen Sie nur Platz. Sie sind auch als Püscht willkommen." – „Pschütt," sagte Herr Kleines. – „Ob Püscht oder Pschütt ist ganz egal," entgegnete ich, „so urig wie heute hab' ich Sie noch nie gesehen."

Herr Kleines sagte, er hätte noch einen Freund bei sich, einen gebildeten jungen Mann, ob er den heranbringen dürfte? Die Frau Polizeilieutenanten winkte herablassend mit dem Haupte und sagte: „Angenehm!“ worauf Herr Kleines verschwand. – „Nein,“ sagte Betti, „wie kann ein Mensch so affig sein und den Franzosen solche Fratzen nachmachen, wie Herr Kleines?“ – „Ich finde ihn sehr chic,“ entgegnete Mila. – „Nein, Püscht,“ sagte ich. – „Nein, Schüpz,“ sagte die Polizeilieutenanten. – Zum Glück kam Herr Kleines jetzt wieder, sonst hätten wir über seinen dummen Anzug noch das Streiten gekriegt. Er stellte seinen Freund, Herrn Pfeiffer, vor, der einen recht soliden Eindruck machte. Die Mittelgröße hatte er erreicht, einen hübschen dunklen Vollbart erworben und handhabte das Pincenez sehr gelenk. Daß er oben bereits durchzuwachsen anfing, bemerkte ich, als er sehr respektvoll grüßend den Hut abnahm, wie es ja überhaupt oft vorkommt, daß den jungen Leuten, sobald sie anfangen, verderblich schön zu werden, das Haar auszufallen beginnt wodurch die vorsorgliche Natur ihre Gefährlichkeit für Familien mit Töchtern zweckmäßig vermindert.

Wir kamen um so bälder ins Gespräch, als Herr Pfeiffer auch der Ansicht war, daß es trotz aller neuen Kommunalschulen doch an Gebildeten auf dem Erdkreise mangele und man nur wenig Umgang fände, der das Höhere wirklich zu würdigen wisse. Er fühle sich deshalb auch sehr alleinstehend und verberge seine Gefühle vor der kalten Menschheit, die ihn doch immer fasse. Zu den Figuren im Museum flüchte er, da empfinde er ganz und voll, was er sagen würde, wenn die Statuen noch beseelte Geschöpfe von so wunderbarer Macht wären, wie damals, als sie zur Zeit des Perikles und Anaximander aus dem reinen Hellenismus geboren wurden. Dagegen die Jetztzeit ... er müßte sie herzlos nennen ... schal ... egoistisch ... er verachte sie sogar. Ja, das thäte er. – Dies alles sagte er mit einer tiefen Baßstimme und voller Ueberzeugung, wie durch einen großen Trichter.

Während wir uns mit Herrn Pfeiffer unterhielten, begab sich Herr Kleines mit Betti und Mila auf eine Wanderung durch den Garten, um die Merkwürdigkeiten zu besehen, den unreinlichen Adler im Käfig, der weiter keine Kunststücke kann, als mit den Augen plinken und dabei essen, die Affen und Kaninchen, den Pony-Korso, das Eselreiten und was das Lokal sonst noch an Unterweisendem und Erheiterndem bietet. Uns fesselte dagegen die Kunst, die ja ebensogut zum Darübersprechen, wie zum Ansehen geschaffen ist.

Auch mir gab Herr Pfeiffer recht, als ich behauptete, die Antiken hätten durch das Eingraben entschieden gewonnen. „Das haben sie," sagte er, „denn man sieht es ihnen deutlich an, aber das große stumpfsinnige Publikum geht theilnahmslos an ihnen vorüber, das hat nur Sinn für die Operette, für Niedriges und Gemeines, für die leichtgeschürzte Muse der Zweideutigkeit." Nur die „Fledermaus" gefiele ihm und der „Bettelstudent", da müsse man sich amüsiren, und das thäte er. Die Frau Polizeilieutenanten pflichtete ihm bei, sie wollte auch Melodien haben, die sie behalten könnte; um sich zu langweilen, ginge sie nicht ins Theater. – Als wir so im besten Zuge waren, das Gebiet des Idealen zu durchwandern, kam Betti wieder und zwar ganz allein. – „Wo sind die Anderen?" fragte die Frau Polizeilieutenanten. – „Herr Kleines ist mit Mila Bootfahren." – „Ohne meine Erlaubniß?!" – „Mein Freund Georg wird sie sicher wieder an den rettenden Strand geleiten," sagte Herr Pfeiffer. – „Aber es fängt schon an zu dämmern und ich finde es unpassend, daß meine Tochter allein mit ihm Wasser fährt," erwiderte die Polizeilieutenanten unwillig. – „Ich bürge für meinen Freund," sagte Herr Pfeiffer überzeugungstreu und besonders tief im Tone, „ich lasse nichts auf ihn kommen." – „Sie brauchen ihn nicht zu vertheidigen, da ihn noch Niemand verklagt hat," entgegnete die Polizeilieutenanten. Gerade als Herr Pfeiffer nun den Verletzten spielen wollte, kamen mein Karl und der Herr Polizeilieutenant, der nach der ersten Begrüßung sogleich nach seiner Tochter fragte. – „Sie ist auf dem Wasser." – „Allein?" – „Nein, mit Herrn Kleines." – „Wer ist das?" – „Ein Püscht", sagte ich. – „Nein, Pschütt," sagte Betti. – „Ein junger Mann nach der neuesten französischen Mode," sagte die Polizeilieutenanten. – „Stimmt," sagte mein Karl. – „Ich schlage vor, wir nehmen ein Boot und holen die Beiden ans Land, mir wäre es wenigstens nicht angenehm, meine Tochter mit ihm bei sinkender Nacht auf der Havel zu wissen. Das Wasser ist tückisch." Die drei Herren mietheten rasch ein Boot und setzten Herrn Kleines nach, als wenn er ein Seeräuber wäre, den der rächende Arm des Gesetzes beim Kanthaken kriegen wollte. –

Nun machte die Polizeilieutenanten mir Vorwürfe, daß ich sie mit Herrn Kleines bekannt gemacht hätte. „Aber nur mit Ihrer Einwilligung, wenn Sie sich gütigst erinnern wollen," bemerkte ich. – „Sie mußten seinen Charakter kennen und mich warnen." – „Zum Warnen finde ich ihn gerade nicht." – „O ja, wer so geckig herumläuft, der geht nur aufs Courmachen aus, man sieht schon seinen kurzgeschorenen Haaren an, daß er verbrecherisch ist." – „Er macht nur blos die Mode mit." – „Mein Mann wird ihm schon sagen, was Mode heißt," sagte sie bitterböse, daß ich es für gerathen hielt, einzulenken. – „Warum fuhrst Du denn nicht mit, Betti?“ fragte ich. – „Herr Kleines ging mir zu ungeschickt mit den Rudern um und zum Ertrinken hatte ich keine Lust.“ – Die Polizeilieutenanten bekam es jetzt mit der Angst. „Wo sind sie? sie kommen nicht. Wo bleibt mein Mann?“ – Wir ans Ufer. Es war kein Brett mehr zu sehen, denn der Himmel hatte sich umzogen, und es war reiner Wahnwitz, jetzt noch auf dem Wasser zu treiben.

Während wir angstvoll in die Nacht hinein starrten und die Polizeilieutenanten schon anfing ganz desparat zu werden, hörten wir rufen: „Ach da sind sie ja.“ – Es waren Mila und Herr Kleines, die durch den Garten auf uns zu eilten. – „Na nu?“ rief ich, „wo kommen Sie denn her?“ – „Wir mochten nicht mehr rudern und legten bei Schildhorn an,“ sagte Herr Kleines, „den Weg von dort bis hierher gingen wir zu Fuß.“ – „Und Papa ist im Nachen und sucht Dich, Du ungerathenes Kind,“ sagte die Polizeilieutenanten. – „Und mein Karl und Herr Pfeiffer dito!“ rief ich, „wie kriegen wir jetzt die Männer wieder her?“

Wir mußten warten und wie warteten wir! Ich glaube, die verstorbene Odysseus'n hat damals kein sehnlicheres Verlangen nach ihrem Manne gehabt als wir jetzt nach den unserigen, Herrn Pfeiffer nicht mitgerechnet. Ich nahm die Gelegenheit wahr, Herrn Kleines anzudeuten, daß ihm vom Herrn Polizeilieutenant wahrscheinlich ein nasses Jahr bevorstände, worauf er den letzten Zug von Westend vorschützte und sich auf die Socken machte.

Endlich hörten wir etwas plätschern. „Sie sind schon lange hier,“ schrieen wir. Die Herren landeten. Der Herr Polizeilieutenant sprang zuerst auf die Brücke. „Wo ist Herr Kleines,“ rief er. – „Ich verbürge mich für ihn, verehrter Herr Polizeilieutenant,“ sagte Herr Pfeiffer, „wie ich mir schon wiederholt zu bemerken die Erlaubniß nahm.“ – „Ich danke,“ antwortete jener, „ich werde schon selbst mit dem Herrn reden, seine Adresse habe ich zufriedenstellenderweise von Ihnen erhalten.“ –

Der Wagen wurde beordert, wir gruppirten uns in denselben hinein so gut es gehen wollte. Herr Pfeiffer verzichtete mitzufahren, weil er sonst neben dem Herrn Polizeilieutenant hätte sitzen müssen, und ging allein durch den Grunewald zurück. Wir kehrten ziemlich schweigsam heim und während wir durch den stillen Wald fuhren, mußte ich immer daran denken, welchen Tanz der Polizeilieutenant wohl mit Herrn Kleines haben würde. „Gelinde wird es nicht ablaufen,“ sagte ich zu mir selbst. Ich freilich könnte es nicht übers Herz bringen, aber Polizeilieutenante haben die Nerven dazu.

Das Portrait

Auch in diesem Herbst beabsichtigten Betti und ich die Bilderausstellung auf dem Cantiansplatz wiederholt zu besuchen, erstensmal, weil ich es so gewohnt bin, zweitensmal, weil Betti auch selbstthätig mit der Malerei umgeht und drittens mehreremale, weil der erste Besuch wegen der Menge kaum genügt, die Kunst in ihrer Allgemeinheit zu erfassen. Sonst gingen wir nicht eher hin, als bis wir uns in den Zeitungen über das Hervorragende unterrichtet hatten, aber seitdem wir uns überzeugten, daß ein Rezenseur sich die Beine über ein Bild ausreißt, welches der andere so herunterputzt, daß man sich fragt, warum der Künstler noch nicht von Rechtswegen todtgeschlagen wurde, ist uns schnuppe, was sie schreiben, und was Adolf Rosenberg sich zusammenkritisirt ist mir persönlich am allerschnuppesten, seitdem ich weiß, daß er seine Meinung wie Papierkragen wechselt. Wenn er, wie er gethan hat, von einem gewissen Jemand verlangt, den Ruf erst zu verdienen, den die Kritik ihm gemacht habe, so muß ich annehmen, daß er Alles nur so hinhaut, was er schreibt, denn mit Ueberlegung kann er die Kritik unmöglich blosstellen, indem er ihr nachsagt, sie fabrizire unverdiente Rufe! Das heißt doch, die ganze Zunft für eine Gesellschaft von Falschmünzern erklären. Nein, da stelle ich die Kritik höher, so verworfen ist sie mir nie erschienen, aber ich finde es von Adolf Rosenberg, der die „Grenzboten“ als sein Giftspeibecken benutzte, wenigstens kollegialisch anständig, sich durch das offene Bekenntniß des hohlen Treibens selbst mit an den Pranger gestellt zu haben, zumal Einer, dessen Geschäft die Kritik ist, am besten wissen muß, wie die Dinge liegen. –

Das Ausstellungslazareth ist wohl praktisch, aber da seine äußere Zierde, namentlich von der Stadtbahn ausgesehen, nur in Wasserdichtigkeit besteht, legt es selbst auf Schönheit keinen Werth. Den künstlerischen Inhalt wollten wir nun derartig abgrasen, daß jede sich die Gemälde stillschweigend anmerkte, welche ihr am meisten gefielen, worauf bei einer zweiten Durchwanderung der Säle gegenseitiger Meinungsaustausch stattfinden sollte. Daraus ward aber nichts, denn als wir in den ersten Saal traten, fiel uns gleich die lebensgroße Figur eines Mannes in Uniform auf, der sich wie lebend von einem Purpurvorhang mit reicher Goldbordüre in vornehmer Haltung abhob. – „Wer ist dies?“ fragte ich Betti, das gegebene Versprechen vergessend. Sie las im Katalog nach: Friedrich Franz der Zweite, der verstorbene Großherzog von Mecklenburg-Schwerin. – „Man sieht ja gleich, daß es ein Fürst sein muß,“ entgegnete ich. „Wer hat das Bild gemalt?“ – „Fritz Paulsen,“ las sie weiter. „Nun fallen mir alle meine Sünden ein,“ rief ich. „Was wird der wohl von mir denken?“ – „Wieso, Mama?“ – „Nun Kind, ich fragte ihn in Neapel, ob er mich wohl malen würde, und war schon so gut wie entschlossen dazu.“ – „Das wäre herrlich,“ fiel Betti mir in die Rede. „Ein Bild von Dir ... zu Papa's Geburtstag ... etwas Schöneres könntest Du ihm gar nicht schenken.“ – „Kind, wo denkst Du hin? Habe ich neulich nicht erst die ausgezeichneten Photographieen bei Karl Günther machen lassen, von denen Ihr sämmtlich so eingenommen waret?“ – „Das sind wir auch noch, aber wenn ich Dich so betrachte, Mama ... Du bist wie geboren für Oel,“ sagte das Kind scherzend. „Wie theuer wird uns Allen das Bild sein,“ fügte sie ernster hinzu, „wenn ...“ – „Wenn ich alt und grau geworden bin?“ fragte ich lächelnd. – „Das meine ich nicht,“ antwortete sie, „aber vielleicht sind wir nicht immer bei Dir, und wer dann Dein Bild betrachtet, der hat Dich lebend und lieb vor Augen. Du mußt Dich malen lassen.“ – „Wenn ich mit ziemlich strengem Ausdruck bei meinem Schwiegersohn an der Wand hinge, könnte Emmi möglicherweise Gut davon haben, denn es sind Thatsachen dagewesen, daß der Anblick eines Bildes das Gewissen vortheilhaft beunruhigte,“ sagte ich nach kurzer Ueberlegung, „aber ich fürchte, Papa wird die Moneten verweigern.“ – „Es kann doch den Kopf nicht kosten, Mama, Du bezahlst das Bild selbst.“ – „Das ist aus der Kasse in die Beilage,“ wehrte ich ab. – „Alles, was ich mir allmälig erspart habe, gebe ich dazu,“ drängte Betti. „O, wie freue ich mich auf Dein Bild!“

„Wir werden es noch erst einmal gründlich überlegen,“ beendigte ich das Gespräch, „nun komm und laß uns die Ausstellung betrachten, wie wir uns vorgenommen haben.“ –

Als hierauf ein langer Saal nach dem andern durchwandert war, merkte ich, daß meine Gedanken nicht bei den gegenwärtigen Gemälden weilten, sondern sich lebhafter, als ich wollte, mit meinem Zukunftsportrait beschäftigten. So oft ich das Ebenbild einer Dame erblickte, legte ich mir die Frage vor, warum sie sich eigentlich habe malen lassen und ob auch ich die Berechtigung dazu hätte? Wegen ihrer Bildschönheit hatte Manche es sicherlich nicht gethan, sondern hauptsächlich wohl wegen der Aehnlichkeit. Viele waren so hoch plazirt, daß man auch dies nicht unterscheiden konnte. Mir fiel aber ein, daß Ludwig Pietsch über mein Aussehen unvergeßliche Worte gesprochen hatte, und als ich Alles miteinander bedachte: die halbwegs bindende Anfrage in Neapel bei dem Professor Paulsen, Betti's sehnliches Verlangen, meines Karl's Ueberraschung an seinem Geburtstage und weil man doch nicht jünger wird, sah ich ein, daß ich mich ohne Gnade fügen mußte. Ich winkte Betti heran und sagte: „Halb bin ich wankend, Euern Bitten nachzugeben …“ – „Wie prachtvoll!“ rief sie fröhlich aus. – „Aber mir fehlt noch die richtige Kunstbegeisterung, um meinem Herzen den entscheidenden Stoß zu geben. Erst muß ich ein Bild gefunden haben, das die letzten Bedenken zerstreut.“ – „Suchen wir,“ rief Betti, „ich helfe Dir.“ –

Es läßt sich nicht leugnen, daß sehr viele außerordentliche Bilder anziehend auf uns einwirkten, und wir aus der Bewunderung der neueren Meisterhände gar nicht herauskamen. Betti meinte, das gänzlich Schwarze, als wenn man sich mit Lakritzen gewaschen hätte, schiene am modernsten in der Kunst zu sein, aber für dies Sargartige in der Malerei, hatte ich keinen Applaus. – „Was sagst Du denn hierzu?“ fragte sie mich und deutete auf ein Gemälde, das eine schlank gewachsene Dame in olivgrünem Sammtgewande darstellte, mit einem Ausdrucke, als ob sie freundlich antworten würde, wenn man sie anredete. – „Dies wäre ganz mein Fall,“ sagte ich, „nur glaube ich, daß mir das braune Rippskleid besser stehen würde, und dann halb so groß, die kleineren Rähme sind gewiß bedeutend billiger.“ – „Abgemacht?“ fragte Betti? – „wenn Du meinst, daß Papa …“ – „Es bleibt dabei,“ jubelte sie und legte ihren Arm um mich, „meine liebe, gute Mama wird gemalt.“ – „Kind, Kind, Du überrumpelst mich ja förmlich, man muß doch erst wissen, von wem dies Portrait ist?“ – „Hier steht es groß und deutlich,“ sagte sie, und zeigte auf den Namen des Künstlers unten in einer Ecke des Bildes. – „Fritz Paulsen,“ las ich. – Es war klar; das Schicksal wollte es nicht anders. –

Als wir die Ausstellung verließen, war ich mit mir einig, meinem Karl die große Ueberraschung zu Theil werden zu lassen, zumal Gemälde auch, wie Betti fest versicherte, nicht nur bleibenden Werth hätten, sondern mit den Jahren im Preise stiegen. – „wenn sie das thun, ist ja nichts weg,“ erwiderte ich, „und Brod fressen sie nicht. Aber eins will ich Dir noch sagen, Betti, wir wollen keine Sterbenssilbe über die Ausstellung lesen, denn wenn ein schlechtausgeschlafener Rezenseur seine gnedderige Laune an dem Portrait von der Dame ausließe, würde die Lust, mich malen zu lassen, in die Brüche gehen.“ – „Aber wenn er es schön findet?“ – „Das können wir ebensogut von alleine. Hast Du letzt in dem populärlangweiligen Vortrag von Bruno Meyer nicht gehört, daß diejenigen Kunstwerke klassisch sind, welche das in der Dauer sich bewährende Urtheil der Menge dafür hält? Na, und wir Beide sind auch Menge!" –

Einige Tage darauf fuhr ich nach der Dorotheenstraße zum Professor Paulsen. Als ich klingelte, öffnete mir eine Frau, die mich in ein Empfangszimmer führte und sagte, der Professor hätten gerade Sitzung, wen sie anmelden sollte? – Ich dachte nun, den Professor zu überraschen und erwiderte: „Sagen Sie nur, eine Bekannte aus Italien wäre da, dann wird er schon Bescheid wissen." – Die Frau sah mich ungläubig an und ging langsam nach der Thür, die ins Atelier führte, aber bevor sie verschwand, warf sie einen Blick auf die Kunstgegenstände und alten Porzellansachen, die auf dem Spiegeltisch und antiken Spinde standen, als wollte sie mir andeuten, jedes Stück sei gezählt. – „Dies ist gewiß der Hausdrache, der die Schätze bewacht," dachte ich, und wie ich später erfuhr, hatte ich mich auch nicht geirrt, denn die Bachmann, wie sie heißt, besorgt die Wirthschaft mit großem Pflichtgefühl. –

Es dauerte nicht lange, da trat der Professor in eigener Person an. Er erkannte mich sofort wieder und sagte, da die Sitzung zu Ende sei, stände er mir gleich zur Verfügung, ich möchte ihn nur noch wenige Minuten entschuldigen. – Er blieb wirklich auch nur kurze Zeit aus und nöthigte mich darauf in das Atelier.

Es war zum ersten Male in meinem Leben, daß ich ein Atelier betrat, worunter ich mir stets einen leeren Raum vorgestellt hatte, in welchem neben größter Unordnung Gemälde angefertigt würden, aber ich muß gestehen, daß mein Begriff aus Unbekanntschaft mit Künstlerischem beruhte, denn ich glaubte wahrhaftig in einen von jenen Sälen gerathen zu sein, wie ich sie in den italienischen Palazzos gesehen habe, nur mit dem Unterschiede größerer Sauberkeit und mehr zum behaglichen Aufenthalt eingerichtet. Die Wände waren theils mit Gobelins behängt, theils waren sie, wie im Museum, bis oben hinauf mit Bildern dekorirt. Auch Waffen hingen da und auf den Gesimsen standen Figuren, Schüsseln, Krüge und farbige Glassachen. Und nun erst die verschiedensten alterthümlichen Stühle und Sessel, Tische und Spinden und die Teppiche, Alles gediegen und wunderherrlich zu einander passend.

„Nein," rief ich, nachdem ich aus dem ersten Erstaunen heraus war, „das hätte ich nicht erwartet, es muß ja ein wahres Vergnügen sein, sich in dieser Umgebung malen zu lassen, und damit ich nur gleich sage, warum ich gekommen bin: ich habe die Absicht."

Wir setzten uns nun in eine gemüthliche Ecke. Der Professor fragte, ob ich schon gefrühstückt hätte und duldete nicht, daß ich mich ablehnend verhielt, sondern beorderte die Bachmann, einen Imbiß aufzusetzen, mit vorzüglicher Fleischbrühe und kalter Küche. Hierbei besprachen wir das Nähere wegen des Portraits, aber gegen braunen Ripps erklärte er sich vom malerischen Standpunkte, da sich eine entschiedenere Farbe für mich besser eignete. So kam ich denn auf mein Bordeauxfarbenes, und das wurde angenommen. Am nächsten Tage konnte die erste Sitzung bereits stattfinden, und damit mein Karl nichts merkte, schlug er mir vor, das Kleid herzuschicken, da es in dem altdeutschen Schrank wohl verwahrt wäre. Die Bachmann werde mir bei der Toilette behilflich sein, darin habe sie Uebung. – Ich fragte noch, ob ich Betti mitbringen dürfte, weil mir einfiel, das Kind könnte beim Zusehen profitiren und dem Professor einige malerische Handgriffe abschulen; es ward aber gewünscht, daß sie erst nach der dritten Sitzung käme, wenn bereits ein Urtheil über die ganze Erscheinung möglich wäre. Dann sollte sie ihm sehr willkommen sein. –

Dies war am Dienstag, am Donnerstag saß ich zum ersten Male. Es wird dem Menschen doch ganz eigen zu Muthe, wenn er die Leinwand erblickt, auf die sein Ebenbild hin soll, und sich gar nicht denken kann, wie so etwas ohne Vorlageblätter möglich ist, sondern man selbst wie ein solches dasitzt und dabei sprechen darf und sich unterhalten, während der Künstler vermittelst verschiedener Pinsel die verschiedensten Farben gerade immer auf die Stellen streicht, wo sie aus Aehnlichkeitszwecken nothwendig sind.

Ich fragte den Professor, ob er schon immer hier gewohnt habe, worauf er mir auseinandersetzte, daß der Magistrat ihn ausgemiethet hätte, da dort in derselben Straße, wo seine frühere Wohnung lag, eine Markthalle erbaut würde. „Mein altes Atelier hatte einen schwebenden Garten," erzählte er, „mit Aussicht über einen Holzhof bis auf die Spree. Unmittelbar daran stieß der Logengarten mit hohen Ulmen und Linden wie ein kleiner Wald. Im Frühjahr dufteten die Lindenblüthen, der Buchfink kam und trank aus meinen Blumenschüsseln, Nachbars Tauben holten die Brodkrumen, welche die Bachmann ihnen streute, selbst der Vogel Bülow, der gelbe Pirol baute sein Nest in den Bäumen am Wasser, kaum hundert Schritt von den „Linden" entfernt und an den Abenden sangen die Nachtigallen. Man konnte glauben auf dem Lande zu sein, so friedlich war es dann. Der wilde Wein rankte hoch bis zum Dach und die Blumen blühten in allen Farben. Mein Gärtchen mußte bunt sein, wie einst der Garten des elterlichen Hauses." – „Bei uns will nichts gedeihen," sagte ich, „der Schatten verkümmert das Botanische. Aber hübsch muß es damals gewesen sein, besonders mit den Nachtigallen mitten in Berlin." – „Leider währte die Freude nie lange, wenn der kleine Vogel sich und die Welt im Sange vergaß, dann kam irgend eine verwahrloste Katze geschlichen und fing ihn." – „Konnte sie sich denn nicht mit Spatzen behelfen?" – „O nein, Mui-Mau frißt gerne Nachtigallen, die sitzen bequem niedrig im Gebüsch. Als später die Bäume gefällt wurden, um Bauplätze zu gewinnen, zogen die Singvögel fort." – „Das gönne ich den Katzen," rief ich. – „Kurz darauf wurde alles Uebrige abgerissen: die Häuser, das Atelier und der schwebende Garten, da hatte die Herrlichkeit ein Ende. Hoffentlich werden die Markthallen Berlin zum Vortheil gereichen, nicht allein praktisch, sondern auch architektonisch."

„Ich verspreche mir ebenfalls viel davon," entgegnete ich, „denn wenn man sieht, wie die Marktleute am Abend spät bei ihren Körben platt auf der Erde liegen und die ganze Nacht hindurch, wie die Lazzaroni, im Freien kampiren, es mag ein Wetter sein wie es will, dann muß sich jeder Vernünftige sagen, daß solch ein gewaltsames Schädigen der Gesundheit nicht human ist. Die Bauern sind doch auch Menschen. Außerdem erwarte ich, daß die Markthallen auf die höhere Gesittung dieser Leute einwirken, die bis jetzt meistens schwach mit Lebensart sind. Denken Sie nur, was mir vorigen Sommer passirte, als gerade die Badereisezeit war! Also ich gehe auf den Markt und will junge Schoten kaufen, weil aber die Hökersche nur überreifen hat, bedenke ich mich und sage der Wahrheit gemäß: „die darf ich meinem Manne nicht vorsetzen, liebe Frau, es thut mir leid. Adje!" Und was wird sie nun antworten? Zu mir nicht einen Hauch, aber ihrer Nachbarin ruft sie zu: „Frau Meiern, det will nu wat Feines sin! Det is ja jar nischt Feines, denn wenn't wat Feines wäre, denn wäre et ja jetzt jar nich in Berlin!" Dergleichen kann doch in Markthallen ohne sofortige Einmischung des Schutzmannes und bessernde Festsetzung im Zwinger nicht passiren! Oder soll man wegen der Marktweiber etwa nach Norderney reisen?" – -

Nun wurde Pause gemacht und ich konnte den ersten Blick auf die angefangene Arbeit werfen. So müssen die Menschen im Urzustände ausgesehen haben: bereits erkennbar aber noch nicht formvollendet. Der Rumpf war nur erst angedeutet und der Sessel, auf dem ich saß, bestand blos aus einigen farbigen Flecken; den Händen hatte der Professor vorläufig mit dem Fleischfarbenpinsel den Platz angewiesen, den sie später einnehmen sollten. – „Ich meinte, die Maler fingen oben bei den Haaren an und malten stückweise bis unten herunter Alles gleich fertig nieder," äußerte ich mich nach ruhiger Betrachtung der Malerei. –

„Es ist möglich, daß einige derartig verfahren," versetzte der Professor, „ich für meine Person ziehe es vor, die Gesammterscheinung in den Hauptsachen möglichst bestimmt zu skizziren und dann die Einzelheiten so weit durchzubilden, wie ich es in dem jedes Mal gegebenen Falle für künstlerisch richtig und wirkungsvoll halte." – „Ich bin neugierig, wie es wird," entgegnete ich. „Aber sagen Sie, bleibt das Schwarze unter den Augen und bin ich wirklich so gelb am Halse?"

Der Professor that, als wenn er diese Frage gar nicht gehört hätte, sondern drückte auf die elektrische Klingel, worauf die Bachmann erschien. – „Darf ich Ihnen eine kleine Erquickung anbieten?" fragte er, „wenn Sie heute noch eine Stunde sitzen, komme ich weiter, als ein ander Mal in der doppelten Zeit, und ich möchte daher, daß Sie nicht ermüdeten." – „Habe ich denn schon eine Stunde gesessen?" fragte ich verwundert, weil ich meinte erst vor wenigen Minuten gekommen zu sein, aber in einer interessanten Umgebung gehen die Uhren rastlos vor. – „Schon beinahe zwei Stunden," sagte die Bachmann. – „Ich wünsche nicht, daß sie ungefragt reden," sagte der Professor deutlich, „es kann Ihnen völlig gleich sein, wie lang ich die Stunden rechne. Bringen Sie Johannitergarten, Kuchen, Obst und so weiter." – Die Alte ging mit einem unfriedlichen Gesichte ab, kam jedoch bald versöhnlicher im Ausdruck wieder und setzte das verlangte auf den Tisch. Dann betrachtete sie das angefangene Portrait und sagte ruhig: „Es wird," worauf sie sich entfernte. Dies imponirte mir.

Die kleine Stärkung that mir wohl und der Wein schmeckte so ausgezeichnet, daß ich mich nicht erinnerte einen ähnlichen getrunken zu haben, und fragte, woher er sei, da ich beabsichtigte, wenn er nicht unerschwinglich wäre, meinen Karl zu seinem Geburtstage darauf hinzuweisen. – „Den „Johannitergarten" beziehe ich direkt von meinem Freunde, dem Gutsbesitzer Otto Sartorius in Mußbach in der Rheinpfalz," erklärte der Professor. – „Läßt der Herr auch an Andere ab?" – „Machen Sie einmal einen Versuch mit einer Sendung; Sie werden zufrieden sein. Seitdem die Franzosen die kleineren Bordeaux aus italienischem Weine fabriziren, ziehe ich reine deutsche Gewächse vor, zumal der Preis derselbe ist, wie man ihn für die französischen Verschnitte anlegen muß." – „Das leuchtet mir ein," entgegnete ich, „man lernt doch täglich zu," und notirte die Adresse.

Nach der Pause wurde weiter gemalt und als es genug war, hatte das Bild schon ein ganz anderes Aussehen gewonnen. Die Bachmann schien recht zu haben: es ward.

Die Alte half mir im Nebenzimmer beim Umkleiden, und als ich mich darauf verabschiedete, erlaubte der Professor mir, Betti das nächste Mal mitzubringen, ich hätte so trefflich ausgehalten, daß er eine Sitzung weniger gebrauchte. –

So angenehm mir dieses Lob auch war, so wenig konnte ich mir verhehlen, daß ich zu spät zum Mittagessen kommen würde, was sonst nie der Fall war. Daher mußte auf Ausflüchte für meinen Karl gesonnen werden, aber weil er es doch gleich merkt, sobald die Sache nicht klippeklar liegt, habe ich in Nothlügen keine Fertigkeit. Freilich kam ich mit der Stadtbahn rasch genug in unsere Gegend, allein die Zeit war andererseits viel zu knapp, eine Entschuldigung mit den Gehirnfasern zusammenzudrechseln.

Zu Hause warteten sie mit dem Essen, mein Karl jedoch empfing mich, als er meine Verlegenheit bemerkte, lachend mit den Worten: „Die Brücke war wohl aufgezogen, Wilhelmine, oder stiegst Du in eine verkehrte Pferdebahn?“ – „Nein,“ entgegnete ich ärgerlich, „für so einfältig brauchst Du mich nicht zu halten, im Gegentheil, ich war darauf aus, endlich einmal einen vernünftigen Wein auszusuchen ...“ – Mein Karl sah Betti an, Betti sah ihn an und beide pruschten los, daß es schon nicht mehr schön war. – „Was habt ihr zu grienen?“ fuhr ich auf. – „Sie geht Wein probiren,“ lachte Karl. – „Jawohl, das thut sie,“ rief ich gereizt über den Spott und warf die Adresse von dem Weinonkel auf den Tisch – „da steht's geschrieben, wenn Ihr lesen könnt, und nun kannst Du Dir das Getränk selbst zu Deinem Geburtstage kaufen, mir ist die Lust dazu durch Euer Benehmen vergangen.“ – „Wilhelmine, wenn ich gewußt hätte,“ fing mein Karl an sich zu entschuldigen. – „Schweige still, Karl, lehne Dich nicht auf. Ihr Männer seid von Natur einmal so geartet, daß Ihr die feinen Liebesfäden der Frauen mit talpschigen Händen zerreißt. Ich will jedoch vergeben und vergessen unter der Bedingung, daß Du noch heute eine Bestellung machst. Auch Bowlenwein laß Dir schicken. Komm, zerknautsche die Adresse nicht, und nun laßt uns zu Tische gehen.“ –

Wir aßen ziemlich gesprächslos. Es that mir leid, meinen Karl so niederdonnern zu müssen, aber wäre dies nicht geschehen, würde er sicherlich hinter das Portraitgeheimniß gekommen sein und außerdem hätte es viel mehr Mühe gekostet, ihn zu dem Weinhandel zu bewegen. Aber wenn wir den Professor einmal bei uns sehen, darf man ihm doch nichts Geringeres vorsetzen, als er gewohnt ist.

Mein Karl hatte es mit dem Essen eilig und sagte schon „gesegnete Mahlzeit" ehe wir Andern zum zweiten Male genommen hatten. Ich wollte ihm schon nachlaufen: es sei nicht schlimm gemeint gewesen, als Betti anfing: „Warum warst Du so böse, Mama?" – „Ich böse?" – „Es kam mir wenigstens so vor." – „Ich hatte auch Grund verdrießlich zu sein." – „Nein, Mama." – „So?" – „Ja. Als Du zu lange ausbliebst, ward Papa unruhig. Er fragte, wo ist Mama? Ich suchte Ausflüchte zu machen, aber Du weißt, wenn er ganz ernst und nachdrücklich fragt, muß man die Wahrheit gestehen." – „Nun ja!" – „Da antwortete ich ihm: Laß gut sein, Papa, denke doch daran, daß nächstens Dein Geburtstag ist." – „Betti, wie konntest Du verplappern ..." – „Ich wußte, daß Papa sich damit zufrieden geben würde, und es war ja auch die Wahrheit. Hättest Du auf seine Scherze eine heitere Entgegnung gehabt, wäre Alles gut gewesen. Diesmal ist es schwer zu entscheiden, wer getalpscht hat." – „Betti! Ich brauche mir von Dir keine Injurien sagen lassen." – „Das wollte ich auch nicht, Mama, aber ich bin groß genug, um einzusehen, daß Du mit Nachgiebigkeit weiter gekommen wärest." – „Solche Ansichten von Dir sind mir neu." – Sie stand auf, dann begann sie mit leiser Stimme: „Ich habe einmal geglaubt, ich würde glücklich werden, wir sprachen nie davon, Mama; es ist vorbei mit meinem Glück ... wir haben beide darüber geschwiegen, Du und ich. Wozu gebrauchten wir Worte? Du wußtest es so gut wie ich. Die Liebe, die ich dem Einen zu schenken gedachte, will ich auf Euch Alle vertheilen, wie ich es nur vermag. Und nun weißt Du, warum ich andere Ansichten habe als früher. Verzeihe mir, wenn ich Dich vorhin kränkte. Mit Absicht geschah es nicht."

Sie ging und ich blieb allein mit schwerem Herzen. Betti hatte entsagt, ihr Frühling war dahin. Es war gut, daß Niemand sah wie ich weinte. Als ich mich erholt hatte, nahm ich mir vor, ihr das Leben von jetzt ab so freundlich zu gestalten, wie es in meinen Kräften steht. Kein bitteres Wort sollte wieder über meine Lippen kommen, aber wenn ihr Jemand zu nahe treten würde: dann Wehe! –

Mein Karl hatte sich, wie gewöhnlich, nach Tisch ein bischen niedergelegt, wozu wir ihm eine umfassende Schlafdecke gestrickt haben. Ich ging zu ihm. Als ich die Thür öffnete, schlug er die Augen auf. „Karl," sagte ich, „wenn Du durchaus nicht willst, lasse den Wein nur." – „Wie Du meinst Wilhelmine," sagte er theilnahmslos. – „Hattest Du keinen Appetit heut Mittag, mein Karl?" – „Nein." – „War ich Schuld daran?" – „Das habe ich nicht behauptet." – „Karl, ich war etwas erregt." – „Das kam mir auch so vor. Für die Zukunft möchte ich Dir darum das Weinprobiren abrathen, Du kannst das viele Durcheinander nicht gut vertragen?“ – „Karl, das sind Retourkutschen! Bist Du mir böse, Karl?“ – „Nein, ich weiß, Du kannst einmal nicht gegen Deine Natur, warum sollte ich Dir zürnen? – „Karl,“ rief ich, „Du bist ein Kleinod von Kindesbeinen an. Ich will zugeben, daß ich heftiger war, als Du verdientest, aber trotzdem: habe ich je einen besseren Vater meiner Kinder verlangt als Dich? Es kommt der Augenblick, wo ich gerechtfertigt vor Dir dastehen werde, er ist nicht mehr weit entfernt, das glaube mir. Heut Abend sollst Du ein delikates Beefsteak haben, weil Du zu Mittag nicht Dein Recht kriegtest. Willst Du mit Zwiebeln oder mit Ei, mein Karl?“ – „Beides.“ – „Und Münchener Hofbräu laß ich Dir dazu holen. Es soll Niemand sagen, ich hätte kein warmes Herz für Dich. Nun nimm noch ein paar Augen voll Schlaf; wenn es Zeit ins Geschäft ist, wecke ich Dich.“ – Ehe ich ging, gab ich ihm einen Kuß, den er sich willig gefallen ließ. Der Versöhnungsengel war herabgestiegen und hielt Wacht an seinem Ruhelager. Gut zugedeckt war er. –

Das Portrait bildete jetzt die Hauptaufgabe meines Daseins, es mußte unvergleichlich werden und wenn ich wie eine Brüthenne hätte drei Wochen lang sitzen sollen. So vieler Zeit bedurfte es jedoch nicht, denn es war überraschend, wie das Bild gedieh, worüber Betti, die mich jedesmal begleitete, höchlichst in Erstaunen gerieth und schließlich zu dem Resultat gelangte, daß sie solche Geschicklichkeit doch nie erreichen werde. – „Die Farbenmischung ist zu schwierig,“ sagte sie, “man sieht auf der Palette von jeder Couleur etwas und das wird auch noch wieder durcheinander gerührt, aber wenn er es mit dem Pinsel auf die Leinewand setzt, stimmt es auf den Tippel mit Deiner Aehnlichkeit überein. Ich glaube, das Wesen der Kunst liegt in dem Blick des Malers für die Natur.“ – „Wenn Du Dich da nur nicht irrst, Betti,“ entgegnete ich, „den Blick haben Andere am Ende auch. Nein, das Wesen der Kunst besteht meiner Meinung nach darin, daß er jedesmal in das Richtige einstippt!“

Mit dem Malenlernen durch unbemerktes Absehen war es also nichts, im Gegentheil, Betti gab obendrein die Holzsachen auf, indem sie erklärte, das sei nur Pinselei, wegen der sie die Literatur vernachlässigt hätte, zu der sie, wie aus den höheren Schulzeugnissen hervorgeht, ja auch Begabung Numero 1b und Fleiß Numero 2a besitzt. Ich nahm mir angesichts dieser Garantieen vor, den Herrn Feodor Wichmann-Leuenfels, der seinen Besuch gemacht hatte, öfter heranzuziehen, obgleich Betti nicht sehr von ihm erbaut ist und Onkel Fritz ihn in seiner plebejischen Ausdrucksweise nie anders als den Patentfatzke nennt. Da auch mein Karl äußerte, daß er zu der Branche eines Dichters kein unbedingtes Vertrauen hege, so stehe ich mit meiner Sympathie für dies aufstrebende Genie allein. Aber Leuenfels ist bedeutend, man muß blos hören, mit welcher Sicherheit er über die anderen Versemacher loszieht. Er hielte sich zu gut, seinen Namen unter solchen Schund zu setzen. –

Mittlerweile gingen die Sitzungen ihrem Ende entgegen, es war merkwürdig, wie das Bild immer lebenstreuer ward, bis es zuletzt der Natürlichkeit selbst glich. Das Schwarze unter den Augen und das Gelbe am Hals war verschwunden und bildete ganz ordnungsmäßige Schatten; die farbigen Flecke nahmen sich genau so aus wie die Stickerei des Sessels und die Hände, welche viel Arbeit gemacht hatten, glichen akkurat meinen eigenen. Ich war ganz entzwei, als ich mich der Betrachtung des vollendeten Bildes in dem goldgeschnitzten Rahmen hingab und im voraus die Gefühle meines Karls an seinem Geburtstage empfand. „Die Kunst ist doch groß," sagte ich, „nur finde ich, daß ich viel zu hübsch auf dem Bilde bin, Herr Professor." – „Sie irren," entgegnete er, "der Portraitmaler muß nicht blos die Natur gewissermaßen abschreiben, sondern hat danach zu streben, daß er der Ähnlichkeit die angenehmste Seite abgewinnt. Des Menschen Ausdruck wechselt mit seiner Stimmung, und hier habe ich Sie gemalt, wie Sie in froher Stunde aussehen, wenn eigenes oder fremdes Glück Ihre Züge verklärt." – „Aber bin ich nicht vielleicht etwas zu jugendlich gerathen?" – „Mama, was redest Du," nahm Betti das Wort, „so wie auf dem Bilde kennen wir Dich Alle, so lange wir denken können: unsere liebe, freundliche Mutter. Anders hast Du nie ausgesehen." – „Wenn Du nur zufrieden bist, will ich nicht widersprechen, Du weißt, man ist kein Unmensch. Ich habe mich nicht aus Eitelkeit malen lassen, Herr Professor, sondern weil die Kinder es durchaus wollten." – „Dann haben Sie sehr vernünftige Kinder," sagte dieser.

Uns waren die Sitzungen ein wirkliches Vergnügen gewesen, daß es uns leid that, damit aufhören zu müssen. Betti sah dem Malen zu, wenn ich saß, oder spielte auf dem Fortepiano, was sie aus dem Kopfe konnte. Manchmal amüsirte sie sich auch mit dem Hund Peter, eine zoddelige Art Pudelkreatur, der wie ein wahnsinnig gewordener Fußsack umhertanzte, weil man nie daraus klug werden konnte, was Kopf- und was Schwanzende war. Die Bachmann, welche sich ebenfalls sehr lobend über das Bild aussprach, erzählte mir, daß sie in dem alten Atelier einen Polli gehabt hätten, der sich von einem Menschen nur dadurch unterschied, daß er im Hundefell saß, und zuweilen noch klüger als Mancher war, aber dem hätte eine alte mißgünstige Hexe auf dem Hof Gift zu fressen gegeben, weil er sie immer anboll, wenn er ihr begegnete. Abends gegen Fünfen wäre sie es gewahr geworden und Nachts um halb Zwölfen hätte er sie noch einmal angesehen und gewedelt, als wenn er sagen wollte: „Bachmann, nun ist es vorbei, grüße Herrchen“ und da war es auch alle gewesen. Herrchen hätte sich sehr gegrämt, als sie hineingegangen wäre und es ihm sagte. Die Person war ihrem Lohn aber nicht entronnen, die hatte wegen Verleumdung und Hausfriedensbruch nebenan zwei Monate gekriegt. „Gottlob, daß es noch Gerechtigkeit giebt,“ sagte ich. „Das Kleid lasse ich abholen.“ – Und weil die Alte doch viele Mühe mit dem Umziehen gehabt hatte und gefällig gewesen war, zeigte ich mich auch erkenntlich. Das Bild blieb noch bis zum Geburtstage im Atelier. –

Ein bischen Kulissenfieber hatte ich doch, als der Tag anbrach, an dem mein Karl überrascht werden sollte. Am Nachmittag vorher war der Professor selbst dabei gewesen, als das Bild in der guten Stube aufgehängt wurde, damit es den richtigen Platz in guter Beleuchtung erhielt und in dieser Hinsicht nichts versäumt werde. Ich schloß die Thür ab und nahm den Schlüssel an mich. Betti war ganz Erwartung, sie sang sogar fröhlich vor sich hin, was sie lange nicht gethan. –

Am Morgen tranken wir den Kaffee, wozu es einen Napfkuchen gab, wie an anderen Geburtstagen, und überreichten meinem Mann verschiedene nützliche Kleinigkeiten, die ihm sehr gefielen. Dann ging ich und schloß auf. „Karl,“ rief ich durch die Thüre, „es ist Jemand in der guten Stube, der Dich sprechen will.“ – Obgleich etwas unwirsch über die Störung, eilte er doch hinaus und wir folgten ihm auf den Zehen ganz leise und behutsam. Da stand er in Betrachtung vor dem Bilde versunken, aber da Betti's Schuhe knarrten, hörte er uns. „Wilhelmine,“ sprach er bewegt, „mein gutes Weib, eine größere Freude hättest Du mir nicht bereiten können,“ und zog mich an sich und küßte mir Stirn und Mund. Betti klatschte jubelnd in die Hände: „Hab' ich es nicht gleich gesagt? Wenn die Eltern doch nur immer den Kindern folgen wollten.“ – Mein Karl lächelte ihr zu und schlang seinen anderen Arm um sie. Dies war ein Geburtstag, wie wir ihn noch nie gehabt hatten, so selig und so zu Herzen gehend.

„Gefällt Dir das Bild, mein Karl?“ fragte ich, weil man doch gerne ein Urtheil haben will, „findest Du es getroffen?“ – „Du bist es, wie Du leibst und lebst,“ gab er zur Antwort, „und doch liegt noch etwas mehr darin: es ist, als wärest Du wieder meine Braut, als ständest Du vor mir wie in jenen Tagen unserer ersten Liebe, weißt Du noch?“ – „Also Du meinst zu jugendlich?“ – „Nein, aber es weckt mir die Erinnerung, und wenn ich Dich selbst jetzt ansehe, finde ich ganz denselben Ausdruck in Deinen eigenen Zügen. Der Künstler hat es nur verstanden, ihn deutlicher hervorzuheben, als wir ihn zu sehen pflegen." – „Und Du bist nicht mehr böse von neulich Mittags her? Ich kam nämlich von der ersten Sitzung ..." – Er legte seine Hand sanft auf meinen Mund. „Der Sturm zog ja bald vorüber und ein schlug es noch nie bei uns, wenn Du auch manchmal in heftiger Gewitterlaune warst." – „Karl, habe mal große Wäsche im Kopf ..." – „Wilhelmine, soll das Bild sich über Dich lustig machen? Sieh doch nur, wie freundlich und liebenswürdig die gemalte Frau Buchholz mich anblickt." – Ich lachte und sagte: „Da hab ich mir ja eine nette Warnungstafel hingehängt." – Es klingelte. – „Kinder," rief ich, „es kommt Besuch. Das werden Emmi und Dr. Wrenzchen sein."

So war es auch. Mein Schwiegersohn wollte gratuliren, bevor er auf die Praxis ging, und ließ Emmi für den ganzen Tag bei uns. Das Bild gefiel ihnen enorm. Der Doktor fragte mich heimlich, was es kostete; ich beruhigte ihn, er könnte es vielleicht noch einmal erben. – Am Abend hatten wir eine ziemlich zahlreiche Gesellschaft und mein Karl – nein, diese Seele – hatte für „Johannitergarten" gesorgt. Das war denn nun meine Ueberraschung und in Folge dessen herrschte große Fidelität bis in die späte Nacht.

Bevor ich mich schlafen legte, begab ich mich noch einmal mit dem Lichte vor das Bild und schwur: „Ich will thun, was ich vermag, dies gelobe ich, aber Uebermenschliches kann Niemand von mir verlangen, kein Portrait der Welt." – Mein Karl, der Nachsehen wollte, wo ich blieb, sagte, es hätte sich ungeheuer gespensterhaft ausgenommen, beinahe so, als wenn ich die weiße Frau in der Ahnengallerie hätte spielen wollen. Mein tieferes Gefühl konnte ich ihm aber nicht offenbaren, er war in zu muthwilliger Stimmung.

Neue Verwandtschaft

Sie kommen ja ordentlich im Geheimrathsviertel zu wohnen, vorne mit einem Blumengarten, hinten mit einem Gewächshaus, Stallung und Kutscherwohnung und der Gärtner soll mit bei Tische aufwarten, wozu sie ihm sechs paar weißbaumwollene Servirhandschuhe in seinem Lohn festgesetzt haben, waschen lassen muß er sie aber für sein eigenes Geld, weil er dann nicht so schleißt. Die Möbel haben sie von einem verschwundenen Baron übernommen, die stehen schon auf dem Speicher. Sobald die Handwerker aus dem Hause sind, wird die Hochzeit gefeiert und wenn das junge Paar von der Reise retour ist – sie wollen entweder nach Paris oder nach Wien – dann ziehen sie in die Prachträume ein. Und sämmtliches Porzellan mit Zwiebelmuster und der Ausguß in der Küche von weißem Marmor mit Vergoldung. Kein Fürst kann ihn brillanter verlangen.

Dies Alles erzählte mir Auguste Weigelt, die nach längerer Zeit einmal wieder bei uns vorsprach. Sie kann ja auch nur schwer abkommen, seitdem wieder ein Kleines bei ihnen erschienen ist. Der Junge macht sich ganz prächtig heraus und das zweite, ein Mädchen, kann sich auch sehen lassen; es ist gut durch die Pocken gekommen, obgleich ich es in dem zarten Alter nicht hätte impfen lassen. Aber Auguste meinte, abgemacht wäre abgemacht, einmal müßte es doch heran, daß es später seine richtigen Papiere hätte.

„Du denkst wohl schon an zukünftige Partien für Deine Jüngste?“ fragte ich scherzhaft. – „Das gerade nicht,“ erwiderte sie, „aber wenn die Kleine in der Wiege liegt und träumt und ich sitze mit meiner Handarbeit dabei, dann fange ich auch mitunter an zu simuliren. So etwas wächst rascher heran als man denkt und muß eine Erziehung ersten Ranges haben. Man kann ja nicht wissen, in welche Kreise sie noch kommen wird? Durch die Heirath meines Bruders ändert sich sehr Vieles in unserer Familie.“

„Seine Braut muß wirklich großartig reich sein,“ entgegnete ich, „wenn sich Alles so verhält, wie Du mir erzähltest, ein ganzes Haus im Thiergartenviertel mit Equipage beanspruchen Mittel. Dein Bruder Emil kann von Glück sagen.“ – „O, gewiß,“ fiel sie mir hastig ins Wort, „er wird sehr glücklich werden, er setzt sich so zu sagen in das Gold hinein. Wenn man bedenkt, daß er weiter nichts hat als sich selbst und sie ihn mit ihrem unzählbaren Vermögen nur aus reiner Zuneigung nimmt ...“ – „Wo hat sie ihn denn eigentlich kennen gelernt?“ unterbrach ich Auguste. – „Zu allererst auf einem Juristenball, zu dem Emil von einigen beschwesterten Freunden geladen war, weil er ein ausgezeichnet flotter Tänzer ist. Und gerade Jura sagt ihr so sehr zu. Emil soll noch Doktor werden und wenn es nicht zu theuer kommt, auch Professor oder sonst etwas von Rang. Darauf ist sie wie versessen, sagt Emil.“ – „Aber er ist ja kein gelernter Gelehrter,“ rief ich, „da hat sie sich wohl versehen.“ – „Sie müssen doch selbst sagen, daß Emil ein bildhübscher Mensch ist.“ – „Auffallend,“ entgegnete ich, „aber so viel ich mich besinnen kann, ist das Schöne bei den Professoren meistens etwas im Rückstand, wogegen sie es mehr mit dem Kopfe haben, wie sich nach ihrem Tode mit wissenschaftlicher Sicherheit herausstellt. Mir soll es jedoch recht sein, wenn sie sich die Professorin vorbinden kann, und Emil'n will ich wünschen, daß er kein Geldspinde heirathet und mehr auf ein gutes Herz sieht und daß die Seele keine Falten hat. Ist er denn wirklich glücklich? Ich meine so stillvergnügt zufrieden?“

„Ich glaube ja,“ erwiderte Auguste. „Warum sollte er es auch nicht sein? Bekommt er doch Alles, was man nur begehren kann. Und den Eltern kann er beistehen und uns Andern auch. Er weiß, wie schwer es wird, durchzukommen.“ – „Das mag ich von ihm leiden,“ sagte ich, „und wenn er es so einrichtet, daß er den Kassenschlüssel in die Hände kriegt, wird er gewiß das Seinige für Euch thun?“ – „Nicht wahr?“ rief Auguste fröhlich, „Mutter meint ganz dasselbe, Vater braucht sich nicht mehr mit Nebenarbeiten absklaven und die Sorgen haben ein Ende!“ – „Dann seid ihr schöne heraus mit siebzig,“ stimmte ich ihr bei, „wenn's nur erst soweit wäre!“

„Lange dauert es nicht mehr,“ sagte Auguste „und ich wollte auch, daß wir die Hochzeit bereits hinter uns hätten ... sie wird uns recht schwer.“ – „Bei all' den glänzenden Aussichten?“ – „Gerade das Glänzende macht uns Sorge,“ antwortete Auguste, „wir können doch nicht gegen die vornehmen Leute abstechen, die zur Hochzeit gebeten werden, das wäre zu blamabel. Mein Mann kann in dem alten Frack nicht antreten und mein bestes Kleid ist gänzlich aus der Mode. Und wenn wir etwas schenken, muß es wenigstens eine Zuckerzange sein oder ein Salzfaß oder sonst etwas Silbernes vom Gold-Juwelier. Mutter rieth freilich zu einem Tafelaufsatz, der recht viel herzeigt, allein den können wir nicht leisten, der ist zu theuer.“ – „Nimm's mir nicht übel, Auguste,“ sagte ich, „aber Deine Mutter ist die geborene Unvernunft. Wo wollt Ihr denn das Geld zu solchen Ausschweifungen hernehmen?“

Auguste ward bei diesen, der Wahrheit entsprechenden Worten verlegen und stammelte darauf zögernd: „Wir haben alles bis auf das Genaueste berechnet und nur das Nothwendigste in Betracht gezogen. Mit hundert Thalern könnten wir die Ausgaben bestreiten.“ – „Dies halte ich bei Euren Verhältnissen für unverantwortlich. Bedenke doch die Zukunft, Auguste.“ – „Gerade das thun wir,“ versetzte sie lebhaft. „Gehen wir nicht zu der Hochzeit, dann ist es mit dem vornehmen Umgange ein für alle Mal aus. Wo soll man sonst Leute kennen lernen, die später einmal etwas für den Jungen thun, wenn er eine gute Empfehlung gebraucht, um vorwärts zu kommen, als in solchem Hause? Ist es klug, einer hochstehenden Verwandtschaft vor den Kopf zu stoßen, die sogar

Grafen einladen wird, wie Emil sagt, wenn sie Soireen geben, und berühmte Persönlichkeiten?" –

„Auguste," fragte ich ernst, „glaubst Du denn, daß Ihr den richtigen Schliff für solche feudale Gesellschaften habt? Ihr seid doch auch nur aus der Landsbergerstraße. Aber so viel sehe ich ein ... was Bergfeldtsch ist, das bleibt Bergfeldtsch sein Leben lang!"

„Ich weiß, daß Sie eine Pikanterie auf Mutter haben, aber mich ließen Sie nie die Zwistigkeiten fühlen, die sie mit ihr hatten ..." – „Die Zwistigkeiten sind ganz auf ihrer Seite," fuhr ich dazwischen, „wenn eine immer anfing, dann war sie es. Aber laß gut sein, wir wollen uns nicht mit Vergangenheiten nervös machen, sondern ruhig und besonnen bleiben ... Also Du meinst wirklich, daß Ihr die Hochzeit nicht schießen lassen könnt?"

„Wir müssen hin. Was sollen wir den Bekannten antworten, wenn die fragen, warum wir nicht da waren? Liebe gute Frau Buchholz, es geht nicht anders und nun hab' ich eine große Bitte an Sie ... aber Sie dürfen es nicht falsch verstehen ... nicht wahr, Sie werden nicht schelten ... leihen Sie uns die hundert Thaler." –

Wenn mir Eine gesagt hätte, ich sollte ihr die Rathhausuhr herunterlangen, ich hätte nicht perplexter sein können, als nach diesem Attentat. „Auguste," erwiderte ich nach einer längeren Besinnungspause, „es ist freilich wahr, daß der Ertrinkende den ersten besten Strohhalm ergreift, aber warum soll ich der gerade sein? Wäre wirklich Noth am Mann, Ihr könntet sicher auf mich rechnen, aber Eure Großspurigkeit findet keine Gegenliebe bei mir. Zum allermindesten muß ich erst mit meinem Manne darüber reden. Bedenke doch, hundert Thaler sind baare dreihundert Mark, das ist keine Kleinigkeit in diesen schweren Zeiten. Ueberall hört man über den Ruin der Geschäfte klagen, und den wirthschaftlichen Abgrund, der sich schon seit Jahren aufthut." – „Es war ja auch nur eine Anfrage," sagte Auguste leise, „wir werden schon anderwärts das Geld bekommen und Emil wird es uns wiedererstatten, das hoffen wir fest und sicher." – „Auguste," warnte ich, „Hoffnung gilt nichts auf der Reichsbank. Wenn Du Dein Schwarzseidenes hinten mit einem modernen Nachsatz umarbeiten läßt, dazu gebrauchst Du höchstens zwei Bahnen, und es bleibt noch genug, die Aermel damit zu ändern. Dein Mann kann sich im Kleiderladen für ein paar Mark einen hocheleganten Frack leihen und statt des Silberzeugs nehmt ihr einen anmuthsvollen Blumentopf mit feierlicher Ueberreichung. Das thut's auch."

Auguste schüttelte überlegend das Haupt. „Seine Braut liebt die Blumen nicht," sagte sie, „sondern ist mehr für das Werthvolle und Theure, und daß es aussieht, als trüge ich meiner Großmutter Konfirmationskleid auf, das können Sie mir nicht ansinnen, dazu ist sie zu lange her." – „Frevle nicht, Auguste. Ich habe sie recht wohl gekannt, sie war eine geborene Neumann aus der Linienstraße, und ich finde es nicht hübsch von Dir, mir die alte Frau als Trumpf vorzuspielen, um Deinen Willen durchzusetzen. Ich sage Dir: verpraßt ist ein Vermögen leicht, aber es zu verdienen, das erfordert mehr."

„Verzeihen Sie, wenn ich ungelegen kam," sagte Auguste verschnupft und stand auf, „es ist die höchste Zeit, daß ich nach meinen Kindern sehe." – „Beschlafe Dir's noch einmal gründlich, gewiß läßt es sich billiger einrichten." – „Nein," erwiderte sie, „es sind noch nicht einmal zwölfknöpfige Handschuhe dabei, wenn es nach Ihnen ginge, könnte ich dort wahrhaftig mit baumwollenen antanzen kommen. Das aber überläßt man der Dienerschaft in so vornehmen Häusern." – Ich benutzte diesmal die Gelegenheit, ihr einige Worte über rücksichtsvolle Benehmung anzudeuten, nicht, obgleich ich innerlich aufwallte und sagte nur: „Ich meine es besser mit Dir und den Deinen, als Du glaubst; meinetwegen kannst Du Dir noch drei Köpfe auf jeden Finger nähen, das wird dann wohl hinreichend Furore machen."

Sie versetzte, das stände mir ungehindert frei, wenn ich in die Verlegenheit käme, zur Hautevolee hinzugezogen zu werden. – „Guste," rief ich ihr nach, „um die paar Pflaumen weinst Du? Mache Dich doch nur nicht lächerlich." – Sie war aber schon gegangen und hörte mich nicht mehr. – –

Wie recht hat doch mein Karl, wenn er öfters sagt: „In Geldsachen hört die Gemächlichkeit auf." – Sonst, wenn Auguste kam, waren wir ein Herz und eine Seele, denn ich halte viel von ihr, weil sich Darwin fast gar nicht an ihr bewährt hat und ihren Part von dem Bergfeldtschen Charakter auf eine Seitenlinie vererbt zu sein schien. Nun aber, da Vornehmigkeit und schwindelndes Vermögen durch Emil in die Familie geheirathet werden sollen, fängt sie auch an, sich zu verblenden und die Natur der Mutter kommt zum Durchbruch, wie die Weisheitszähne im späteren Alter. Daß mit der Bergfeldten bekanntlich eine ausdauernde Gemächlichkeit zu den sieben Unmöglichkeiten der Welt gehört, dies weiß selbst derjenige, der ihre Beschränktheit erst nach längerem Umgangs entdeckt, wenn eine höher hinaus will, als es ihrer Stellung nach geht, und so unsicher in der Bildung ist, daß sie immerzu die regulärsten Mißgriffe macht, das ist gerade so, als wenn die Hühner zur Veränderung es den Lerchen nachmachen wollten. Sie können es nicht! –

Ich theilte meinem Karl die Angelegenheit mit, welche Auguste zu mir geführt hatte und verschwieg ihm keine Silbe, damit er mir in der Geldesverweigerung beipflichten sollte. Denn haben wir vielleicht etwas wegzuwerfen? Wer weiß, ob nicht Kaffee und Petroleum durch die neuen Kornzölle zu unerschwinglicher Höhe hinaufgeschleudert werden, so daß jeder gezwungen ist, das Seinige sorgsam zusammenzuhalten, wenn er nicht der staatlichen Verarmung anheimfallen will?

„Wilhelmine," sagte mein Karl bedachtsam, nachdem er mich gänzlich hatte ausreden lassen und noch ein paar Worte darüber, „hast Du denn schon die schlechten Zeiten so schwer empfunden, daß Du sie zu Deiner Selbstvertheidigung ins Treffen führst?" – „Wieso Selbstvertheidigung und Treffen? Ich bitte Dich, drücke Dich etwas einleuchtender aus, sonst bleibst Du mir unverständlich." – Er nahm meine Hand ganz wie zufällig und sagte, indem er sie zärtlich streichelte: „Wäre es nicht besser gewesen, Augusten das Geld vorzustrecken? Thut es Dir nicht jetzt schon leid, nein gesagt zu haben?" – „Karl, damit Bergfeldts prunken können, sollen wir in die Tasche greifen? Zwölfknöpfige muß sie haben, anders geht es nicht, ganz als wenn die Alte per Telephon aus ihr redete. Und das sage ich Dir, wenn Jemand Zwölfknöpfige trägt, dann bin ich es oder Betti. Aber zu solchem Luxus versteigt sich unser Ehrgeiz nicht."

„Rege Dich nicht auf, Wilhelmine, was liegt an den Handschuhen? Hier steht Wichtigeres auf dem Spiele: Weigelts ganzes Glück." – „Ist das Dein Ernst?" fragte ich beunruhigt, denn mein Mann sah in diesem Augenblick nicht aus, wie zum Scherzen aufgelegt. – „Mein voller Ernst," antwortete er. „wenn Weiber ihren Kopf worauf gesetzt haben, dann müssen sie ihren Willen haben und wenn es ein Unglück geben sollte." – „Karl, was verstehst Du unter Weibern," fragte ich strenge. – „Wir sprechen ja von Bergfeldts," erwiderte er. – „Das wollte ich mir auch ausgebeten haben." – „Auguste wird sich daher das Geld unter allen Umständen verschaffen." – „Dann ist ihr ja geholfen." – „Nur zu sehr, fürchte ich." – „Karl, thu mir den Gefallen und rede keine Rebusse, sage mir kurz und klar, was Du fürchtest?" – „Daß Weigelts in Wuchererhände fallen und elend zu Grunde gehen. Wer nichts zuzusetzen hat, kann auch nichts aushalten. Wir wollen ihnen das Geld leihen, Wilhelmine. Wenn Emil versprochen hat, ihnen später beizustehen, so wird er es auch thun. Wenigstens wären sie vorläufig aus der Kalamität und würden von thörichten Schritten abgehalten, was meinst Du dazu?“

Ich überlegte. „Karl,“ fragte ich darauf, glaubst Du, daß sie denkt, ich hätte ihr die Bitte aus Hartherzigkeit abgeschlagen, oder weil ich ihr vielleicht das Vergnügen nicht gönnte?“ – „Mit dem früheren kindlichen Vertrauen, daß sie zu Dir hatte, wird es wohl vorbei sein.“ – „Weigelts sind zu unselbstständig, wenn man nicht auf sie achtet, machen sie mehr Dummheiten als Gottes Wille ist. Die paar hundert Märkelchen sind am Ende übrig, und die Kornzölle können wir ja abwarten, zumal Dein Geschäft in Wollenwaaren besteht. Morgen gehe ich zu Augusten, für heute ist es wirklich zu spät geworden.“ – „Willst Du helfen, zaudre nicht,“ mahnte er, als ich ging.

Mir war recht behaglich zu Muthe, als ich meinen Karl verließ, um nach dem Abendbrot zu sehen; ich kam mir vor, als sei eine schwere Last von mir genommen, die mich drückte, seitdem Auguste gegangen war. Ich schickte das Mädchen nach extra frischen Bücklingen, die ich eigenhändig für meinen Karl mit Rührei bereitete und eine kleine Prise weißen Pfeffer daran, denn so ißt er sie am liebsten. – –

Wenn auch mein Mann mir rieth, Augusten eine Postrohrkarte zu schreiben und mich zum Nachmittage des folgenden Tages mit sammt der Klärung der Geldangelegenheit anzumelden, so dachte ich dagegen, daß die fünfundzwanzig Pfennig gespart werden könnten, da ich überhaupt nicht wußte, ob die Ackerstraße mit dieser segensvollen Einrichtung versehen ist. Ich wollte aber doch, ich hätte Stephan pusten lassen, denn es giebt Leute, die nicht rasch genug in das Verderben stürzen können, und zu denen gehören Weigelts. –

Als ich am andern Nachmittag so um Dreien bei ihnen oben ankam, hörte ich Musike drinnen, freilich immer nur ein paar abgehackte Töne, aber es waren doch welche, worüber ich mich sehr wunderte, denn bis jetzt hatten sie weder bei sich, noch bei den Kindern etwas entdeckt, was auf einen verborgenen Beethoven hindeutete. Ich also geschellt und Auguste mir dann auch gleich aufmacht. „Da bin ich, Kind,“ rief ich ihr entgegen, „es ist Alles in schönster Ordnung, Du kannst das Gewünschte bereitwilligst haben.“

Sonderbarerweise hatten meine Worte jedoch nicht die vorher erwartete Wirkung, Auguste erwiderte nur darauf: „Treten Sie näher und nehmen Sie ab, Frau Buchholz.“ – “Hast Du Dich anders besonnen?“ fragte ich beim Eintreten. – „O nein,“ entgegnete sie, „aber wir haben bereits, was wir gebrauchen, die Welt besteht glücklicherweise nicht aus lauter Engherzigkeit." – Ich setzte mich, „Was hat denn Dein Junge da für einen Drehflügel?" fragte ich und wies auf den Kleinen, der einen Musikkasten auf dem Stuhle zu stehen hatte, mit dem er höchst vergnüglich leierte. Auguste wurde verlegen und setzte den Jungen mit dem Tonwerkzeuge ins Nebenzimmer. Als sie wiederkam, sagte sie: „Wir haben die kleine Orgel mit zubekommen," als verstände sich das von selbst. – „Wieso? Von wem?" – „Nun, von dem Geldmann." – „Das finde ich sehr nett, gewiß ist er kinderlieb und wußte doch mit dem Dinge nichts anzufangen. Da schenkte er es Euch denn für den Jungen." – „Nein, so ist es nicht gemeint," sagte Auguste, „aber er hat ihn nicht hoch angerechnet. Meinen Sie nicht auch, daß der Leierkasten gut und gern seine fünfzig Mark werth ist? Und für dreißig hat er ihn uns gelassen. Man kann fünf Stücke darauf spielen." – „Dreißig Mark für das Gepiepse," rief ich. „wie konntet Ihr Euch so hereinlegen lassen?" – „Es ging nicht anders." – „Guste, setze Dich zu mir und gieb mir richtigen Bescheid, hier ist etwas nicht in Ordnung."

Sie nahm neben mir Platz und erzählte. Nachdem sie bei mir vergebens angeklopft hatte, sei ihnen nichts übrig geblieben, als zu einem Geldmann zu gehen, der kleinen Beamten auf Schein und Unterschrift Summen vorschießt. „Ist es ein Wucherer?" fragte ich. – „Nein," erwiderte sie, „das Wuchern ist zu strenge verboten." – „Gottlob," athmete ich auf. – „Aber, wissen Sie, Frau Buchholz, bei kleinen Beamten, wie bei uns, ist die Sicherheit nicht groß, und deshalb muß man die Hälfte in Waaren nehmen, damit der Mann einigermaßen auf seine Kosten kommt." – „Drehorgeln und solchen unnützen Kram," bemerkte ich bitter. – „Es sind auch brauchbare und sehr preiswürdige Sachen dabei," sagte sie und zeigte auf einen Stapel von Packeten in der Ecke. „Ein Damastgedecke für vierundzwanzig Personen, unglaublich billig, ausgezeichneter Möbelrips, drei Dutzend Taschentücher, vier blauseidene Regenschirme, sechs Schürzen und mehrerlei andere Sachen." – „Kann man das Gedeck einmal sehen?" fragte ich. – Auguste holte eins der Packete und öffnete es. Ich besah die Servietten und das Tischtuch, ich besah sie wieder und wieder, ehe ich mich entschließen konnte, ihr das Unvermeidliche schonend beizubringen. Endlich sagte ich: „Auguste, das Gedeck ist prachtvoll und wird ewig halten, wenn Du es nicht in Gebrauch nimmst, aber so viel ist gewiß, wenn Nasses darauf kommt, geht das ganze Muster heraus. Es ist gemeine, gepreßte Waare, der reine Betrug, keinen Groschen werth."

Auguste blickte mich erstarrt an. „Unmöglich," rief sie, „der kostbare Damast!" – „Hat nicht einmal bei gelegen," sagte ich. – „Um die dreihundert Mark zu bekommen, haben wir außerdem für vierhundert Mark Sachen nehmen müssen." – „Alles auf Kredit? – „Alles zu acht Prozent Zinsen, die jeden Monat bezahlt werden müssen." – „Und die ganzen siebenhundert Mark?" – „Auch auf Abzahlung, wenn meines Mannes Gehalt fällig ist." – „Auguste," nahm ich das Wort, „hättet ihr nicht warten können? Nun sehe ich leider ein, ich bin zu spät gekommen. Wie in aller Welt wollt Ihr Euch jemals aus den Schulden herausarbeiten?" – „Wir verlassen uns auf Emil." – „Und wenn der nicht darf? Bedenke, das Vermögen gehört ihr." – „O, mein Mann steigt auch mit dem Gehalt." – „Den gebraucht Ihr, die Kinder werden größer und die Ausgaben wachsen mit ihnen. Das Steigen auf den Büreaus ist überdies kein Stangenklettern, sondern geht langsam wie Sandfahren." – „Das wird sich schon ändern. Mein Mann sagt, wenn es nicht bald Zulage giebt, dann wird er ganz links und die Regierung kann sehen, wie sie sich im Lichte steht. Er besucht jetzt seinen politischen Verein sehr fleißig. Zuletzt muß der Freiheit dennoch der Sieg werden." – „Auguste, sprich nicht über Dinge, in denen Du noch unbewanderter bist, als in Damastgedecken. Bringe dem Manne die Ramschwaare nur wieder hin und lasse ihn die vierhundert Mark streichen. Oder noch besser, kündige ihm den ganzen Kontrakt und halte Dich an uns." – „Das ist unmöglich." – „Wenn ich es Dir anbiete, brauchst Du doch blos ja sagen." – „Ich darf nicht." – „Nanu! wer sagt, daß Du nicht dürfen darfst?" – „Mein Mann." – „Was fällt denn dem ein?" – „Die Verhältnisse werden ja bald ganz anders, sowie die Opposition ans Ruder kommt: die Steuern hören auf, die Einnahmen steigen und das Leben wird billig. Dann haben wir nicht nöthig zu bitten und uns abschlägige Antworten zu holen. Erst wollten Sie nicht ... nun wollen wir nicht. Wäre die Opposition nur erst da." – „Auguste, das ist Quatsch," sagte ich. „War ich nicht stets Deine mütterliche Freundin? Als ich Dir das Geld nicht gleich gab, wollte ich nur Dein Bestes. Folge auch jetzt meinem Rath."

Sie schlug die Augen nieder und sagte leise: „Es geht nicht mehr, ich habe den Stoff zum Kleide schon gekauft und zur Schneiderin gebracht. Das Geld ist angebrochen und nichts mehr abzuändern. Aber wer weiß, vielleicht gewinnt das Loos, das der Geldmann uns ebenfalls aufgedrungen hat. Wer so recht im Unglück sitzt, hat mitunter das meiste Glück, sagte er." –

Hätte ich doch nur nicht nein gesagt; hätte ich doch nur die Karte geschrieben; hätte ich ... ja hätte ich. Was half nun alle Selbstanklage? Mir war, als trüge ich beinahe ebensoviel Schuld wie Auguste. „Wir wollen abwarten und das Beste hoffen,“ sagte ich und erhob mich, aber bevor ich die Wohnung verließ, auf dem dämmerigen Flur nahm ich Auguste in meine Arme und wir wehrten beide unseren Thränen nicht. Worüber wir eigentlich weinten, das war unbestimmt, aber es mochte wohl die Zufriedenheit sein, die mit ihnen auf der vierten Etage gewohnt hatte und die nun verdrängt worden war von der vornehmen neuen Verwandtschaft. Ich konnte nicht froh werden, so viel Mühe ich mir auch gab; vor meinem Geiste wehte in einem fort das Damastgedeck und noch lange war mir, als hörte ich das Gewimmer der Leier, die ihnen für dreißig Mark aufgehängt worden war.

Der Weihnachtsmarkt

Zu den vielen ausgesuchtesten Räthseln der Natur gehören, wie man so um Michaelis herum jedesmal in den Zeitungen liest, die Wandervögel, welche schon lange vor der Erfindung des Kompasses schnurgerade nach den fremden Ländern fliegen, und bei den Schwalben trifft es ja auch auf Datum und Stunde zu. Unerklärlich ist mir allerdings, daß sie sämmtlich auf einmal abziehen, aber warum sie sich überhaupt aufmachen, das kann einem einigermaßen anschlägigen Kopfe keineswegs unergründlich sein: ... sie gehen der Annehmlichkeit nach, da der Mensch sich genau ebenso verhält. Im Frühling, sobald der erste erwärmende Sonntag lockt, wandert er in die Umgebung, am Charfreitag muß er nach dem Spandauer Bock, Pfingsten wandert er in den Grunewald, ein andermal wandert er nach Stralau oder Treptow, und sobald das Eis hält, ist die Rosseau-Insel im Thiergarten sein Wanderziel. Das liegt ihm so von Kleinauf in den Geh-Organen. Kommt nun aber die Weihnachtszeit, dann halten ihn keine vier Pferde, dann zieht es ihn mit unerklärlicher Gewalt nach dem Weihnachtsmarkt. Genau ebenso kann man es sich mit den Wandervögeln denken, obgleich der Weihnachtsmarkt nicht ausschließliche Annehmlichkeiten bietet, zumal wenn ein Thauwetter dazwischenfährt und man einen Rand am Zeuge mitbringt, als wäre man von höherer Hand durch den Glitsch gezogen.

Wir hatten uns diesmal gemeinschaftlich mit Doktors, Onkel Fritz und Krauses verabredet, obgleich Doktoren wegen ihrer Praxis ziemlich unsichere Kantonisten sind, aber wir thaten es hauptsächlich um Krauses willen, die der Aufheiterung bedurften, denn ihr Eduard hat ihnen zuviel Verdruß bereitet.

Kann es auch wohl etwas Bitterlicheres geben, als wenn der Vater, der doch selbst Lehrer ist, seinen eigenen Jungen zu einem anderen Kollegen schicken muß, damit er bei dem seine Schularbeiten macht, was Eduard zu Hause nie einfiel? I bewahre! Anstatt Lateinisch zu lernen, war er ausgerückt und hatte mit den Jungens Räuber und Soldat im Friedrichshain gespielt, oder war auf der Straße umhergestrolcht, und wenn er eingesperrt wurde, hatte mit der Lampe gekokelt, daß es leicht hätte Brandstiftung geben können. Und wenn sie glaubten, daß er wirklich fleißig sei, weil er sich still und ruhig verhielt, dann hatte er einen heimlichen Robinson oder sonst ein Geschichtenbuch bei sich gehabt und seine Aufgaben bestanden aus Fehlern und Tintenklexen. Unbegreiflich war nur, daß die Mutter den Jungen immer noch in Schutz nahm. Wollte sie denn nicht sehen, daß er die ersten Kinderschuhe bereits ausgetreten hatte und kein Sammtkittelchen und keine weiße Höschen mehr trug? „Es ist unrecht, das Kind mit so schweren Arbeiten zu quälen," sagte sie, sogar wenn der Junge dabei war. Eduard brauchte nur gnauen, das Lateinische mache ihm Kopfweh, dann kajolirte sie ihn und sagte: „Papa wird Dir einen Entschuldigungszettel schreiben, daß Dir nicht ganz gut war, mein Engel," worauf Edechen in den Wiegestuhl kroch und sich schunkelte, um die Zeit doch nur irgend womit zu vertreiben. Herr Krause durfte natürlich keine Einwendungen machen, denn sie hatte sofort die Ueberbürdung der Schuljugend auf dem Tapet und er mußte schweigen wie ein schlecht geputzter Rekrut. Solche Jammerbolle von Mann!

Und so wäre es noch wer weiß wie lange geblieben, wenn die Range nicht Veranlassung zu einem großen Skandal gegeben hätte. Das kam nämlich so. Unmittelbar neben der Landsbergerstraße befindet sich nämlich der Georgenkirchhof, wo sie Anlagen eingerichtet und Bänke hingestellt haben, auf denen alte Leute sitzen können und Gebrechliche, denen die Sonne in ihrem Stübchen vielleicht nur des Morgens einen kurzen Augenblick in das Fenster sieht, oder wenn sie auf der Schattenseite wohnen, auch das nicht einmal. An kleinem Volk fehlt es natürlich erst recht nicht und es läßt sich kein hübscheres Gemälde denken, als wenn eine feine Trauung stattfindet und das junge Paar ganz gerührt aus der Kirche tritt, um mit den Spreewälder Ammen und Wärterinnen, welche sich neugierig mit dem Kindersegen auf dem Arme herandrängen, eine, wenn auch nur flüchtige, so doch verheißend auf die Zukunft deutende Gruppe zu bilden.

Bei solchen Ereignissen bleiben die größeren Kinder jedesmal ohne Aufsicht und dies benutzte Krausens Eduard zu seiner Schandthat, indem er auf einen Sandhaufen, wo gerade die meisten buddelten, ein kleines Kienrußtännchen hinpraktizierte, über dessen Erwerb auch noch ein dunkler Schleier schwebt. Nun halten ja Kinder leider Gottes Alles für Spielzeug, was ihnen in die Hände fällt, es mag Kienruß darin sein oder sonstiges Schädliche, und es hatte richtig keine zehn Minuten gedauert, da haben die süßen Wesen sich eingerahmt, wie die Mohren: Hände und Gesicht, und die Kleider Alles voll, und was die weißen Schürzen waren und die Strümpfe, da ist nie wieder Grund hineingekommen. Bei der ersten Wäsche nun einmal ganz bestimmt nicht.

Aber die Nemesis hatte nicht geschlafen. Ein alter Mann, der sich ein bischen auf einer Bank sonnte, hatte bemerkt, wie Eduard einen Gegenstand auf den Sandhaufen warf und sich dann hastig entfernte, aber weil die Brautkutsche gerade vorfuhr, achtete er nicht früher darauf, als bis das Unglück geschehen war und nichts weiter übrig blieb, als die kleinen Schweine nach Hause zu schaffen, was ohne Schelten und Schubsen und großes Geschrei nicht abgegangen ist. Der Mann hatte erzählt, was er gesehen, und da sie den Bengel so wie so auf dem Strich haben, wußten sie gleich Bescheid.

Nachher sind mehrere aufgeregte Mütter und auch einige laut redende Väter Herrn Krause auf die Bude gerückt und haben ihm das zuschandene Zeug zum Kauf angeboten, worauf er denn auch stellenweise, allerdings mit Widerstreben, eingegangen ist. Die halbe Landsbergerstraße sprach noch längere Zeit von Eduards Hinterlist und die Polizeilieutenanten sagte mir, ihr Mann hätte gesagt, wenn ein Antrag eingebracht worden wäre, hätte es leicht kriminaliter werden können, aber der Alte hätte es noch eben rechtzeitig unter der Hand abgemacht. Freilich hat Herr Krause seit dieser Zeit strengere Saiten aufgezogen, aber was nützen die? Es sind ja doch nur Zwirnsfäden. –

Etwas Zerstreuung und Erheiterung war Krause's daher mehr als paßlich und eine Weihnachtswanderung ihnen sehr willkommen. Wir erwarteten sie zu um Sechsen bei uns, wie verabredet worden war, aber sie kamen erst um halb sieben. Die Krausen entschuldigte sich damit, sie hätte bemerkt, daß ihr japanesisches Tablett weg wäre und das hätte sie erst gesucht, ohne es jedoch finden zu können. Ich sagte, so etwas verkröche sich manchmal, oder verstäche sich hinter ein Möbel, es würde sich schon morgen oder sonst gelegentlich wieder angeben. Es fand sich auch an, aber anders als wir gedacht hatten und, wie ich sagen muß, in niederschmetternder Weise. Doch alles zu seiner Zeit. –

Wir zögerten nun nicht lange, als wir komplett waren, und wanderten dem Schloßplatz zu, denn da ist doch der Hauptmarkt, indessen wir kamen nur langsam vorwärts, theils wegen der Menschenmenge auf der Straße, theils wegen der Läden, die betrachtet werden wollten. Einer machte den Anderen auf das aufmerksam, was ihm am besten gefiel. – „Nein, sieh blos dies hier." – „O, das möchte ich haben." – „Seht doch nur, wie prachtvoll!" – Und so ging es in einer Tour. Mancher Laden überbot sich auch wirklich selbst. In einem hatten sie sogar eine stilvolle Burg aus lauter Pfefferkuchen aufgebaut, mit gleichfalls stilvollen Pflaumenmännern als Ritter.

Und nun erst die Stoff- und Porzellangeschäfte, die Bronzeläden und Seidenwaarenhandlungen: alle miteinander hatten sich geputzt, indem sie das Feinste zum Vorschein brachten. Es ist Alles prunkhaft um diese Zeit, als wenn Illumination wäre, sämmtliche Glasflammen und Lampen, die nur brennen können, haben sie im Gange, und was irgend glitzert und blänkert, liegt in den Schaufenstern aus: man kann eben nicht vorbeikommen. Da wird immer so viel von den Schätzen des Orients geredet und von den Bazaren, die sie dort haben, was will das sagen? Vor Weihnachten ist das ganze Berlin mit seinen stundenlangen, gasstrahlenden Straßen ein einziger, ungeheurer Bazar.

Zwischen all dieser neuen Pracht liegt der Weihnachtsmarkt, wie die gute alte Zeit. So war es damals, als meine Eltern mich das erste Mal mitnahmen, und so ist es geblieben bis auf den heutigen Tag. Das sind dieselben schmalen, langen Budenreihen, dieselben Spielsachen liegen aus, die Verkäufer haben ebenso rothgefrorene Nasen und eben solche warme Kappen auf wie damals und die Kinder mit den Dreierschäfken, den Sagemännern, Waldteufeln, Hampelmännern und womit sie sonst ihr kleines Handelsgeschäftchen betreiben, haben noch eben solche dünne Stimmen wie damals. Und wie balsamisch duften die dunklen Tannenbäume, von denen ganze Wälder umherstehen, dazu die maigrünen Pergamiten, aufgeputzt mit buntem Flitter und besteckt mit Lichtern. Und wie anheimelnd riecht es nach frischen Pfannkuchen und Schmalzgebackenem! Und die vielen Menschen, Groß und Klein ergötzen sich, als hätten sie solche Herrlichkeiten nie zuvor gesehen, und bewundern aufs Neue, was sie eigentlich doch schon kennen sollten. Die Spaßvögel kommen noch immer aus demselben Neste, sie sind roth und gelb und grün gemalt, mit einer Feder auf dem Kopf, und wenn an der Strippe gezogen wird, klappen sie ebenso zusammen wie in all' den Jahren. Dazu wird immer noch gerufen: Vorne nickt er, hinten pickt er, nur einen Groschen der schöne Spaßvogel. Kaufen Sie, Madameken, es ist der letzte! Das klingt so vertraut, wie aus der fernen Jugendzeit. – Mein alter lieber Weihnachtsmarkt. –

Was von jeher einen unbeschreiblichen Eindruck auf mich machte, das ist das ernste, schweigende Königsschloß, welches wie ein Riese die Zwerggezelte des Marktes überragt. Da summt es von Menschengewirr, da schimmert es röthlich von tausenden Lichtlein um das stille, dunkle Schloß herum, als wenn die kribbelnde, wibbelnde Gegenwart keinen geschützteren Platz finden könnte als bei der unverrückbaren Vergangenheit. – „So ist es auch," bestätigte Herr Krause, „wo das Volk früher zu den Opferfesten zusammenströmte, wurden die Burgen der Herrscher oder christliche Kirchen erbaut und deshalb werden noch heute die Jahrmärkte an fast denselben Plätzen und Tagen abgehalten, an denen einst die heidnische Götzenfeier stattfand. Wer weiß, ob nicht gerade hier, wo wir jetzt gehen, zur Zeit der Wintersonnenwende Menschen geschlachtet wurden, während das Volk an der Stechbahn stand, ungefähr da, wo jetzt die sogenannte Radauecke des Weihnachtsmarktes ist, und zu den Göttern zeterte." – „Herr Krause," entgegnete ich, nachdem er sich ausgequasselt hatte, „ist Ihnen sonst auch wohl? Glauben Sie, daß ein preußischer König solche Zucht geduldet hätte, ... Menschenopfer und Tumult unter seinen Fenstern? Wozu wäre denn die Schloßwache da?" – „Erlauben Sie, dies Alles geschah in der vorgeschichtlichen Zeit, als man noch kein Eisen kannte und sich der Steinmesser bediente." – „Hier in Berlin?" – Sicherlich ebenso gut wie anderswo!" – „Wem wollen Sie das einbilden?" – „Sehen Sie sich doch die Steingeräthe im Museum an, das sind handgreifliche Beweise." – „Ich will zugeben, daß sie in Berlin vielleicht einmal mit Steinmessern gegessen haben, aber wenn schon, dann doch blos aus Ulk." – „Ich habe die vorgeschichtliche Forschung für mich." – „Herr Krause, Sie sind Lehrer und müssen darum mehr wissen als andere Leute, aber ich will hoffen, daß Sie mit dieser Art Weltgeschichte aus Ihrer Schule bleiben." – „Durchaus nicht, die Jugend muß mit den ersten Anfängen des Völkerlebens vertraut gemacht werden, wenn sie sich selbst und ihre Stellung als politisches Wesen begreifen soll." – „Für mich fängt die Weltgeschichte mit dem großen Kurfürsten an und hört mit dem großen Friedrich noch lange nicht auf," sagte ich, „und wenn Jemand begreifen soll, was er als politisches Wesen ist, dann sagen sie ihm nur, er sei ein Deutscher, der sein Vaterland und seinen Kaiser lieben müsse von ganzem Herzen. Und damit Punktum." –

Aber was macht die Menschheit konfuse? ... Die Ueberklugheit, und daran scheint Herr Krause auch zu leiden. –

Wir waren jedoch nicht auf den Markt gezogen, um zu streiten, sondern, nützliche Sachen einzukaufen. Die Handelsleute wollen ihre Waaren absetzen, deshalb kommen sie von nah und fern und gerade für den Hausstand wird Brauchbares in großer Auswahl feilgeboten. Herr Krause kann sich meinetwegen mit Steinmessern behelfen, wenn es ihm Spaß macht. Wir vertheilten uns daher und gingen an das Geschäftliche.

Derweile ich und Emmi eine Reibesatte einhandelten, die ihr so nothgedrungen fehlt und das Erbspüree, an dem der Doktor sich so gern Donnerstags mit Eisbein labt, doch bedeutend erleichtert, ging Onkel Fritz an eine Bude und kaufte Honigkuchen mit Inschriften ein, um sie uns zu verehren, aber er hätte es lieber unterlassen sollen, denn auf meinem stand: „Olle, brumme nicht!“ und auf Emmi ihrem: „Ewig will ich an Dir kleben. Klacks!“ Der Doktor steckte den ihm gespendeten erröthend in den Paletot. „Fritz,“ sagte ich mit einem Anhauch von Mißmuth, „ich kann nicht behaupten, daß mir diese Zuckerguß-Poesie behagt.“ – „Denn kratze sie ab,“ erwiderte er, „und lasse Dir einen frischen Vers von Leuenfels daraufdichten. Dem Kuchen schadet das nicht.“ – Er ist eben unverbesserlich.

Nun wollten wir noch nach der Breitenstraße und Rudolph Hertzogs Auslage betrachten, einmal weil sie das glanzvollste ist, was man beaugenscheinigen kann, und zweitens, weil mein Karl einzelne Phantasie-Artikel für dies immense Geschäft liefert, die er extrafein weben läßt; aber so gut der Gedanke war, das Hinkommen hatte seine Schwierigkeit, denn solche Drängelbergerei wie an der Ecke vom Schloßplatz und der Breitenstraße, giebt es nirgends. Aber wir kamen durch, weil der Berliner bei derartigem Festgedränge stets zur rechten Seite geht und nur der Fremdling gegen den Strom will, bis ihm einer zuruft: „Sie da, mit's Jesichte halten Sie sich rechts, sonst werden Ihnen die Plätteisen abjetreten!“ Das hilft dann prompt.

Als wir frei aufathmen konnten und uns in unzerdrücktem Zustande wieder vorfanden, mußten wir eine lange Reihe von kleinen Verkäufern passiren. „Hier wird gekauft,“ sagte Onkel Fritz, „ich gebrauche Allerlei und Ihr werdet auch gewiß in Euerer Nachbarschaft Leute kennen, die wohl Kinder, aber sonst nichts übrig haben. Denkt nur nach.“ – Und merkwürdig, jeder von uns konnte sich besinnen. Wie das Geschäft blühte, als wir Alle mit einander in die Portemonnaies griffen, das war vergnüglich. Onkel Fritz ramschte gleich ganze Reste und ein Junge schrie: „Hurrah, reeller Ausverkauf; wird meine Mutter aberscht kieken!“ – Und fort rannte er. – Für die paar Nickel solche Freude!

Aber noch ein Junge rannte fort und die Krausen stand da, mit einem japanesischen Tablett in der Hand, sprachlos und entsetzt, wie eine versteinerte Salzstange. Herr Krause rannte ebenfalls davon, hinter dem Ausreißer drein. „Liebe!“ rief ich, „was ist Ihnen, was bedeutet das?“ – „Unser Tablett,“ stöhnte sie. „O, Eduard!“ – Sie wankte. Onkel Fritz sprang ihr bei und gab ihr seinen Arm, indem er sagte: „Kommen Sie nur zu sich und nehmen Sie die Sache von der heiteren Seite.“ Das that sie aber nicht, sondern zog das Taschentuch und machte eine hysterische Scene.

Mittlerweile erschien Herr Krause wieder. „Er ist entwischt,“ rief er zornig. – „Wer?“ fragte ich. – „Eduard,“ stieß er hervor, „der Junge! Cigarren hat er mir ausgeführt und verkauft sie hier auf dem Weihnachtsmarkt. Auch das Tablett hat er genommen, Löcher hineingebohrt ... Schnur durchgezogen ... sich umgehängt. Steht hier mitten zwischen den armen Kindern, wie ich ihn erblicke und glaube, ich fasse ihn schon ... er den Kopf aus der Schlinge gezogen und fort. Die Polizei soll ihn verhaften.“ – „Wie kannst Du so unmenschlich sein?“ fing nun die Krausen an, „komm, laß uns nach Hause gehen, er wird sich gewiß ängstigen.“ – „Nein,“ sagte Herr Krause, „ich bleibe, ich würde zu strenge mit ihm ins Gericht gehen. Morgen früh soll er seinen Lohn haben.“ – „Du wirst ihn doch nicht schlagen?“ jammerte die Krausen. – „Ich werde ihm verkünden,“ erwiderte Herr Krause weicher, „daß er jeden Tag eine Strafarbeit zu liefern hat und,“ fügte er mit wehmuthsverquollener Stimme hinzu, „daß er nichts zu Weihnachten bekommt.“ – „Aber doch einen Baum?“ schrie sie. – „Keinen Baum,“ seufzte Herr Krause.

„Wenn das Wort 'ne Brücke wäre, ich ginge nicht darüber,“ flüsterte mein Karl mir zu. – „In drei Tagen ist Alles vergessen,“ antwortete ich, „er müßte meiner Meinung nach den Bengel so verbimsen, daß nur noch die Knopflöcher von seiner Jacke zu gebrauchen wären, sonst wird aus dem nie etwas Vernünftiges.“ – Ich bin prinzipiell gegen jegliche Prügelstrafe, weil sie unaufgeklärt und inhuman ist, aber Keile muß sein. –

Für die Besichtigung der übrigen Weihnachtsherrlichkeiten, die aus den Fenstern der Läden leuchteten, war kein rechtes Interesse nach diesem Ereigniß mehr vorhanden, und so folgten wir denn Onkel Fritz, der uns Revanchirens halber nach Dressel eingeladen hatte, da er in seiner eigenen Wohnung nicht auf Gegenseitigkeitsgesellschaften eingerichtet ist.

Wir hätten sehr amüsant zusammen sein können, wenn Krauses nicht in zu großer Zerknirschung gewesen wären: er mit den Zornfalten vor dem Kopf und sie mit dem verruinirten Tablett und ziemlich verweint. Onkel Fritz hatte mit Dresseln ein opulentes Abendbrot mit verschiedenen Seltenheiten abgekartet, die sich in die einfache bürgerliche Küche nicht hineinverirren. Er kann es ja, da sein Geschäft flotter geht, als zu irgend einer Zeit und er von Hause aus spendabel veranlagt ist.

Trotzdem jedoch Alles vorzüglich war, herrschte aus Schonung gegen Krauses ziemliche Stummheit an unserem Tische. Onkel Fritz konnte deshalb nicht umhin, auszurufen: „Herr Jott, sind wir vergnügt und haben es gar nicht nöthig." – „Das sagen Sie wohl," erwiderte Herr Krause, „aber wenn Ihnen ihr eigen Fleisch und Blut erstens den Skandal mit der Kienrußbüchse macht ..." – „Er hat nichts Arges dabei gedacht," fiel seine Frau ihm ins Wort. – „So?" fragte Herr Krause, scharf wie Essigsprit. – „Du weißt doch, daß Eduard ganz ungewöhnlichen Antheil an fremden Völkern nimmt, ich kann wohl sagen, es kommt ihm kein Knabe seines Alters darin gleich, wie gut er Alles von Kolumbus und Robinson behält ..." – „Aber Frau, was hat das mit dem Kienruß zu thun und den Kinderkleidern, die ich für schweres Geld einlösen mußte?" rief Herr Krause. – „Nun," antwortete sie spitz, „mir hat er es gesagt, denn zu mir hat er Vertrauen, weil ich nicht heftig und gefühllos gegen ihn bin ... er wollte nämlich, daß die Kinder ein bischen Ara Pequenna spielen sollten, wo doch die Schwarzen zu Hause sind ..."

Herr Krause sah seine Adelheid an, als wenn er fragen wollte: „Wen willst Du damit wieder betimpeln?" und sie schwieg verlegen. Onkel Fritz äußerte dagegen, es sei gewiß ein belustigendes Spiel, das voraussichtlich große Zukunft hätte, wenn es sich weniger schwarz einrichten ließe, und nannte Eduard ein kolossales Erfindungstalent. Dies nahm die Krausen nun übel. Ob man Zweifel in ihre Worte setzte? Beleidigen ließe sie sich nicht. Und Hurr Burr aufgestanden und weggewollt. Zu halten waren sie nicht länger und unseren Segen hatten sie, als sie gingen.

Wir blieben noch. Herr Dressel, sehr elegant mit weißer Weste, überreichte uns Damen jeder einen reizenden Blumenstrauß und trug selbst Sorge, daß es nicht zu wenig Eis gab, Vanille- und Erdbeereis von unwiderstehlicher Kühle, und wir fanden unsere gute Laune bald wieder. Der Doktor schenkte mit liebenswürdiger Aufmerksamkeit ein und pellte mir eigenhändig eine Apfelsine ab. Wenn er will, ist er doch, bis auf die Donnerstage, recht angenehm.

Zum Schluß stießen wir darauf an, im nächsten Jahre wieder eine Weihnachtswanderung zu unternehmen, aber nur allein die Familie und ich toastete: „Es ist wie mit den Wandervögeln, wenn die Zeit da ist, muß man mitmachen, ob man nun über das Meer zieht oder von der Landsbergerstraße nach dem Schloßplatz, oder nach Dressel unter den Linden, das bleibt sich gleich. Auf die paar Kilometer mehr oder weniger kommt es nicht an, die Hauptsache ist die richtige Empfindung im menschlichen Busen!"

„Wilhelmine," rief Onkel Fritz, „das hast Du wieder einmal sehr schön gesagt. Wärst Du ein Mann, ich ließe Dich ganz gewiß in meinem Wahlkreise aufstellen."

Darauf mußte denn noch einmal angestoßen werden.

Feiner Verkehr

Wir waren durch meinen Schwiegersohn mit Lehmanns so bekannt geworden, wie ich es liebe, ohne viele Komplimente, sondern bürgerlich und ohne die stilvollen Plakate mit der Inschrift: „Genöthigt wird nicht", welche jetzt Mode werden, denn gerade das Anbieten macht Vergnügen. Lehmanns werden jedoch mitunter wieder rückfällig in das Vornehmgethue, wie wir zu unserem Leidwesen erleben mußten, was sie um so weniger sollten, als die Frau für große Gesellschaften viel zu schüchtern ist und der Mann sich dabei benimmt, wie sein eigener Gast.

Schon vierzehn Tage vorher kam eine Karte von Wandkalendergröße, worauf stand:

> „Assessor Lehmann und Frau geben sich die Ehre, Herrn Buchholz und Frau nebst Fräulein Tochter auf Sonnabend, den 17. Januar, um 8½ Uhr zum Thee ergebenst einzuladen. U. A. w. g."

„Karl", sagte ich „dies ist eine Fracksache mit weißer Binde für Dich und eine wichtige Toilettenfrage für Betti und mich. Ich werde leicht davonkommen, indem ich mein bordeauxfarbenes Hochzeitskleid ändern lasse." – „Mit einem

Anbau?“ warf mein Mann dazwischen. – „Karl,“ erwiderte ich, „es ist indezent, von dergleichen zu reden und ich verbitte mir überhaupt, daß Du Dein Augenmerk auf die Äußerlichkeiten der Damenwelt wirfst. Was Betti betrifft, so haben wir in der letzten „Modenwelt“ ein pompöses Kostüm für die Saison entdeckt.“

„Saison?“ fragte mein Karl, „was verstehst Du unter Saison?“

„Nun,“ erwiderte ich, „wenn Lehmanns einen Thee geben, das ist Saison. Die Assessorin hat mir selbst gesagt, sie müßten mitmachen, ihre gesellschaftliche Stellung erforderte es.“ – „Wenn sie sich das nur nicht einredet?“ – „Karl, sie haben eine alte Excellenz in der Familie und die wollen sie zeigen. Ob das jedoch ein sogenannter Genuß für die Gäste ist, darüber wollen wir schweigen.“ – Mein Karl lachte und meinte, Excellenzen wären immer sehr sehenswerth, worauf ich sagte: „Lieber Gott, ich gönne ihnen die Excellenz von Herzen gerne, denn was haben sie davon? Kostspielige Umstände und mageren Effekt!“

Doktors waren natürlich auch gebeten. Emmi, die nicht wußte, ob wir sämmtlich aus der Landsbergerstraße hinzuzogen wären, kam heran und erkundigte sich danach, weil sie sonst ihren Mops so lange bei uns in Pension geben wollte, den sie sich richtig angeschafft hat, denn das Thier mag nicht mit der Köchin allein zu Hause bleiben. „Emmi,“ sagte ich, „an dieser unschuldigen Hundekreatur kannst Du wie mit einem Wink aus unbekannten Regionen sehen, daß Eure Köchin schlecht von Charakter ist und Du besser thätest, ihr den Stuhl vor die Thür zu setzen. Hunde haben sehr feine Menschenkenntniß; sie wird ihm gewiß einmal einen heimlichen Seitentritt beigebogen haben, den er nicht verzeihen kann. Ich fühle ihm das lebhaft nach.“

„Mama,“ entgegnete Emmi, „Maffi kann außer Franz und mir Niemand recht leiden und ist so bellselig, daß er Jedermann anblafft, namentlich wenn mein Mann Abends spät zu einem Patienten geholt wird. Herr Greve, der über uns wohnt, hat sich den Lärm sogar schon schriftlich verbeten. Im Uebrigen giebt es kein putzigeres Thier als Maffi Pamph.“ – „Das ist Geschmacksangelegenheit,“ bemerkte ich, „für mich hat er zu gräßliche Lucca-Augen.“ – „Aber er hat Dich gern wegen der Cakes, die Du ihm mitbringst, und würde sich bei Dir ruhig verhalten.“ – „Das geht nicht, da wir auch bei Lehmanns sind. Mache ihn nur ordentlich satt, ehe Ihr wegfahrt.“ – „Möpse haben immer Hunger,“ sagte Emmi. – „Es sind Gierschlungse,“ stimmte ich bei.

Alle diese Molesten mit dem Etagenhund erträgt der Doktor wegen seines Donnerstagsskats, ja er ist sogar selbst mit Emmi gegangen, um den Stoff zur Toilette auszusuchen, und hat sich nicht knickerig erwiesen. Als ich ihm deswegen ein scherzweises Lob spendete: Ei, ei, Herr Schwiegersohn, solche Ausgaben verstoßen ja ganz gegen die Hausordnung," antwortete er: „Sie sind immer noch nicht so heftig, als wenn wir eine große Wohnung genommen hätten!" – Ich fühlte recht gut, daß dieser Stich mir galt, aber ich lächelte und entgegnete: „wenn die Wohnung zu klein ist, giebt es ja genug Kneipen zur Aushilfe!" – Da hatte er denn, was ihm beikam, aber trotz des augenblicklichen Sieges war ich überzeugter denn jemals, daß es über kurz oder lang doch zu einem Krach kommt, den können weder der Mops Maffi noch der Kleiderstoff aufhalten. Emmi wird schon wissen, was sie sich und ihrer Familie schuldig ist. –

Während wir nun theils mit der Toilette, theils mit anderen Sorgen beschäftigt waren, stellte sich der Frost ein. Ueberall thaten sich Eisbahnen auf, denn so wie es anfängt zu frieren, planschen sie die Biergärten am Abend voll Wasser und am nächsten Morgen haben sie mitten in der Stadt zahlreiche Eisflächen. Als meine beiden Töchter noch in die Schule gingen, hatte ich nichts dagegen, wenn sie mit ihren Freundinnen für einen Groschen ein solches Eislokal besuchten, denn das einzige Malheur, was ihnen passiren konnte, war, daß sie gegen einen Baum oder einen Laternenpfahl anrannten, später aber gestattete ich nur die Rousseau-Insel im Thiergarten, weil dort der vornehme Extrakt von Berlin sich dem stärkenden Wintervergnügen hingiebt.

Unser alter Hausarzt sagte stets, daß es nichts Gesünderes gäbe, als das Schlittschuhlaufen, und in dieser Hinsicht stammt Doktor-Wrenzchen mit ihm aus derselben medizinischen Schule, denn er läuft selbst gerne und fliegt über die spiegelnde Fläche wie ein Brummtriesel, jedoch mit dem Unterschiede, daß er klüger ist und vernunftbegabt. Es ist aber auch zu hübsch, denn der Thiergarten umgiebt das Wasser wie ein Wald und durch die grauen winterlichen Zweige scheint der Himmel mit rosigen Farben, mit einem Stich ins Melonengelbe, wenn die Sonne hinter Spandau an dem Horizont herabgleitet. Die Bäume an den Ufern haben sie mit bunten Fahnen von allen Nationalitäten geschmückt, was sich zu der meistens schwärzlich gekleideten Menschenfülle sehr belebend ausnimmt, und wenn nun das Trompeterkorps recht etwas Lustiges anstimmt, dann schwärmt Alles im Takt an einander vorbei und durcheinander, wie es gerade kommt. Einige arrangiren perfekte Quadrillen und verschlungene Tänze mit Handgeben, Herumsausen, Loslassen, Bogenfahren und wiederum Handgeben, daß man die Geschicklichkeit bewundert.

Von höchster Schneidigkeit auf dem Eise ist wie überall das Militär und die Lieutenants entwickeln dieselbe Schnellkraft, ebensowohl wenn sie mit der Gattin ihres Vorgesetzten laufen, als wenn sie den Eisritter bei den jungen Damen spielen, von denen man munkelt, daß sie nicht viel unter einer Million mitbekommen, woran man wieder einmal die nie genug hervorgehobene dienstliche Pflichttreue erkennen kann. Die Kulecke, welche ziemlich Bescheid weiß, machte mich hierauf aufmerksam und zeigte mir eine Rette von Laufenden, worin immer ein Lieutenant mit einer beachtenswerthen Mitgift abwechselte und eins das andere tüchtig an der Taille fest hielt. Wie mancher wohl denkt, es wäre doch fabelhaft, wenn er so direkt von der Rousseau-Insel in den Ehestand schliddern könnte, aber mit dem Thauwetter schmelzen auch die Anknipperungen, weil die Väter selten Sinn für die schönsten Achten haben, die einer mit größter, wenn auch ziemlich brotloser Kunst in das Eis schneidet. Mitunter soll es jedoch glücken, wie die Kulecke sagte, und auf dem Nachhausewege durch den schummerigen Thiergarten rückt einer wohl mit der Sprache heraus und sie sagt nicht „Nein“, weil sie glaubt, Heirathen sei auch so ein seliges Dahingleiten durch das Leben.

Aber es gleitet sich nicht immer; das Leben muthet Manchem sogar zu, steile Treppen auf Schlittschuhen hinabzulaufen.

Lehmanns Theeabend war mittlerweile fällig geworden.

Da die Einladung auf halb Neune lautete, so kamen wir um gegen Zehne immer noch zeitig genug, denn je feiner es sein soll, um so entsetzlich später erscheinen die Gäste, wir waren noch lange nicht die letzten, obgleich die alte Excellenz sich bereits eingefunden hatte und mit dem kahlen Schädel und den vielen Orden gewissermaßen den strahlenden Glanzpunkt bildete, wir wurden sofort vorgestellt und die Excellenz freute sich sehr, den Vorzug zu haben, unsere Bekanntschaft zu machen, worauf ich mit durchaus formeller Verneigung und sichtlichem Ernst entgegnete, daß dies ganz auf unserer Seite sei. Damit wollte ich zu erkennen geben, daß, wenn wir auch nur Mittelstand sind, uns deshalb von Excellenzen lange nicht imponiren lassen. Die Excellenz ließ sich mit meinem Karl in ein längeres Gespräch über die allgemeine Geschäftslage ein, was ich nicht sehr taktvoll von ihr fand, da sie doch wissen mußte, daß Damen hierfür kein Interesse haben. Ich schwenkte daher mit einer kleineren, aber nichts desto weniger ernst gemessenen Verbeugung ab und sah mir die übrigen Gäste an. Wen Lehmanns alle gebeten hatten, davon war das Ende weg. Um sämmtlich zu behalten, mußte Jemand wenigstens mit einem Gedächtniß von Omnibusgröße geboren sein.

Bekannt war mir nur der Hamburger Doktor mit seiner reizenden jungen Frau in rosenknospengeblümter grauer Seide mit Maria-Antoniettenschnitt, was sie ganz exquisit kleidete. Betti wurde gleich von zwei Lieutenants krampfhaft ins Gespräch genommen; Emmi fühlte sich dagegen zu der Hamburger Doktorin hingezogen und ich kann wohl sagen: junge Mädchen sind lieblich, aber junge Frauen noch viel bezaubernder. Sie haben etwas so Inniges an sich.

Nach und nach wurde ich zu den Ehrensitzen geleitet, nämlich in die Sophagegend, wo die älteren und umfangreichsten Damen mit großer Würde und durchweg neuen Haubenbändern einen weihevollen Eindruck verbreiteten, viel Reden war jedoch nicht. Der Thee wurde ziemlich tonlos getrunken, wozu es mit sehr dünnem Messer geschnittene Torte gab.

Worüber sollte auch geredet werden, da man sich völlig fremd war? Vom Wetter mag keiner den Mund aufthun, vom Theater weiß man nicht Bescheid und der Hausstand steht zu niedrig. Außerdem kamen immer noch Gäste, daß man vermuthen konnte, Lehmann's hätten sich einen Wartesaal zugelegt und der Schaffner würde gleich schellen und „einsteigen“ rufen. – „Wie das wohl noch wird?“ dachte ich. „wären wir bei uns in der Landsbergerstraße, dann säßen wir längst bei Tisch und wüßten, warum wir zusammenkamen.“

Als es jedoch schon zum Auswachsen war und ich bereits im Stillen die Saison zu verwünschen anfing, ging das Musizieren los. Lehmanns hatten sich einen Jüngling von einem Konservatorium zu verschaffen gewußt, mit Handmanschetten, wovon nur drei auf das Dutzend gehen. Der gab nun Mozarten ein paar an die Ohren und den Zuhörern auch; es dröhnte ordentlich. Damit hatte er aber den Kanarienvogel aus dem Schlaf gestört, der mit voller Kehle einfiel und die folgende Musik völlig überschrie. Erst nachdem der Vogel zugedeckt worden war, konnten die musikalischen Genüsse fortgesetzt werden. Hierauf brüllte eine junge Dame die Stube voll. Melodie war nach meiner Auffassung nicht viel darin, darum klang es aber um so trauriger. Nachdem der Beifall erledigt war, sang sie eine zweite Nummer. Dieselbe Kulör in grün, um einen Wachtmeister melancholisch zu machen.

„So," sagte ich zu meiner Nachbarin zur Rechten, als der Begleiter dem Klavier noch einige Schlußklagetöne abpreßte, „nun ist das zweite Kind auch todt!" – „Wie meinen Sie das?" fragte sie. – „O," antwortete ich, „so pflegen wir immer zu sagen, wenn ein jämmerliches Musikstück zu Ende ist." – „Es war meine Tochter, die eben gesungen hat," erwiderte sie spinnegiftig, worauf sie sich so drehte, daß sie mich mit dem Rücken ansah.

Um ihr zu beweisen, daß ihr Benehmen mich völlig kalt ließ, suchte ich mit meiner linken Nachbarin ein Gespräch anzuknüpfen, wozu ein soeben eintretender tornisterblonder Jüngling von über Lebensgröße geeignet erschien, „Was ist denn das für'n Geist?" fragte ich. – „Wen meinen Sie?" entgegnete die Dame. – „Nun den langen Laban da in der Thür, passen Sie auf, der richtet noch Unheil an." – „Ich wüßte nicht, daß mein Sohn Ihnen zu einer solchen Aeußerung Veranlassung gegeben hätte," sagte sie bissig. – „Entschuldigen Sie man, daß ich geboren bin," gab ich zurück, denn wie man in den Wald ruft, kommt das Echo wieder retour.

Ich schwor mir zu, kein Wort mehr zu sagen, da ich unmöglich wissen konnte, in welchem verwandtschaftlichen Verhältniß die Leute alle mit einander standen, welche Lehmanns zur Verherrlichung der Excellenz zusammengeschaart hatten und machte mir so meine Gedanken über den feinen Verkehr. Aus dieser mißfarbigen Betrachtung störte mich zum Glück das Abendbrot auf.

In dem bisher verschlossen gehaltenen Berliner Zimmer war ein Büffet aufgebaut, das, mit allen möglichen Eßwaaren besetzt, einen sehr einladenden Anblick darbot, als die Thüren geöffnet wurden. Zuerst stürzten die Herren hinein, um in galanter Weise die Damen zu versorgen, wer jedoch keinen Spezialherrn hatte und sich nicht herandrängte und von dem nahm, was gerade vor ihm stand, der kriegte nichts. Ich kam ganz zuletzt mit an die Krippe und konnte nur noch ein Desserttellerchen nebst Messer und Gabel ergattern, wobei ich gleich sah, daß die sehr guten Sachen, wie Kaviar, Gänseleberpastete und junges Huhn schon verschwunden waren. Von der Pute war nur noch das Gerippe übrig gelassen und von dem Filet blos der Fleck auf der Schüssel, wo es gelegen hatte. Dagegen konnte man noch italienischen Salat haben und kalten Aufschnitt, der sich bei näherer Betrachtung als amerikanisches Dosenfleisch und Cervelatwurst auswies. Auch die Geleepuddings standen noch ziemlich unberührt. Ich nahm mir von diesen Resten ein weniges und dachte, während ich es mühsam im Stehgewühle verzehrte, daß man zum Büffet doch wohl einige

Uebung haben muß, weil auch nicht im geringsten dabei genöthigt wird und das ganze Verfahren einem Raubzuge ähnlich sieht, und beneidete im Stillen die Sekondelieutenants, welche im Sturm vorgegangen waren. Betti sagte mir später, ihr Lieutenant hätte ihr ausgezeichnete Bruststücke von dem Geflügel gebracht, während er mehr für Reh und besonders reichlich Kaviar gewesen wäre. Die jüngeren Leute hatten sich nämlich gewissermaßen engagirt, weil nachher getanzt werden sollte. Da Lehmanns jedoch glaubten, es sei schicklicher, die Excellenz sich erst entfernen zu lassen, so mußte gewartet werden. Es wurde Wein gereicht und Bowle und dabei gerieth das Gespräch mehr in Fluß, wobei die Excellenz, unter dem Kronleuchter stehend, eine Art von Audienz ertheilte.

Wie ich jedoch vorher bemerkt hatte, daß der lange Mensch Unheil anrichten würde, geschah es auch richtig. Habe ich irgendwo einen Animus, so trifft er auch ein und zwar mit einer Genauheit, daß ich sicher zu den Propheten gerechnet worden wäre, wenn ich im alten Testament gelebt hätte.

Da flurrte und flatterte es denn auf einmal durch die Gemächer und wie sich sofort herausstellte, war es der Kanarienvogel. Der junge Mann von vorhin hatte, wahrscheinlich weil er sonst nichts anzufangen wußte, mit dem Thierchen spielen wollen und vermöge seiner Zehndreiviertelhände die Thür vom Käfig verbogen, daß sie nicht wieder zu ging.

Aber nun der Aufstand, den das Greifen machte. Es wurden einige Besen, sowie eine Trittleiter geholt, um das Thier womöglich ins Nebenzimmer zu jagen und zu fangen, wenn es sich aufs Gardinenbrett setzte. Der Vogel wollte aber weder in das Nebenzimmer noch auf das Gardinenbrett gehen. Die Jagd wurde immer heftiger und energischer und der Vogel immer wilder. Der Uebelthäter vom Ganzen betheiligte sich auch, um seine Ungeschicklichkeit wieder gut zu machen, aber wie er nun mit dem Haarbesen so recht eifrig scheuchen wollte, als wenn er Billard in der Luft spielte, schlug er kräftig auf die Gaskuppel, unter der die Excellenz stand, daß ihr die Scherben auf den blanken Schädel segelten.

Obgleich die Excellenz unbeschädigt geblieben war, zog sie es vor, eine Gesellschaft zu verlassen, die einen lebensgefährlichen Charakter angenommen hatte, worüber Lehmanns sehr bestürzt wurden und den Kopf ganz verloren. Indessen sie die Excellenz hinausbegleiteten, griff der Hamburger Doktor den Vogel und der Ball begann. Die Jugend amüsirte sich prächtig, wie immer, wenn sie tanzt, aber ich athmete erst auf, als wir uns in einem Rippenbrecher zweiter Güte auf dem Heimweg befanden und die Hitze, die ungeordnete Verpflegung, die vielen gleichgiltigen Menschen, mit einem Worte den feinen Verkehr hinter uns hatten.

Als wir angekommen waren, sagte mein Karl: „Wilhelmine, wenn Du so denkst wie ich, dann schmierst Du uns eine Stulle und giebst einige Flaschen Bier zum Besten, ich habe Hunger.“ – „Ganz meine Idee,“ antwortete ich, und so saßen wir denn im Winterüberzeug des Morgens um drei Uhr in dem kalten Zimmer mit den gefrorenen Fenstern und stärkten uns nach den ausgestandenen Strapazen.

Während wir nun einig darüber wurden, daß Lehmanns weder sich noch Anderen einen Gefallen mit ihrem Thee gethan hätten und die Einzelnen durchzogen, wie sie es nicht besser verdienten, fragte ich Betti, ob Onkel Fritz nicht auch gebeten worden sei? – „Geladen war er,“ antwortete Betti, „aber er sagte, Büffetgesellschaften wären nicht seine Passion. Auf den Leim kröche er nicht.“

„Ich finde nicht, daß Leim ein gewählter Ausdruck ist,“ erwiderte ich, „aber wenn er den feinen Verkehr der Saison damit meint, kann ich ihm nur Beifall geben, denn aufrichtig gesagt: dieser Abend war der verlorenste meines Lebens.“

Auf dem Kriegspfad

Wenn mir Onkel Fritz in meinen Mädchenjahren gesagt hätte, ich würde einmal in späteren, gesetzteren, zumal verheiratheten Tagen, ohne Vorwissen meines Karls, nur in Begleitung der Frau Polizeilieutenanten, Jagd auf einen Menschen machen, wie die Rothhäute, von denen wir damals gemeinschaftlich in Lederstrumpfs Erzählungen lasen, daß sie ihren Feind auf allen Vieren beschleichen und dann unter gräulichem Kriegsgeschrei skalpiren ... ich hätte sicherlich gesagt: „Du hast wohl 'ne neue Mütze aufgehabt und Frost in den Kopf gekriegt.“ – Aber daß es wirklich so kommen konnte, daß ich mit hinaus mußte auf den Kriegspfad ... war ich vielleicht daran Schuld? O nein, sondern die neuen Einrichtungen, die Berlin mit sich bringt, seitdem es von Jahr zu Jahr gewachsen ist, als hätte es eigens dafür eingenommen, und die doch hauptsächlich für ein wohlgesonnenes Publikum geschaffen und nicht angelegt sind, daß sie von gewissenlosen Menschen gemißbraucht werden. Oder hat Herr Kleines ein Gewissen? Ich für meine Person zweifle daran, und wenn doch, dann hat es Nebenluft.

Nun giebt die Polizeilieutenanten mir die Schuld, ich hätte ihn bei ihnen eingeführt, aber dies bestritt ich mit allen mir innewohnenden Kräften, da sie selbst von mir verlangte, daß ich ihn ihr vorstellen sollte, als er in Pichelswerder herankam und sie sich vor Neugier nicht länger halten konnte und wissen wollte, wer der sei, der so auffallend in Mode ging. Erst darauf erlaubte ich mir, ihn ihr sich präsentiren zu dürfen, wenn sie dagegen anders behauptet, so wird sie sich dermaleinst verantworten müssen, wenn Herz und Nieren geprüft werden, und das dürfte ihr wohl nicht ganz besonders bekommen. Damit will ich aber nichts gegen eine so hochstehende Dame gesagt haben, deren Umgang ich so sehr schätze. Schließlich sind wir ja alle nicht ohne Fehler, wenn mir auch Niemand nachweisen kann, daß ich andere Leute jemals für das verantwortlich gemacht habe, was Andere verursachten und sie dann allen Gefahren und der Unbill der Witterung aussetzte, weil sie vor Hochachtung gekränkt schwiegen und lieber duldeten und litten, als daß sie die Grenzen der sozialen Schicklichkeit überschritten. Wäre die Bergfeldten mir so gekommen, ich hätte die Bildung nicht bei Seite gesetzt, keineswegs, aber ich würde meinem Schöpfer doch gedankt haben, nicht an ihrer Stelle gewesen zu sein.

Die Sache selbst lag so einfach wie nur möglich. Die Polizeilieutenanten merkte nämlich, daß ihre Mila in der letzten Zeit ungewöhnlich viele Briefe an ihre Freundinnen schrieb, ohne daß der Briefträger ihr jedoch Gegenantworten retour brachte, und dies muß einer Mutter verdächtig sein, namentlich wenn die Tochter wirklich so sehr schöne dunkelblonde Zöpfe hat wie Mila und recht hübsch geworden ist. Nach meiner Idee zwar ein bischen üppig für ihr Alter, aber doch schlank dabei und besonders adrett zu Fuß, was sie wohl vom Vater hat, der immer noch gerne mal einen selbstgefälligen Blick auf seine engen Stiefel niedersenkt, obgleich er doch über die Jahre hinaus sein sollte, wo kneifendes Fußzeug zur Lebensfreude gehört. Von der Mutter hat sie ihre unternehmende Gangart nicht und ebensowenig die niedlichen Tanzfüßchen, denn seitdem die auf der Welt herumläuft, sind die Lederpreise ganz gewiß gestiegen. Deshalb aber braucht sich Niemand verletzt zu fühlen, denn Naturgaben sind einmal Naturgaben, und ich finde es herablassend, wenn Damen von gesellschaftlicher Stellung der Industrie ansehnliche Absatzgebiete eröffnen.

Als nun einmal der Verdacht rege geworden war, daß nicht Alles in Ordnung sei, ward die Frau Polizeilieutenanten aufmerksam, allein, obgleich sie Mila's gänzliche Sachen durchsuchte, fand sich kein Fingerzeig vor. Aber beim Großreinemachen, wo alle Möbel an die Sonne gebracht werden, da kam es an den Tag, da stachen in den Sprungfedern von der früheren Chaiselongue, welche Mila als Sopha in ihrem Zimmer hat, die Briefe mit einem himmelblauen Seidenband zusammengebunden. Alle miteinander postlagernd und die angebliche Freundin, welche sie geschrieben, war kein Anderer, ... als Herr Kleines.

Nachdem sie sich von ihrem Schreck erholt, schloß sich die Frau Polizeilieutenanten ein und las die Aktenstücke durch, wie sie mir später mittheilte. „Ganz wie in den Romanen," sagte sie, „und mit Gedichten untermischt, sie glaubte nicht, daß Spielhagen es viel schwunghafter zusammenbringen könnte."

Was nun thun? Dem Gatten Alles sagen, die Briefe einzeln auf den Tisch legen, sich auf das Sopha dahinter setzen, Mila hereinrufen und eine Inquisition abhalten, die mit Heftigkeit und Schelte endigt, oder mit Weisheit zu Werke gehen, Mila bei der optischen Täuschung lassen, als wüßte man nichts, und dann Herrn Kleines greifen, damit der seinen wohlverdienten Lohn empfange? Sie entschied sich für das letztere, schlang das blauseidene Band um die sündhafte Lektüre und vertraute sie den Sprungfedern wieder an. So konnte sie nun von Zeit zu Zeit nachsehen, und indem sie stets wußte was vorging, war sie der verkappte Schutzgeist ihrer eigenen Tochter, denn das wußte sie, daß Herr Kleines nur ein Familientäuscher ist, der sein Vergnügen darin findet, jungen Damen die Tour bis aufs Aeußerste zu schneiden, aber sofort abschnappt, wenn er merkt, daß die Familien unscherzhaft werden. Das sind trübe Schattenseiten der großen Stadt, denn wenn so etwas in einer kleinen Stadt passirt, wird derjenige sogleich von allen respektablen Familien in Acht und Bann gethan, bis er zur Einsicht kommt und diejenige nimmt, oder wenn es angeht, wird er versetzt und ein anderer junger Mann von honetten Grundsätzen bekommt seine Stelle mit Avancement, so daß man keinen Vorwand hat, diesem die Einwilligung länger zu verweigern.

Ueber Herrn Kleines' Charakter war die Frau Polizeilieutenant hinreichend unterrichtet, denn nach jener abendlichen Bootfahrt auf der Havel hatte sich der Herr Polizeilieutenant am nächsten Tage selbst hinbegeben, wo Herr kleines Chambre garnie wohnt und, da er ihn nicht persönlich traf, sich mit der Vermietherin in ein längeres privates Gespräch eingelassen, worauf diese um so erwünschter redselig gewesen war, als es ihr offenbar das Herz erleichterte, einmal ungebremst auszukramen. Schuldig war er keinen Pfennig, dies mußte sie gestehen, aber mit der Ordnung sei es nichts; wenn sie nicht all und jedes wegräumte, sähe es in dem Zimmer aus, als hätte ein Erdbeben stattgefunden. Und das fürchterliche Rauchen! Daß das Haus nicht schon längst in Flammen aufgegangen sei, wäre nur ein Wunder, die neue Tischdecke wäre gleich durchlöchert gewesen und einen Bettüberzug hätte er auch angebrannt. Als sie ihm dies vorgehalten, habe er gesagt: Sie könnte sich ja nur an die Feuerversicherung halten, die wäre für Brandschäden haftbar. Ob man das Manier nennte? – Wann er nach Hause käme, hatte der Herr Polizeilieutenant darauf gefragt. – Dies wäre schon mehr Lebenswandel, hätte die Frau darauf geantwortet, eine christliche Zeitrechnung könnte sie das nicht nennen. Und sie sei aus ordentlicher Familie. Ihre Eltern hätten ihr nichts hinterlassen, als die Hauseinrichtung, sie wäre darauf angewiesen, zu vermiethen und das sei ein schweres Brot, ein bitteres armuthsvolles Leben. Krank werden dürfe sie nicht und erdulden müsse sie vieles, denn die jungen Leute, die bescheiden wären und sich Alles gefallen ließen, die blieben mit der Miethe im Rückstand und die Herren, welche prompt bezahlten, wären anspruchsvoll und grob. Sonst würde sie die Kaffeegesellschaften nicht leiden, das könnte man ihr glauben, ihr Vater sei sogar höherer Beamter gewesen.

Was das für Kaffeegesellschaften seien? hatte der Herr Polizeilieutenant nun offiziell gefragt. – Sie nennen sie ihre Cousinen, hatte die Vermietherin geantwortet, aber es wären Ladenmamsells, mit denen sie die Tanzlokale besuchen. – welche „sie“? hatte er gleich nachgefaßt. – „Nun, Herr Kleines und Herr Pfeiffer, der auch bei mir wohnt. Und ich muß den Kaffee machen und den Kuchen besorgen und hungrig sind sie wie die Wehrwölfe. Manchmal geht für zwei Mark Gebäck darauf und mehr, wo soll das hinaus? Aber läßt man ein Wort von Verschwendung fallen, gleich giebt es Krakehl mit Anzüglichkeiten; wenn man gezwungen ist, von möblirten Herren zu leben, lernt man die Welt kennen.“

Ich fühlte meine Frisur sich sträuben, als die Frau Polizeilieutenanten mir diese Art von Laufbahn hinterbrachte, und fragte Onkel Fritz daher bei passender Gelegenheit, ob er Aehnliches erfahren hätte und ob die jungen Leute wirklich so wären? – „Es giebt so'ne und solche,“ antwortete er, „aber die Schuld liegt nicht allein an ihnen. Wenn die Familien sich der jungen Leute annähmen und nicht in jedem einen Heirathskandidaten erblicken wollten, würde wohl Mancher solider sein. Es dürfte ja aber nur Einer in einer Familie mit Töchtern verkehren, so hätten die Tanten die Partie gleich unter sich ausgemacht, worauf der junge Mann kopfscheu würde und heulend davon flöhe. Ist es dann ein Wunder, wenn er sich in den Berliner Strudel stürzt? Betrachtet doch die

Geselligkeit nicht als Heirathsbureau." – was Onkel Fritz hierauf von mir zu hören bekam, das war nicht von Pappe!

Die Hauptsache war jedoch, daß wir über Herrn Kleines genügend unterrichtet waren, und als die Ereignisse ihre Reife hatten, kam die Frau Polizeilieutenanten zu mir und sagte: „Nun ist es so weit." – „Was?" fragte ich. – „Er hat sie zu einem Rendezvous mit Schokolade bei Konditor Müller eingeladen." – „Der schräg vis a vis vom Centralhotel wohnt?" fragte ich, „und den besten Baumkuchen backt?" – „Der wird es wohl sein, denn auf dem Bahnhof Friedrichstraße wollen sie sich treffen." – „Dies ist schändlich!" fuhr ich auf, „eine so dankenswerthe Einrichtung wie die Stadtbahn zu solchen Fehltritten herabzuwürdigen." – „Und Sie haben ihn mit uns bekannt gemacht!" – „O nein." – „O ja!" – „Durchaus nicht." – „Erst recht!" – „Nun soll mir doch einer einen Storch braten, aber einen milchernen," entgegnete ich möglichst gleichmüthig, um keine Erzürnung zu veranlassen. – „Frau Buchholz," erwiderte sie mit aller ihr anhaftender Vornehmheit, „Sie sind dessen ungeachtet verantwortlich und müssen mir Herrn Kleines auf dem Bahnhof abfangen helfen. Die Billete habe ich gleich mitgebracht, seien Sie nur so gut, sich reisefertig zu machen."

Ich hatte bis hierher das Eisenbahnfahren immer für eine Art von Vergnügen gehalten, mit Ausnahme natürlich von den Bummelzügen, die bei jeder Telegraphenstange anhalten, aber nun sah ich doch ein, daß es darauf ankommt, warum und wohin man reist, wobei die Schnelligkeit ganz Nebensache bleibt.

Mir wäre es schon recht gewesen, wenn die Lokomotive einen Anfall von Explosion bekommen hätte, damit der Zug nicht vorwärts konnte, aber mir ging es wie immer, wenn ich irgendwo bei bin ... ich hatte wiederum kein Glück. Wie oft wünschte ich als Kind am letzten Ferientage, wegen der unvollbrachten Arbeiten, die Schule möchte zusammenfallen, oder abbrennen, oder der Hauptlehrer das Bein brechen, aber solche Freude ward mir nie gewährt, im Gegentheil: meine Nachbarin bekam immer das herzusagen, was ich gerade wußte, und ich blieb ausgerechnet bei dem Vers hacken, von dem ich fest und sicher meinte, wir hätten ihn nicht mit aufgekriegt. Und deshalb passirte diesmal auch kein rettendes Ereigniß, weder ein Bischen Entgleisung, noch eine kleine Anrempelung, und bevor ich mich nothdürftig ausgeseufzt hatte, waren wir auf dem Bahnhof Friedrichstraße.

„Wir müssen rasch nach der anderen Seite hinüber," sagte die Frau Polizeilieutenanten, „denn er hat ihr ein Billet nach Potsdam geschickt, natürlich damit, wenn man etwas merken sollte, man auf dem Stadtbahnhof vergeblich warten könnte. Ich habe den Brief gelesen und das Billet gesehen." – „Schauderhaft!" rief ich. – „Dabei fragt es sich, ob der Konditor Müller etwa nur ein Vorwand ist und er mit dem Kinde in die weite, weite Welt hinausfährt." – „Lassen Sie uns eilen, meine Beste," rief ich, „hier liegt ein Verbrechen vor, das wir verhüten müssen. Er soll die Buchholzen kennen lernen." – „Auch an mich soll er denken," sagte die Polizeilieutenanten, „wenn der Blitz sich unerwartet über seinem Haupt entladet." – „Jawohl, wir sind die Gewitterwolken," rief ich, mich ihrem Gedankengange anschließend. – „Ich wüßte nicht, daß ich etwas gewitterwolkenartiges an mir hätte," erwiderte sie spitz, „und wenn ich meinen neuen Mantel für diese Tour zu gut halte, brauche ich mir darüber doch keine Vorwürfe machen lassen. Sie haben ihn mit uns bekannt gemacht." – „O nein." – „O ja." – Es half nichts, sie blieb bei dieser verbohrten Meinung.

Wir nun die Treppe hinunter, durch die Hallen geschlängelt, an den Wigwams vorbei, worin die Billetmenschen sitzen, bald um diesen Pfeiler, bald um jene Ecke, ganz genau wie die Indianer auf dem Kriegspfade, bis wir den richtigen Aufgang gefunden hatten und auf dem Fernverkehr-Perron angekeucht kamen. –

Mittlerweile stand der Tag auf der Kippe und das elektrische Licht war aufgegangen, wie Mondschein sah es nun in der riesigen Halle aus, die sich etwas krümmt wie eine architektonische Leberwurst mit zwei offenen Enden, durch welche die Züge nur so ein- und aussausen. Auch der Wind zieht durch die Halle und wer für eine zerrüttete Gesundheit schwärmt, braucht sich nur gehörig warm rennen und dann auf den Stadtbahnhöfen Platz nehmen. In drei Minuten meldet sich der Schnupfen, oder man spürt es im Kreuz. Ich sah mich schon im Geiste mit Opodeldok eingerieben und heißen Lindenblüthenthee dazu, obgleich der menschliche Organismus doch wohl eine andere Bestimmung bekommen hat, als ihn aus achtungsvoller Ergebenheit zu erkälten. Aber auch das Gemüth hat keinen Vortheil von dem Gewarte und Herumgestehe, denn es klingt und klappt und rührt sich in allen Ecken und Kanten, als wenn es rechtschaffen spukte, weil kein menschliches Auge die elektrischen Fäden entdeckt, womit sie den ganzen Sprechanismus dirigiren.

Je schwärzer der Abend draußen wird, um so mehr nimmt die Unheimlichkeit zu. Man sieht von dem Mondschein der Halle in die Nacht hinaus, die sich allerdings nicht viel von einem Ofenloch unterscheidet, aber dann kommt es an wie ein paar glühende Augen, die immer größer und größer werden, immer runder und immer glänzender, bis es fauchend wie ein Ungeheuer heranlärmt und plötzlich stille steht. Sobald es hält, sieht man ja gleich, daß die Erscheinung nichts Anderes ist als ein Eisenbahnzug, wenn es jedoch aus der Finsterniß in das Helle rast, und zischt und Dampf speit, so glaubt man jedesmal, es wäre ein übernatürliches Geschöpf, das Alles über den Haufen rennen wollte, was ihm in den Weg tritt.

Und von allen Seiten schnoben sie herbei, von rechts und links, vor Einem und hinter Einem, als hätte der Teufel seine sämmtlichen Schoßthiere losgelassen, um mich zu ängstigen, während wir im fliegenden Zugwinde dasaßen und mit dem fertigen Schlachtplan auf den Feind lauerten. Entrinnen konnte er nicht, denn so wie er kam, wollte die Frau Polizeilieutenanten ihn umzingeln, indessen ich mit seitwärts von mir gestreckten Armen vor der Treppe den Rückzug abschnitt. Er war bereits so gut wie erbeutet, dies schien uns unzweifelhaft.

Als mir der Feldzug schon anfing unausstehlich zu werden, zeigte sich endlich etwas, und wenn auch nicht Herr Kleines, so doch sein Schwiemelkompagnon Herr Pfeiffer. „Das ist der eine von den beiden," flüsterte ich, „auf in den Kampf!" – Ehe Herr Pfeiffer noch wußte, wie und warum, hatte die Frau Polizeilieutenanten ihn in unmittelbarer Augennähe und als er rasch wieder davon wollte und sich umwandte, da erblickte er mich mit den ausgebreiteten Armen, wie abgemacht worden war. Der Sieg war ein gewaltiger: er versank in sich wie ein zu früh aus der Röhre genommener Auflauf. So viel Verstellung war aber doch in ihm, daß er that, als wenn er sich sehr freute, uns begrüßen zu dürfen. Wir sagten auch, daß wir sehr glücklich wären, einen „so sehr soliden" Gesellschafter zu treffen, und so logen wir uns gegenseitig Galanterieen vor, während die eine Partei die Angst, die andere den Zorn damit zu verhehlen suchte.

Er sann nun auf verschiedene Weise zu retiriren ... es war ihm aber unmöglich; er hatte nothwendig einem Kofferträger etwas zu sagen ... wir wichen nicht von ihm, jede warnende Mittheilung an Herrn Kleines wurde im Keime erstickt. Da raffte er sich zu einer letzten Anstrengung auf, indem er uns mit der Wahrheit einzuschüchtern versuchte. „Entschuldigen die Damen," sagte er, „ich muß unbedingt augenblicklich zu einem Freunde; es giebt ein Malheur, wenn ich nicht gehe." – „Darf man fragen, wie der Freund heißt?" inquirirte die Polizeilieutenanten. – „Es ist mein Freund, Herr Kleines," erwiderte Herr Pfeiffer mit dem tiefsten Tone der Ueberzeugung. – „Den können Sie sich unsertwegen an den Hut stechen," sagte ich, und kaum war diese, den Umständen nach wohl berechtigte Mißbilligung meinen Lippen entflohen, als Herr Kleines in höchst eigener Person die Treppe heraufgewutscht kam, immer zwei Stufen auf einmal, in das linke Auge ein Stück Glas getreten, und äußerlich in einem röthlichblau karrirten, waschledergelben Asphaltfeger von Ueberzieher gethan, daß er sich mehr putzig als verführerisch ausnahm.

Mit dem an Herrn Pfeiffer eingeübten Schlachtplan gedachten wir ihn nun mit leichter Mühe zu kriegen, aber als er uns sah, entwich er nach rückwärts, immer wärtser und wärtser, dahin, wo der Bahnhof aufhört und das Ueberfahrenwerden anfängt. „Ob er sich auf die Schienen wirft und von dem ersten besten Teufelsthier von Lokomotive zermalmen läßt?“ dachte ich mit Grauen. Aber dies war nicht denkbar, denn indem er flüchtete, wandte er uns sein Gesicht mit dem Augenglas zu und hüpfte abwechselnd auf seinen Spazierhölzern in einer sehr ungebührlichen Weise, wobei er ganz unmenschlich verdrehte Grimassen schnitt. Die Polizeilieutenanten behauptete später unwiderruflich, er hätte sogar die Zunge herausgeblöckt, sie hätte aber angenommen, es wäre auf mich gemünzt, was ich jedoch bescheiden abwälzte. Uebrigens ging die Angelegenheit so rasch vor sich, daß sie sich auch getäuscht haben kann, zumal in dem Mondscheinlicht und in Gegenwart der vielen Menschen, die nicht wußten, was passierte, und über Herrn Kleines Kriegstanz höchlichst erstaunten.

Nun aber hatten wir ihn. Weiter konnte er nicht kommen, wenn er nicht den Tod unserer Gesellschaft vorzog. Schon streckten wir die Finger nach ihm aus, da hatte er auch schon einen eisernen Handgriff bewegt und vor unseren sichtlichen Augen verschwand Herr Kleines langsam in den Abgrund, wobei er den Hut abnahm und uns höhnisch angrinste. Er fuhr mit dem Gepäckfahrstuhl hinunter, und wir hatten das Nachsehen.

„Gottlob, er ist gerettet!“ sagte Herr Pfeiffer, als die Klappen sich über Herrn Kleines schlossen und er uns wie durch Blendwerk entrückt war. – „Darüber freuen Sie sich noch, Herr Pfeiffer?“ fragte ich, „Sie können mir wahrhaftig leid thun.“

Wäre in diesem Augenblick nicht der Zug vom Schlesischen Bahnhof-Alexanderplatz, mit Mila darin, angekommen, ich glaube die Polizeilieutenanten stände noch in verblüfftem Zustande da, als hätte sie das Mittagessen fallen lassen und bemühte sich, zu begreifen, wie Herr Kleines eigentlich entwich, weil sie nicht wußte, daß sein Geschäft ihn oft auf die Bahnhöfe führt und er sich mit allen Einrichtungen auskennt. Denn hätte er sonst so gewissenlosen Mißbrauch mit dem Fahrstuhl treiben können, der doch im Dienste des Publikums steht und nicht hinsichtlich leichtfertigen Entschlüpfens auf Staatskosten erbaut worden ist? Die Sprache ist hier einfach wortlos; es giebt keine Bezeichnung, die miserabel genug für solches Benehmen wäre. –

Mila reckte sich fast den Hals aus, ob sie den karrirten Schlafrock nicht erblickte, mit dem Herr Kleines sie zu bezaubern gedachte, aber als sie nun statt dessen uns beide wahrnahm, verschwand sie wie an einer Gummistrippe gezogen, vom Coupeefenster. Dies half aber nichts, denn was einmal entdeckt ist, das bleibt entdeckt, und sie mußte heraus aus dem Waggon, aus ihren romantischen Träumen von heimlicher Ausflucht mit Schokolade und Baumkuchen bei Müller, heraus in das wirkliche Leben mit elektrischer Beleuchtung, heraus auf den Perron für Vorort- und Fernverkehr.

„So, mein' Dochder," sagte die Frau Polizeilieutenanten im reinsten Landsbergerstraßen-Aczang, „nu komm man mit," und faßte Mila kräftig festhaltend an den Ellbogen. Mila sah so jammervoll aus, als wenn eine von Castan seinen plieräugigen Wachspuppen das Nachtwandeln bekommen hätte. Ich wollte mich ihrer annehmen, aber die Frau Polizeilieutenanten sagte: „Lassen Sie nur, liebe Frau Buchholz, ich werde schon als Mutter mit meiner Tochter reden. Das Beste wird wohl sein, wir schicken sie in ein Pensionat in die Schweiz und zwar so bald als möglich. Soviel ich weiß, ist man dort strenge und Stadtbahnen sollen gänzlich fehlen." – „Das wäre ein großer Vortheil," pflichtete ich bei. – „Und noch eine Bitte: Sie sind diskret, nicht wahr? – „Kein Sterbenswort." – „Ich danke Ihnen, Adieu!"

Als sie nun mit Mila hinabging, wollte ich noch Herrn Pfeiffer, theils in Vermahnung, theils in Eid und Pflicht wegen der Verschwiegenheit nehmen, allein er war vierdimensional geworden, wie Onkel Fritz neuerdings zu sagen pflegt, wenn etwas weg ist. Wahrscheinlich stieg er aus Angst in den Zug, und da ich annehme, daß er kein Billet hatte, so hoffe ich, dieser Eisenbahnfrevel wird ihm nicht so hingegangen sein, denn wenn Maybach auch für die Bequemlichkeit des Publikums in jeder Weise sorgt: die Vergehen gegen den gewaltigen Bahnkörper unter sich ahndet er schonungslos. Das mögen Herr Pfeiffer und Herr Kleines wohl bedenken; im anderen Falle könnte es sich ereignen, daß Maybach Befehl giebt, den Fahrstuhl im Interesse der Familien festzunageln und dies Resultat des Kriegspfades würde dann wohl günstiger für die beleidigten Mütter ausfallen. Um dies zu erreichen, ward dem deutschen Volk der Weg der Beschwerde gegeben, und wer kann es verwehren, ihn zu betreten, wobei man natürlich darauf hinweisen muß, daß im Auslande Alles besser ist als wie bei uns. Auch die Frau hat ihre politischen Rechte und braucht sich nicht anführen lassen.

Mila wird, wie mir die Frau Polizeilieutenanten zwei Tage darauf sagte, baldigst nach der Schweiz ausgethan, wo sie gleichzeitig Durchbildung in Sprachen und feinstem Benehmen erhält. Die Mutter hat ihr Herrn Kleines mit sammt der Wurzel aus dem Herzen gerissen – sie hat ihn eingestandener Maßen auch mehr komisch und amüsant gefunden als für ernst zu nehmen – und somit ist diese Sommerliebschaft als beendigt zu betrachten. Trotzdem lobe ich die Vorsicht, Mila aus dem Distrikte ihres Anbeters zu entfernen, damit wir nicht wieder auf den Kriegspfad hinausbrauchen und Mila noch einige Fortschritte macht, denn obgleich wir nicht den Rang beanspruchen, wie die Frau Polizeilieutenanten, so kann ich doch sagen, in Literatur, Geschichte und derartigen Kenntnissen ist meine Betti ihrer Mila doch eine Strecke voraus, wie wenigstens vom Belleallianceplatz bis zum Wedding.

Betti

Wir hatten die Saison glücklich hinter uns, und lebten ein harmloses Dasein. Mein Karl ward rastloser denn je zuvor vom Geschäft in Anspruch genommen, daß er nicht schlecht Lust verspürte, es zu vergrößern und sich mehr auf eigene Fabrikation zu verlegen, wenn er passende Unterstützung gefunden hätte. Da er jedoch keinen geeigneten Kompagnon ermittelte, so blieb es vorläufig beim Alten und er konnte sich allein abmarachen. Wir suchten ihm darum auch das Leben nach allen Seiten hin zu verschönern, weil er im Grunde genommen doch für uns oft bis spät in die Nacht bei den Büchern saß. Ihm wiederum lag hauptsächlich an Betti's Wohlfahrt und ihre Zukunft war es, die er sichergestellt wissen wollte. Als ich ihm einmal vorwarf, daß er sich noch überarbeiten würde, sagte er: „Laß' nur, Kind, wenn ich einst die Augen schließe, will ich die Beruhigung haben, daß Ihr nicht entbehren müßt.“ – „Karl, rede nicht so, Du thust mir wehe. Was sollen wir mit dem Mammon ohne Dich? Halte Dich nur immer gut warm und denke nicht an Trauervolles; das macht den Menschen hypochondrig und benimmt ihm den Appetit.“ – „Wie Du meinst Wilhelmine, aber wir können uns doch nicht verhehlen, daß wir keine Jünglinge mehr sind.“ –

Von solchem Gespräche durfte Betti nichts erfahren, die, ganz umgekehrt gegen früher, jetzt fleißige Neigung für häusliche Arbeiten zeigte und sich kein Gras unter den Füßen wachsen ließ. Dafür hatte ich denn andererseits die Befriedigung, daß sie sich des Nachmittags hinsetzte und schreibend beschäftigte. Die Verse gelangen ihr noch immer vergeblich, obwohl Herr Leuenfels von Zeit zu Zeit kam und sie in den poetischen Anfangsgründen unterwies, woran ich am Nähtisch sitzend theilnahm, weil man nie wissen kann, wozu man das Dichten mal braucht.

Aber solcher poetischer Unterricht ist nicht leicht. Erst mußte Betti beliebige Worte wählen wie: Mauer, Wurm, Perle, Blume und dann so viele Reime darauf suchen, wie sie irgend kriegen konnte. Fiel uns allen Dreien kein Reim mehr ein, so wurden aus dem Gesammelten Gedichte hergestellt. Schön geriethen sie gerade nicht, manche hatten sogar keine Idee von Sinn, aber Herr Leuenfels erklärte, dies wären die unumgänglichen Vorübungen; wer nicht gewandt im Reimen sei, könnte in der Poesie nie bedeutend werden. Selbst die sogenannten Klassiker (Leuenfels hatte eine mächtige Pieke auf sie) wären Stümper im Reimen gewesen und hätten noch dazu von den alten Griechen und sonstigen faulen Dichtern abgeschrieben.

„Sie irren sich gewiß, indem Sie Jemand anders meinen,“ bestritt ich sein Gutachten, „Schiller, diese edle Seele, sollte sich mit den Federn fremder Geister verziert haben? Nein, dazu war sein Erdenwallen zu schlicht.“

„Pah! der und schlicht!“ sagte Leuenfels wegwerfend. „Er hielt sich die besten Weine im Keller.“ – „Die hatte er auch verdient.“ – „Für seine gewöhnlichen Reime?“ – „Nicht Jeder kann es so gut, wie er,“ wurde ich anzüglich, „und an das Abschreiben glaube ich nicht.“ – Statt aller Antwort nahm Leuenfels einen Band von Shakespeare und einen von Schiller aus dem Bücherspinde und schlug die Stellen auf, an denen man die Unredlichkeiten deutlich sehen konnte. Da stand im Hamlet: „Lebt wohl“ und in Kabale und Liebe dito „Lebt wohl“. Desgleichen heißt es im Hamlet „Da kommt der König“ und in der Jungfrau von Orleans ganz das Nämliche. Und die Louise Millerin sagt „Ach“ und die Ophelia sagt auch „Ach“ und so eine ganze Menge von Wörtlichkeiten mehr.

„Siehst Du wohl?“ sagte Betti, die ihm vergleichen half, „wenn Schiller das bei einer Examensarbeit gethan hätte, wäre er durchgefallen.“

„Und so Etwas läßt sich noch lange Klassiker schimpfen?“ rief ich empört aus. „Wem soll man nun noch trauen? Es ist heut zu Tage Alles Schwindel.“

„Man weist ihnen mit einander auf den Tippel nach, wo sie lange Finger gemacht haben," sagte Leuenfels, „wir jüngeren Gelehrten lassen den sogenannten Geistesheroen nichts durchgehen, wir sind unerbittlich gründlich."

Ich war wie mit Gewalt dumm gemacht über diese Entdeckung, denn aufrichtig gesagt, ich hatte meinen Schiller lieb, er war mir mehr als Andere. „Hat er seine Glocke auch gestohlen? fragte ich. – „Hierüber haben wir noch keine festen Anhaltspunkte," erwiderte Leuenfels. – „Das ist wenigstens ein Trost, denn die weiß ich beinahe auswendig, und es wäre doch sehr anstößig, geraubte Waare im Gedächtniß mit sich herumzuschleppen."

„Es ist Zeit, daß die Ueberschätzung aufhört," nahm Leuenfels das Wort, „Warum hat das Publikum nur Anerkennung für die alten Dichter und vernachlässigt die jüngere Schule in unverantwortlicher Weise? Die Alten werden gekauft, wir können im Schreibtisch verschimmeln. Der Sinn für wahre Poesie ist dem Volke abhanden gekommen." – „Nehmen Sie es ihm nur nicht weiter übel," suchte ich ihn zu besänftigen, „es wird Sie auch ganz gewiß bewundern, wenn Sie todt sind." – Er warf sich in den Lehnstuhl und fuhr mit allen zehn Fingern durch die blonden Haare, wobei er stöhnte: „Ich fühle es, ich bin um ein Jahrhundert zu früh auf diese undankbare Welt gekommen." Hohnlachend setzte er dann hinzu: „Warum bin ich nicht lieber Bierwirth geworden?" – „Das können Sie noch immer, wenn das Volk seinen Geschmack absolut nicht erläutern will. Außerdem, glaube ich, versteht es mehr vom Bier, als von der Poesie. Legen Sie ihm versuchsweise einmal ein Gedichtenbuch hin und stellen Sie daneben ein schönes kühles Seidel vom frischen Faß; Sie werden sehen, wonach es greift." – „Das Volk ist nicht werth, daß man dichtet. Meinetwegen mag es in dem Pfuhl seiner eigenen Gemeinheit versumpfen. Ich zertrümmere mein Saitenspiel und lasse das Volk verkommen!" – „Diese Härte!" rief ich. „Versuchen Sie es vorher doch ein paarmal in Güte, wie Abraham mit den Leuten zu Sodom und Gomorrha, ehe der liebe Gott den Dynamit anstach."

„Wie soll ich das anfangen, wenn mir Niemand Gehör schenkt?" fing er wieder an. „In den Papierkorb hat man meine Gesänge geworfen und ... oh Schmach ... in den Briefkästen der Journale zum Ueberfluß verhöhnt." – Der arme Bengel fing an mir leid zu thun. „Muß denn Alles gereimt sein?" nahm ich tröstend und aufmunternd zugleich das Wort. „Es giebt Leute, die mögen keine Bollen riechen, und andere, die essen vor Johanni das grüne Kraut ober der Erde und nach Johanni die Knollen unterhalb. So ist es auch mit der Poesie; dem Einen ist sie sein Leibgericht und der andere nimmt sie nicht in die la main. Aufrichtig gestanden, bin ich auch mehr für das Ungereimte, weil doch die seltensten Menschen in Versen sprechen und dies meistens nur, wenn sie phantasiren und Blutegel heran müssen nebst Eis auf den Kopf. Schreiben Sie statt Versmaße ein verständliches Aufsatzdeutsch, das wird sicherlich gefallen." – „Prosa!" rief er kläglich aus, „elende Prosa?" – „Meine Tochter hat, glaube ich, auch mehr Talent für das Simple. Nicht wahr Betti?" – „Bis jetzt ist mir das Dichten noch nicht faßlich," bestätigte sie. – „Du solltest doch Herrn Leuenfels die kleine Geschichte vorlesen, die Du neulich geschrieben hast." – „Sie ist gar zu unbedeutend, ich müßte mich geniren." – „Ich bitte Sie, mein Fräulein," sagte Leuenfels, „für durchaus überflüssig halte ich die Prosa nicht." – „Er wird sich schon noch geben," dachte ich.

Betti ging die Erzählung holen, welche sie ihrem Papa zum Weihnachtsabend geschenkt hat und die uns so außerordentlich erfreute, weil sie Alles ganz aus sich selbst hatte, ohne Beihilfe, nur daß sie den Baum, wovon sie schrieb, vorher in einem Laden sah. Die Mutter, der Vater und die Kinder sind ihr dagegen völlig unbekannt, die hat sie sich auf ihre eigene Hand ausgedacht. Ich war deshalb sehr neugierig, was Feodor Wichmann-Leuenfels wohl sagen würde, und Betti schien auch etwas benaut, denn nur stöckerig begann sie zu lesen: „Der patentirte Tannenbaum." – „Das ist purer Unsinn," rief Leuenfels dazwischen. – „O nein," entgegnete ich, „so etwas giebt es, und was es giebt, ist kein Unsinn. Nun unterbrechen Sie aber nicht wieder, sonst werd' ich unangenehm." – Betti fuhr fort:

„Er war von Amerika gekommen, sorgsam in einer Kiste verpackt. Die einzelnen Theile waren numerirt, damit man sie zusammenstellen konnte, wie es sich gehört, und wenn Alles ineinandergeschoben war, dann stand der patentirte Tannenbaum fix und fertig da. Der Stamm sah beinahe ebenso aus wie ein wirklicher Tannenstamm, nur war er glänzender als dieser, weil er einen wundervollen patentirten Lacküberzug trug, seine Zweige saßen in viel regelmäßigerer Anordnung daran, als sie ein armer Waldbaum aufzuweisen vermag und krümmten sich so elegant und so gleichmäßig, als hätten sie alle ein und denselben Anstandsunterricht genossen. Und wie herrlich grün waren die Zweige! Statt der Nadeln bekleidete sie feine weiche Chenille, die der Färber mit seinem besten Grün gefärbt hatte. So grün war kein Baum auf der weiten Welt. An jedem der Drahtzweige saß ein Kerzenhalter und kleine Häkchen waren daran zum Befestigen des Konfektes und der silbernen Aepfel und goldenen Nüsse. Auch die Nüsse und Aepfel waren nach einem patentirten Verfahren aus

Metall angefertigt. Sie ließen sich freilich nicht essen, aber dafür konnten sie stets wieder gebraucht werden, wenn Weihnachten kam. Und nun erst der Untersatz, auf dem der Baum stand. Der war aus Gußeisen, fein vernickelt und hatte eine Inschrift, die Jedem, der lesen konnte, verkündete, daß der Baum patentirt sei. Der Untersatz barg außerdem noch ein Geheimniß, das erst am heiligen Abend offenbart werden sollte und auch dieses war patentirt. Es gab keinen patentirteren Tannenbaum, als das Kunstwerk aus Amerika.

Nun kam der Weihnachtsabend, und während die Kinder sehnsüchtig des Augenblickes harrten, in dem die Thüren zum Bescheerungszimmer geöffnet wurden, bauten die Eltern da drinnen auf. Die Liebe hatte die einzelnen Gaben gewählt und wiederum war es die Liebe, welche half, die Geschenke auszubreiten, daß sie sich dem Empfänger anmuthig darböten und er zuerst fände, worauf sein Wunsch am lebhaftesten gerichtet war. Manches wurde versteckt hingelegt, damit es erst später entdeckt werde und eine neue Ueberraschung bereite, nachdem die erste Freude sich ein wenig gelegt. Und zwischen all' den Gaben stand der patentirte Tannenbaum.

Die Eltern ließen noch einmal prüfend die Blicke in stiller Vorfreude über die Herrlichkeiten gleiten, welche Kinderherzen froher schlagen machen sollten, als sonst an einem Tage im Jahre.

„Ich vermisse Nichts," sagte die Mutter, „aber doch ist mir, als fehle Etwas. Nur kann ich nicht finden, was es sein möchte."

„Es fehlt der Weihnachtsglanz," erwiderte der Vater. „Lass' uns die Kerzen anzünden, ihr Licht giebt erst dem Ganzen die Vollendung."

Als die Lichter an dem Patentbaume brannten, wurden die Thüren weit geöffnet und wie von dem hellen Schimmer geblendet, standen die Kinder an der Schwelle. Dann aber, als sie zu den Gaben geleitet wurden, Jedes an seinen Platz, jubelten sie auf. Nun war sie da, die Wonne seligen Gebens und beglückenden Empfangens.

„Habt Ihr Euch den Tannenbaum schon genau angesehen?" fragte der Vater nach etlicher Weile.

„Ist das ein wirklicher Tannenbaum?" entgegnets einer der Knaben.

„Nein, aber er ist viel schöner. Und nun gebt Acht, wie wunderbar er ist."

Bei diesen Worten drückte der Vater auf einen kleinen Knopf, der an dem nickelplattirten Fuße des Kunstbaumes angebracht war, und der Baum fing an sich langsam zu drehen. Dazu spielte eine Musikdose einen lustigen Tanz. Das war das Geheimniß des patentirten Tannenbaums.

Einen Weihnachtsbaum, der sich dreht und obendrein selbst Musik dazu macht, hatten die Kinder noch nie gesehen. – „Gefällt er Euch?“ fragte der Vater und zog das Uhrwerk von Neuem auf.

Die Kinder schwiegen. „Hat dieser Baum sich im Walde auch die Geschichten mit dem Hasen erzählt, wie es in meinem Märchenbuche steht,“ begann einer der Knaben. – Der Vater lächelte. „Nein,“ antwortete er, „dieser Baum ist kein Märchenbaum, den hat ein kluger Mann in Amerika gemacht.“

„Er riecht nicht nach Weihnachten,“ sagte die Schwester. „Nun weiß ich, was ich vermißte,“ flüsterte die Frau ihrem Gatten zu. „Der Baum athmet nicht den würzigen Hauch aus, wie die Tanne unserer Wälder. Ihm fehlt der Duft.“ – Ob der patentirte Baum merkte, daß man tadelnd über ihn sprach, das ist schwer zu sagen, aber gerade in diesem Augenblick knackte es in seinem Uhrwerke und während er ein neues, viel lustigeres Stück zu spielen begann, drehte er sich noch rascher als vorher. Man hätte glauben können, er wollte zeigen, was er konnte. Aber das schien nur so, denn das neue Stück und die raschere Bewegung waren auch patentirt.

Mittlerweile hatte die Mutter sich entfernt, und als sie nach einiger Zeit zurückkehrte, brachte sie ein kleines Tannenbäumchen mit, das letzte, welches der Mann draußen auf der Straße den vorübergehenden zum Kaufe anbot, das aber Niemand haben wollte, weil es zu elend und erbärmlich war. Dann nahm sie Konfekt von dem patentirten Baum und schmückte den Neuangekommenen damit, auch Netze und Goldpapier hing sie daran und befestigte Wachslichter an seinen Zweigen. Ein Tischchen, mit einem weißen Tuche bedeckt, wurde für ihn hingestellt, und als er darauf stand und seine Kerzen brannten, schaarten sich die Kinder um ihn. „Dies ist Weihnachten,“ sagten sie. Als nun eins der Lichter sich neigte und die grünen Nadeln des Nachbarzweiges sengte, daß sie zischten, mußte es ausgeblasen werden. Ein leichter Rauchstreifen erhob sich von dem glimmenden Dochte. „Jetzt ist es ebenso Weihnachten wie sonst,“ hieß es.

Der patentirte Tannenbaum stand still, da er nicht wieder aufgezogen war, aber der kleine Waldtannenbaum durchduftete das ganze Zimmer mit seinem frischen harzigen Geruch. Die schiefe Wachskerze hatte ihm dabei zu helfen versucht, so gut es in ihren Kräften stand.

Wenn Besuch während der Festtage kam, wurde der patentirte Baum gezeigt und mußte seine Kunststücke machen. Man fand ihn allgemein ganz außerordentlich, aber weil der Weihnachtsabend vorüber war, merkte man nicht, daß ihm das Beste fehle – die Kraft, Erinnerungen zu wecken, die Erinnerung an frühere Weihnachtsabende und an den grünen Wald, der nun unter dem Schneedache schlummert und der Auferstehung im Frühlings wartet.

Später wurde der patentirte Tannenbaum wieder auseinander genommen, in seine Kiste gepackt und auf den Boden gestellt, jedes numerirte Stück des Stammes, jeder numerirte Zweig sorgsam in Seidenpapier eingewickelt. Ich bezweifle aber, daß er in diesem Jahre heruntergeholt und wieder zusammengesetzt werden wird, denn ich habe erfahren, es sei ein großer schöner Tannenbaum bestellt, der fast bis an die Decke reicht, und auch Nüsse mit wirklichen Kernen und Aepfel, die man essen kann, werden am Abend, wenn die Kinder schlafen gegangen, emsig vergoldet und versilbert.

Das sind schlechte Aussichten für den patentirten Tannenbaum.“ –

Betti schwieg und schlug die Augen nieder, als hätte sie genascht oder irgend eine Thorheit begangen, deren man sich schämt, und obgleich mir die kleine Erzählung, trotzdem ich sie bereits bis auf jedes Komma kannte, wieder Spaß machte, schwieg ich auch und wartete gespannt auf Leuenfelsen's Ausspruch. Aber der blieb stumm. – „Na?“ rief ich ungeduldig.

Leuenfels zuckte die Achseln. – „Ist das Alles?“ – „Wie kann man solche Alltäglichkeiten schreiben?“ nörgelte er. “Aber sie hat es doch ganz niedlich gemacht,“ versetzte ich, „oder sind viele Fehler drin?“ – „Nichts ist da,“ rief er, „keine Exposition, keine Peripetie, keine Abrundung des Ganzen und vor Allem keine Poesie. Wo ist der Weihnachtsengel mit seinen poetischen, weißschimmernden Flügeln, wo sind die Festglocken mit ihren harmonischen Klängen, wo sind Glaube, Liebe und Hoffnung? Und was das Unverzeihlichste ist ... die Anleihe bei Andersen und sonstigen Märchenschmierern ist zu augenscheinlich. Ja man könnte von Plündern sprechen. Geben Sie das Schreiben auf, mein Fräulein. Sie besitzen allerdings Talent, aber kein Genie!“

Mir war bei diesem Tadelserguß, als würfe man mich von allen Seiten mit Klietern, besonders direktemang ins Angesicht, und Betti saß wie unheilbar verhagelt da und wagte sich vor Schmach und Schande nicht zu rühren, denn Leuenfels hatte recht: alle jene Zuthaten fehlten. Ich begriff jetzt selbst nicht mehr, daß wir Freude an der kleinen Erzählung gehabt hatten, daß mein Karl behaupten konnte, Betti wäre wohl verschlossen, aber sie sei tief von Gemüth, und wie ich so fehlschoß, daß ich glaubte, Betti werde, weil doch Gouvernante, Musik und Malen nichts für sie war, Befriedigung und eine Art von Beruf im Schriftstellern finden. Da hatte wieder einmal eine Eule gesessen.

Betti sagte kein Wort, denn sie ist nicht von der nachgeberigen Sorte, also mußte ich eine Lippe riskiren. „Da Ihnen Alles nicht gut genug dünkt, Herr Leuenfels," begann ich, „so möchte ich wohl mal wissen, was Ihrer Meinung nach der richtige poetische Aweck ist, damit man Unterschied lernt." – „Nichts leichter als das. Zwei Gedichte von mir sind in der „Aeolsharfe" abgedruckt, deren Redakteur, Hunold Müller von der Havel, mich persönlich aufforderte, Mitglied des Allgemeinen deutschen Reimvereins zu werden. Ich bin Mitglied. Mein letztes Gedicht wurde preisgekrönt. Verlangen Sie mehr?" – „O bitte, durchaus nicht." – „Ich dichtete es im Wintergarten auf dem Preßfest. Der wahre Genius ist nicht an Zeit und Ort gebunden. Ich werde es rezitiren."

Er sich nun gegen den Ofen gestützt, die Manschetten herausgezupft, die Haare aufgewühlt, eine Miene angenommen wie gerührtes Apfelmuß und angefangen:

Die schmerzlich Getrennten.
Gekröntes Preisgedicht von Feodor Wichmann-Leuenfels

Ein Palmbaum steht im Norden In einem Gartenhaus.
Was ist aus ihm geworden?
Die Blätter geh'n ihm aus.

Er träumt von einer Fichte
Am fernen Kongostrand,
Die ward schon längst zu nichte
Im heißen Wüstenbrand.

„Na hören Sie," rief ich, als er mit vieler Wehmuth zu Ende gekommen war, „berühmt kann ich das Gedicht nicht finden und neu ist es auch nicht mehr." – „Nicht neu? Eine Improvisation von mir an jenem Abend nicht neu?" – „Nee," sagte ich, „Du kennst doch auch das Gedicht von dem drömerigen Fichtenbaum, Betti, geht das nicht gerade so, wie das, was Herr Leuenfels eben deklamirte?" – „Nicht die geringste Aehnlichkeit", schrie er beleidigt. „In dem elenden Machwerke, das Sie meinen, steht der Fichtenbaum im Norden und bei mir der

Palmbaum, und das soll dasselbe sein? Lächerlich! Wer nicht dazu fähig ist, sollte sich doch kein Urtheil anmaßen."

Nun kochte mir die Galle über. „Sie sagen von meiner Betti, sie hätte Anleihen gemacht, wo sie selbst grapschen, daß man glaubt, der Staatsanwalt klopfte bereits an die Thüre, und reden noch lange von Genius und Pathologie und was weiß ich? Das paßt mir nicht in meinem Hause und wenn Sie mir'n Gefallen thun wollen, Herr Wichmann, dann sehen Sie nach, ob Ihr Paletot vielleicht draußen gestohlen sein sollte, und wenn nicht, dann führen Sie'n an die Luft, daß die Motten nicht hineinkommen. Wer meiner Betti was zu Leide thut, dem werd' ich helfen. Und nun denk ich, lassen wir's Dichten ein für alle Mal sein!" – Er sagte, er sei gewohnt, mißverstanden zu werden und so auch hier, und schloß mit den Worten: „Nun gut, verschmäht man meine Poesien, so werde ich den Leuten zeigen, was ich vermag. Wer mich nicht verehrt als Dichter, der soll mich fürchten als Kritiker. Jetzt habe ich meine Bestimmung erkannt, Frau Buchholz, dafür bin ich Ihnen dankbar." – Er empfahl sich und ging stolz davon.

Wie recht hatte doch Onkel Fritz: wenn das Wort Patentfatzke nicht schon erfunden wäre, hätte man es für diesen Pojatz eigens erfinden müssen. Und den hat mir der Dr. Stinde aufgepackt. Na warte, Jungeken, Dir werde ich wieder Gans braten! –

Die Folge davon war, daß Betti kein Vergnügen am Schreiben mehr fand und die Welt um einen Kritiker reicher geworden ist; ich wünsch' ihm gerade nicht, daß er einmal gehörig anläuft, aber Gott gebe es. Ohne seine Schnodderigkeit hätte Betti unschuldig darauf los geschrieben, und die Gedanken an verlorenes Glück wären ihr beim Arbeiten fern geblieben; sie hätte Zerstreuung gehabt, ohne sie weit im Theater oder in Konzerten zu suchen, wohin wir nur selten kommen, weil das theuerste Vergnügen immer das ist, welches man sich von anderen Leuten vormachen lassen muß, und so wegwerferisch haben wir es nicht. Wenn wir mal in den Lohengrin gehen oder ins Schauspielhaus, das sind erinnerungsreiche Festabende, oder mal bei Wallner, wenn sie recht etwas zum Trudeln geben, wohingegen die Operette uns zu schenirlich ist.

Nun war Alles wieder beim Alten, und, da Mila auch noch fehlte, brachte das tägliche Einerlei Stunden, die mit Blei ausgegossen schienen. Allein, wo nichts zu machen ist, da ist auch nichts zu wollen und so trugen wir Beide dasselbe Leid: Betti auf ihren jungen Schultern, ich auf meinen alten, wem es am schwersten ward, das mochte Keiner eingestehen. –

Mich beschäftigten außerdem die mysteriösen Andeutungen, welche Herr Max bei der Regatta äußerte, und ich weiß nicht, was ich darum gegeben hätte, deutlich bis auf den Grund zu sehen. Aber, fließt das menschliche Leben kristallklar dahin? O, nein, mehrstens ist es modderig, wie die Panke. –

Endlich kam aber dennoch die Zeit der Offenbarung in der Form eines Briefes von Herrn Max, der mich um eine Unterredung ersuchte. Ich bestimmte ihm den kommenden Freitag, an welchem Betti bei Kuleckes ging, und empfing ihn pünktlich um Sechsen in der guten Stube. – „Halten Sie sich nur nicht lange in der Vorrede auf," bat ich, nachdem ich ihm zur Ermuthigung der Lebensgeister Portwein hingesetzt hatte, denn er machte einen zurückhaltenden Eindruck. „Sie können ohne Umschweife reden, ich bin auf das Schlimmste gefaßt." – „Ich komme mit guten Nachrichten," entgegnete er. – „Dann nur heraus damit." – „Als Anwalt meines Freundes muß ich umständlicher sein, als Ihnen vielleicht lieb ist." – „Nun denn, meinetwegen, aber stärken Sie sich vorher." – Er nippte kaum von dem Wein und fuhr darauf fort: „Sie haben ihn kennen gelernt." – „Und mich in ihm getäuscht. Nie werde ich es vergessen, wie er, rasch entschlossen, in frischem Jugendmuthe sein Leben wagte, um den Knaben zu retten. Ich bewunderte ihn, und sein bescheidenes und doch so mannhaftes Wesen gewann bei näherer Bekanntschaft mein ganzes Herz. Nicht das meine allein, und das war unrecht von ihm. Er wußte, was er angerichtet hatte, Sie wußten es auch, und nachdem er den Triumph gefeiert hatte, eine unschuldige Mädchenseele zu bethören, verschwand er auf Nimmerwiedersehen. Das war falsch, und so steht er jetzt in meinen Augen da."

Lebhaft entgegnete Herr Max: „Ich kann ihn rechtfertigen." – „Wer's glaubt!" – „Mir werden Sie glauben, mir, seinem Freunde." – „Sage mir, mit wem du umgehst, und ich will dir sagen, wer du bist!" bemerkte ich mißtrauisch. Er biß die Zähne auf einander und blickte mich unwillig an. – „Sie verunglimpfen ihn," stieß er hervor. „Ich kenne ihn von der Schulbank an. Er, der Kräftige, Starke, schützte mich, den schwachen Knaben, vor dem Uebermuthe der Anderen, er sorgte für mich, als ich verwaiste, ihm verdanke ich, was ich bin. Keinen Treueren giebt es als ihn, und darum betrifft mich Alles, was ihn betrifft. Wie jubelte auch mein Herz, als er mir vertraute, er habe das Glück seines Lebens gefunden, und nicht mehr kann er gelitten haben als ich, da er verzichten mußte." –

„Mußte?" fragte ich verwundert.

Max schwieg eine Weile und fuhr dann mit leiser Stimme fort: „Wir waren Beide erst seit einigen Jahren in Berlin, die Woche gehörte der Thätigkeit im Geschäfte, an den Sonntagen bot die Großstadt mit ihrer Umgebung Kurzweil die Hülle und Fülle. Verdenken Sie es lebensfrohen Männern, wenn sie zugreifen, wo das Vergnügen ihnen die Hand reicht? – „Warum sollen sie sich nicht zerstreuen? Das heißt sie müssen nicht solche krummbeinigen Wege gehen wie Herr Kleines." – „Ich verstehe Sie nicht." – „Der Cousinen einladet, die es gar nicht sind." – Er schlug die Augen nieder und verstummte. – „So reden Sie doch," rief ich angstvoll. – „Er hatte sie zuerst in Treptow gesehen und mit ihr getanzt ..." „Welche „sie"?" – „Sein Verderben." – „Jetzt weiß ich genug," entgegnete ich bitter, „mehr wird wohl nicht nöthig sein." – „Doch," rief er, „Sie müssen mich zu Ende hören. Als wir damals von Tegel zurückkehrten, sagte mein Freund: „Max, von heute an wird mit der Vergangenheit gebrochen" ..." – „Das sagte er wohl, aber er that es nicht." – „Er versuchte sich loszureißen, sie litt es aber nicht. Sie drohte ihm, wenn er sich verloben würde, mit Ansprüchen hervorzutreten." – „Hatte sie Rechte dazu?" – „Nein. Er lachte sie aus. Sie schwur, ihm den unerhörtesten Skandal zu machen und sei es am Hochzeitsmorgen, in der Kirche selbst. Sie würde behaupten, er habe ihr die Ehe versprochen. Wer das Gegentheil beweisen könne? – Er fragte sie, ob sie ihn für sein ganzes Leben unglücklich machen wollte, worauf sie antwortete, sie sei aus respektabler Familie, einer Anderen nachzustehen, fiele ihr nicht ein. In ihrem Hasse wäre sie zu Allem fähig, das möge er bedenken. Da vermied er es, der jungen Dame zu begegnen, die er mit der Allgewalt des Herzens liebte, er fürchtete, seinen Lippen könnte ein Wort entschlüpfen, das er nicht aussprechen durfte, damit er sie nicht an sich zöge und Kränkungen aussetze. Es blieb ihm nichts anderes übrig, als Berlin zu verlassen." ... „Und sich vorher noch nach der Möglichkeit zu amüsiren. Wollen Sie mir vormachen, der Bock sei ein Aufenthalt für Leute mit gebrochenem Herzen?" Er blickte mich erstaunt an. „Jawohl, ich selber habe ihn dort gesehen und zwar in ganz merkwürdiger Gesellschaft. So viel Zeit hatte ich noch, das zu bemerken." – „Auch diesen Umstand kann ich Ihnen erklären. Es galt, jene rachsüchtige Person von der rechten Fährte zu bringen; von dieser Zeit an spürte sie seinen Schritten nicht mehr nach." – „Berlin, Berlin" rief! ich, „was machst Du aus den Menschen! Und solche Geschichten nennen Sie gute Nachricht? Ich danke!"

„Gewiß," versetzte er ruhig. „Die Besorgnisse, welche meinen Freund fernhielten, sind nicht mehr vorhanden; seit vorgestern ist die Bekanntschaft von Treptow mit einem gut situirten Handwerker verheirathet und mir ward von Felix der Auftrag, Ihnen Alles mitzutheilen, damit Sie ihn nicht ganz verkennen."

Ich schwieg. Konnte ich ihn von aller Schuld freisprechen? Nein. Und doch fühlte ich, daß er nicht unrecht an uns gehandelt hatte. Er drängte sich nicht bei uns ein, ich selbst zog ihn heran, er hatte nie mit Betti über Liebe gesprochen, ihr kein Wort gegeben und auch keins abverlangt. Das stimmte. Und doch waren aus Beider Herzen Hoffnungen ergrünt, ganz im Stillen und Geheimen, und ebenso still und geheim verwelkt, zerstört durch den Leichtsinn an lustigen Sonntagen.

„That er solches Unrecht, daß Sie kein Wort der Verzeihung haben?" fragte Herr Max. – „Was nützt ihm meine Verzeihung?" entgegnete ich. – „Alles, er würde wieder hoffen, sich Ihnen nähern zu dürfen." – „Es ist zu spät. Betti hat entsagt. Verlorene Liebe kehrt nicht wieder." –

Herr Max sprang auf. „Das kann ich ihm nicht schreiben," rief er erregt. „Nun und nimmer. Er wartet auf gute Botschaft. Die muß und muß ich haben." – Er sprach so warm und innig für seinen Freund, daß ich nicht unbewegt bleiben konnte. – „Hier darf ich nicht allein entscheiden, es haben noch Andere mitzusprechen." – Ich klingelte und schickte Doris zu meinem Karl ins Kontor und ließ ihn heraufbitten. Er kam auch gleich, und als er Herrn Max sah, begrüßte er ihn freundlich und fragte: „Nun wie steht die Angelegenheit, junger Freund." – „Vorgestern war die Hochzeit," lautete die Antwort. – „Was ist das?" rief ich erstaunt, „Du weißt Bescheid?" – „Herr Felix Schmidt war so aufrichtig, mir vor seiner Abreise zu erklären, welche Beweggründe ihn von Berlin trieben. Ich konnte seine Handlungsweise nur billigen." – „Und mir ... mir verschwiegst Du das? Karl, das finde ich ..." – „Wilhelmine, thue mir den Gefallen und sieh' Dein Bild einen Augenblick an. Was solltest Du Dich unnöthig quälen? Auch ich hatte bereits an jeder glücklichen Wendung der Dinge gezweifelt und hielt es für besser, Vergangenes ruhen zu lassen. Jetzt aber handelt es sich darum, hat Betti ihn vergessen oder nicht?" – „Sie scheint seiner nicht mehr zu gedenken." – „Sie scheint nur?" fragte Herr Max eindringlich. – „Ich werde sie vorsichtig aushorchen. Aber was nützt das? Sobald sie Alles erfährt, tritt sie zurück. Sie hat ihren Stolz." – „Wenn es an der Zeit ist, wird der ihr sein Geheimniß mittheilen, dem es gehört. Wir haben kein Recht, sein offenes Vertrauen zu mißbrauchen. Er hat seine Thorheit bereut und gebüßt, indem er seiner Liebe Schweigen gebot. Willst Du ihm deshalb nachtragen? Wer ohne Fehl ist, werfe den ersten Stein auf ihn." – „Karl, ich will hoffen, daß Du mitwerfen darfst." – Er lachte. „Meine Frau hat schon eingelenkt," sagte er zu Herrn Max, „holen Sie sich morgen Bescheid." – „Nicht persönlich, das könnte Betti auffallen," wehrte ich ab, „aber wenn morgen diese rothe Hyacinthe vor dem zweiten Fenster steht, sind die Aussichten gut." – „In aller Frühe werde ich an Ihrem Hause vorbeigehen und hinaufspähen," erwiderte Herr Max und nahm Abschied. – Ich mußte denken: „Wer einen so anhänglichen Freund hat, der kann unmöglich schlecht sein. Wäre die Jugend nur nicht so überschäumend und unüberlegt. Aber vielleicht läge der kleine Knabe längst in der kühlen Erde, wenn sie es nicht wäre." –

Ich konnte doch nicht umhin, mich noch mit meinem Karl über sein egoistisches Verschweigen ein wenig anzulegen, aber es fruchtete nichts, er sah zu rosenfarben in die Zukunft. Er wünschte sich Herrn Felix Schmidt als Kompagnon, darüber kam er gar nicht hinaus. „Dann hätte ich eine Stütze, Minchen, er versteht sich auf die Fabrikation. Dort, wo er jetzt ist, in Sachsen, wollen sie ihn als Associé ins Geschäft nehmen." – „Woher weißt Du das?" – „Man hat sich bei mir nach ihm erkundigt, da er sich auf mich berief." – „Und was berichtetest Du über ihn?" – „Daß er vor allen Dingen ehrlich sei und ich ihm das höchste Vertrauen schenken würde." –

Mein Karl ging nach dem Abendbrot noch auf ein Stündchen zu Biere und ich wartete auf Betti, die zur rechten Zeit kam. Sie war guter Dinge, denn sie hatte bei Kuleckes ihre kleine Erzählung vorgelesen, wie sie früher versprochen, und Alle, namentlich Amanda, waren sehr anerkennend gewesen; sie hatte trotz Leuenfelsen nun doch wieder Lust zum Schreiben. Allerdings hatte Amanda Kulecke gesagt: „Kind, es muß mehr Liebe dazwischen, einerlei ob glückliche oder unglückliche, wenn es nur welche ist." – „Willst Du das nicht einmal versuchen?" kundschaftete ich aus, und mein Herz fing an zu klopfen. „Glückliche Liebe?" entgegnete sie schwermüthig, „soll ich mit Thränen schreiben?" – „Du könntest," setzte ich meinen Gedankengang fort, während das Herzklopfen so zunahm, daß ich die Worte kaum hervorzubringen vermochte, „vielleicht schildern, wie Zwei sich lieben, ohne es einander zu gestehen, und wie der Eine in die Ferne zieht, um Geld und Gut zu erwerben, oder so ähnlich, und erst wiederkommen will, wenn er glaubt genug zu haben, worüber die Andere ihn mittlerweile vergißt." –

„Vergißt?" fragte Betti und blickte mich groß an, „dann hat sie ihn nicht geliebt."

„Du liebst ihn also immer noch? Weißt Du denn, warum er davon gegangen ist?“ platzte ich unbedacht heraus. In diesem Augenblick wäre mir ein Schlagfluß wohlthätig gewesen, denn ich erwartete, Betti würde außer sich gerathen. Sie blieb aber ruhig und sagte kaum hörbar:

„Ich bin ihm wohl zu gering gewesen.“

Meine Hände hatten sich fest in das Sopha gekrallt, weil ich einen Anhalt haben mußte. Sie lösten sich nun allmählich wieder und ich schöpfte Athem. „Betti,“ sagte ich „sei so gut und setze die rothe Hyacinthe vor das zweite Fenster, sie duftet in der Nähe zu stark.“ –

Betti that, wie ich gebeten; ich aber wußte nun, daß sie verzeihen und vergeben würde, wenn sie je etwas erführe, und sah auch ein, wie wohlweislich mein Karl geschwiegen hatte, denn wie leicht kann man sich vergalloppiren.

„War Besuch da, weil Du in der guten Stube sitzest?“ fragte Betti.

„Ein Geschäftsfreund von Papa war hier,“ sagte ich so bedeutungslos wie möglich.

Und dann sprachen wir von mancherlei Dingen, die uns eigentlich gar nichts angingen, aber Betti vermied, das Schriftstellern zu berühren, und ich gab Acht, daß ich mich nicht verrieth. Zuletzt kam der Sandmann, der streute uns Traumkörner in die Augen und wir gingen zur Ruhe. Die Hyacinthe stand ja an dem richtigen Platz.

Der erste April

Ich war mir nicht bewußt, Augusten etwas zu Leide gethan zu haben und konnte mir daher nicht erklären, warum sie unser Haus mied, als hätten wir das Scharlach. Das verdroß mich, und als ich ihr vor einiger Zeit zufällig unterwegs begegnete, erlaubte ich mir die Frage, weshalb sie sich gar nicht sehen ließe, worauf sie Ausflüchte machte, wie eine, die sich im Lügen übt. – „Wenn Du nicht willst, kann ich Dich nicht zwingen,“ gab ich ihr zu verstehen, „und wenn wir Dir doch gleichgültig sind, können wir uns ja „Sie“ schreiben. Adje, Frau Weigelten.“ –

Wie es bei Weigelts zustand, konnte ich von ihr nicht erfahren: ob sie schon einen Scheffel Zwanzigmarkstücke von der Millionenschwägerin bekommen hatten, oder ob ihnen bereits der Pleitegeier auf dem Dache saß, wie Onkel Fritz zu sagen pflegt, wenn die Rechnungen für das gute Leben bezahlt werden sollen und blos der Wille dazu vorhanden ist.

Zu meiner nachträglichen Freude ward mir jedoch kund, daß ich mich in Augusten geirrt hatte. Sie war nicht schuld an der Spannung zwischen uns, sondern ganz allein ihr Herr Gemahl, der eine solche Frau nicht verdiente. Wer sollte gedacht haben, daß dieser blöde Student von ehemals, der erkenntlich sein müßte, daß er eine Stelle im Büreau erhielt, so aufsässig werden würde? Die Ursache kann einzig in seiner Dämlichkeit liegen, obgleich sie trotzdem unbegreiflich erscheint.

Mir war es schon sehr verwunderlich, daß er Augusten verbot, etwas von uns anzunehmen, aber ich schob seinen Unwillen auf die Verweigerung des Borgs, als sie eine Anleihe bei mir machen wollten, denn Manche können es nicht vertragen, wenn sie abfallen, aber Onkel Fritz war hinter das Richtige gekommen.

Mein Weigelt war in den Umgang von Leuten gerathen, die ihm so lange von der Schlechtigkeit der heutigen Verhältnisse vorschwefelten, bis sie ihn so aufgeklärt hatten, daß er Alles glaubte, es durfte nur nicht in der Bibel stehen. Er war in Schulden, aus denen er gerne herauswollte, und weil es ihm durch eigene Dummheit schlecht ging, mußte die ganze Welt schlecht sein. Der Staat taugte nichts, die Regierung machte Fehler über Fehler, und wer weiß, womit sie sich sonst noch das Bier sauer redeten.

Die Folge davon war, daß mein Weigelt nachlässig in seinen Arbeiten wurde, seinen Vorgesetzten höchst unpassend kam und auf seine eigene Hand anfangen wollte, den Staat umzuwälzen, wozu ein königlich preußisches Büreau wohl nicht der geeignete Ort ist. Ob er sich einbildete, man hätte ihn um seiner schönen Augen willen angestellt? Solche wie ihn konnten sie eine Menge bekommen, immer fünfzehn auf die Mandel. Er durfte froh sein, daß er nicht entlassen wurde, daß Weib und Kind mit in Betracht kamen, als er dicht daran war, den Laufpaß zu erhalten. Er aber sich auf das hohe Pferd gesetzt, weil Kollegen von ihm befördert wurden und er bis zum nächsten Male warten mußte.

Jeder ist zwar seines Glückes Schmied, aber wenn er es nicht ordentlich gelernt hat, wird es Pfuscharbeit, und das war der Fall mit Weigelt. –

„Wenn ihm unser Staat hier nicht gefällt," sagte Onkel Fritz, „dann hat er die Freiheit, sich einen auszusuchen, der ihm zusagt, aber er scheint auch zu wissen, daß anderwärts ebensogut Knochen im Fleisch sind wie bei uns, und die Ochsen in Amerika nicht auf Bratwürsten herumlaufen; daß man hier arbeiten, drüben aber schuften muß. Laß ihn doch mit den paar Kenntnissen und dem bischen leserlicher Handschrift auswandern, wohin er will. Pfotensaugen kann er. Vielleicht wäre es ihm gut, wenn er ginge, damit er einsieht, welchen Blaak ihm die gehirnerweichten Brüllaffen eingeredet haben, die sich seine Parteifreunde nennen. Und dies Schaf, das seinen eigenen Hausstand nicht übersehen kann, das sich von einem Geldverleiher und Waarenschwindler bis über die Ohren hineinlegen läßt, will mit in die Politik hineinreden? will mit regieren? will dem Staat gute Lehren geben? So ein Stimmvieh!" –

„Warum ereiferst Du Dich?" fragte ich Onkel Fritz, „er ist zu untergeordnet, sich über ihn zu ärgern." –

„Ich war bei ihm, um ihn aufzufordern, den Fackelzug mitzumachen und den Abend hernach mit mir und meinen Freunden zuzubringen. Darauf entgegnete er: das gestatte ihm seine Ueberzeugung nicht." – „Ist die Möglichkeit?" rief ich. – „Jawohl," antwortete Onkel Fritz, „wie die Natur spielt, ist mitunter groß!" –

Das war einige Tage vor dem letzten März, an welchem dem Fürsten Bismarck ein Fackelzug gebracht werden sollte, als am Vorabend seines siebzigjährigen Geburtstages. Schon lange vorher hörten wir von den Zurüstungen und freuten uns auf den Abend ungeheuer, zumal Onkel Fritz nur noch Begeisterung war. Er hatte ja auch den französischen Feldzug mitgemacht, und wußte, was es heißt, Kraft und Leben für das Vaterland einzusetzen. „Wilhelm," sagte er, „kein Tropfen Blut ist umsonst dahingegeben, aus jedem ist Ehre entsprossen und Macht. Uns kann Keiner! Deutschland ist groß, wie es niemals zuvor gewesen, das danken wir dem Kaiser und seinem Kanzler." –

Am Abend des Fackelzuges waren wir rechtzeitig unter den Linden. Mein Karl, Betti und ich, und halb Berlin schien sich blos an diesem einen Platz versammelt zu haben, Kopf an Kopf in den Fenstern und auf den Balkonen, noch mehr Köpfe auf dem Fahrdamm, den Reitwegen und den Bürgersteigen. Und alle diese Menschen wollen mit den Ihrigen leben. Dazu gebrauchen sie den Frieden, und den hat Bismarck ihnen erhalten und wird dafür weiter sorgen.

„Wir wollen suchen, unseren alten Platz wieder zu erlangen," sagte mein Karl, „dicht bei der Friedrichstraße." Als wir dort waren, fragte er: „Erinnerst Du Dich,

Wilhelmine, hier standen wir und sahen den König, als er aus Ems kam? Neben ihm saß die Königin, die ihren Thränen nicht gebieten konnte.“ – „Ich weiß es, mein Karl, das war eine schmerzliche Zeit. Onkel Fritz mußte auch mit. Die Franzosen galten als die Ersten und Mächtigsten und fluchten und wetterten, Berlin dem Erdboden gleich zu machen. Wer wußte, wie es kommen werde.“ – „Der König und Bismarck und Moltke wußten es. Und erinnerst Du Dich weiter: Hier standen wir wieder, als unser König mit seinem siegreichen Heere einzog als Kaiser.“ – „Wie würde ich das je vergessen? – Das war ein Tag des Jubels. Und wie sah Onkel Fritz aus: voll von Staub und behängt mit Kränzen.“ – „Und heute gilt der festliche Dank dem gewaltigen Kanzler, seiner Treue für Kaiser und Reich. Siehst Du dort beim Schloß? Der Fackelzug beginnt.“

So war es auch. Eine Rauchwolke stieg an dem unteren Ende der Linden auf und darunter röthete es sich wie von einer Feuersbrunst, die mächtiger und mächtiger anschwoll und einer feurigen Schlange gleich näher kam, bis sie auch uns erreichte. Musikchöre in historischen Kostümen, zu Fuß und zu Pferde, wechselten mit Gruppen von Fackelträgern ab, und den Couleur-Studenten, welche in vollem Wichs in unzähligen Equipagen saßen, folgten die Studenten zu Fuß. Das war die Jugend, die Hoffnung des Kanzlers und der Erbe seines Vermächtnisses. Diesen voran schritt, die hellbrennende Fackel tragend, ein Mann mit grauem Haar, das die schwarzrothgoldene Studentenkappe aus alter Zeit bedeckte. Der mochte sich wohl ein junges Herz bewahrt haben, das heiß erglühte.

Immer neue Massen mit lohenden Flammen, leuchtenden Inschriften, Bannern, Fahnen und Abzeichen zogen vorüber. Dann kam der Künstlerwagen, ein Riesenschiff, auf dem hoch oben die Germania das schützende Schwert schwang, während auf dem Deck die geeinten Angehörigen aller Gauen und Stände ihr zujauchzten. Daran schlossen sich die Gesandten aus Kamerun mit Kameelen, welche Gaben trugen, wie sie Afrika bietet, und wieder folgten endlose Reihen von Wandernden mit brennenden Fackeln in der erhobenen Hand.

Schon war eine Stunde verflossen und noch kein Ende abzusehen. Ergriffen standen die Tausende von Menschen, von dem ungeahnten Schauspiel überwältigt. Und als nun zum Schluß die Schering'sche Fabrik mit Hunderten von Magnesiumfackeln heranzog, welche die Straßen tageshell erleuchteten, da vermochte einer dem anderen in das feuchte Auge zu blicken. Ergriffen huldigte das Volk seinem großen Staatsmanne, seinem Bismarck. –

Mein Karl war durchaus abgeneigt, ein öffentliches Lokal aufzusuchen. „Wir wollen unter uns bleiben," sagte er, „mit Euch möchte ich über das Erlebte sprechen."

Wir machten es uns zu Hause gemüthlich und als ich mit dem guten „Johannitergarten" anrückte, lobte mein Karl mich als sehr verständig. Er aber war gegangen und hatte ein Büchlein geholt, das hieß „Fürst Bismarck von Ernst Scherenberg". Daraus las er uns vor.

Es war mir und Betti unbegreiflich, was früher mit Deutschland aufgestellt wurde. Schweigend mußte es Kränkungen seines Rechtes und seiner Ehre ertragen, weil es in seiner Zerrissenheit nicht wußte, wie stark es war. Nun aber ist umgekehrt ein Schuh daraus geworden.

Und dann kam der Tag in Versailles, an dem der Bundeskanzler die Kaiserproklamation verlas, die mit dem Gelübde schloß: „Uns aber und unseren Nachfolgern an der Kaiserkrone wolle Gott verleihen, allezeit Mehrer des Deutschen Reichs zu sein, nicht an kriegerischen Eroberungen, sondern an Gütern und Gaben des Friedens, auf dem Gebiete nationaler Wohlfahrt, Freiheit und Gesittung."

„Das war des Kaisers Wort," sagte mein Karl, „daß es erfüllt wurde, dafür sorgte Fürst Bismarck. Fünfzehn Jahre haben wir den Frieden mit seinen Segnungen; den danken wir der deutschen Treue."

Wir erhoben uns alle drei und leerten unser Glas. Wem es galt, das brauchten wir nicht erst sagen.

„Seht um Euch," begann mein Karl lebhaft wieder das Gespräch. „Frankreichs Republik schlachtet dem alten Götzen Gloire aufs Neue Landeskinder, Englands Parlament opfert dem Egoismus ruhmloses Blut, an uns wenden sie sich, damit Bismarck schlichte, der in Versailles mit seinem Kaiser vor aller Welt schwur: *Friede*! Die Zeit, in der wir leben, ist so groß, daß wir sie kaum zu fassen vermögen. Die Jugend von heute erwächst in einem anderen Deutschland als wir. Es ist nicht mehr das arme Vaterland, das sein Sohn um so tiefer beklagen mußte, je inniger er es liebte."

„Schade, daß wir keinen haben," sagte ich achtlos.

„Wir müssen uns mit Schwiegersöhnen behelfen," neckte mich mein Karl.

Um den Eindruck zu verwischen, den diese Aeußerung auf Betti ausüben konnte, erwiderte ich ablenkend:

„Töchter thun schließlich ganz dasselbe!“

Wie es so ganz anders kam

Den Umgang mit dem alten Bergfeldt hatte ich meinem Karl nicht statutenmäßig untersagt, da es doch unmöglich gewesen wäre, das Verbot durchzuführen, weil es zu viele Punkte in Berlin giebt, wo sie sich trotzdem treffen konnten. Ein Geschäftsgang um die Mittagsstunde ist ja leicht vorgeschützt und Frühschoppenlokale finden sich alle drei Häuser weit von einander, man braucht nur gegen die Thüre fallen und drin ist man. Außerdem war er weniger Schuld an dem Zerwürfniß als sie, die Bergfeldten, mit der auf die Dauer Niemand auskommt, denn wenn die keinen Anderen hat, ist sie kapabel, mit sich selbst Streit anzufangen.

Warum lebe ich sonst mit Jedermann in Harmonie und warum war dies bei ihr nicht statthaft? Weil eine, die mich für dumm ästimiren will, doch wohl zwei Tage früher aufstehen muß, wenn nicht noch eher. Und dann auf Andere von oben herabgesehen, weil der Mann Beamter ist und Andere nur Kaufmann sind, und dicke thun mit dem klatrigen Gehalt, wo sie den Kaffee durch die Sparbüchse müssen laufen lassen, daß ihnen noch ein Groschen zu Pflaumenmus übrig bleibt.

Hat sie nicht überall, wo sie gebeten war, Ansprüche gemacht, als wäre sie die Erste? Und wenn ihr dies nicht zu Theil ward, gleich einen Flunsch gezogen, und die gemächlichste Heiterkeit gestört. Dabei sich gehabt, als wenn sie Bildung gelernt hätte, und mit Anderen über ganz ausgefallene Sachen gestritten, wie einmal mit mir, ob es *der* oder *das* Petroleum hieße. Ich behauptete nämlich, man schriebe *das* Petroleum, weil es eine aus dem Lateinischen kommende Flüssigkeit sei, sie aber bestand darauf, man sagte *der* Oel, und da man ihn ebenfalls auf den Lampen brennte, heiße es *der* Petroleum. Was ich meinte, sei über alle Begriffe falsch. – Dies fuchste mich derart, daß ich nicht umhin konnte, zu erwidern: „Sie mögen so schlau sein, daß Sie Winters die Plötzen in der Spree husten hören, aber deshalb nennt es sich dennoch *das* Petroleum, gerade so wie *das* Museum, *das* Trillirium und Alles, was auf „um“ ausläuft. Mancher lernt es nie und dann auch nur unvollkommen, wofür er natürlich nichts kann.“ – “So?“ fragte sie darauf ganz neunmalklug, „dann sagen Sie wohl *das* Rum, um vor Anderen etwas voraus zu haben. Na, die Geschmäcker sind ja verschieden.“

– Immer und stets riß sie das letzte Wort an sich. Mir kribbelte es manchmal in den Fingern und viel anders wie auf glühenden Nadeln saß ich auch nicht, aber wahrhaft Gebildete bleiben lautlos. Von vergessen war jedoch keine Rede. Und trotzdem wagte es mein Karl, mir seelenvergnügt, als wenn nichts bei los wäre, die Neuigkeit zu erzählen, die Bergfeldten sei eigentlich eine statiöse Person und sehr hübsch gewachsen. Er wollte sich bei dieser Aeußerung weiter nichts gedacht haben, aber damit ließ ich ihn nicht durch. Er hätte geglaubt, wir beiden Frauen wären ebenso gut miteinander befreundet geworden, wie sie, die beiden Männer von jung auf zu einander hielten. „Da hätte Dein lieber Freund Bergfeldt eine total Entgegengesetzte freien müssen," erwiderte ich, „meinetwegen eine Schiefe und Krumme, aber mit Bildung und Gemüth. So Einer würde ich mich gerne schwesterlich angeschlossen haben." – Das Ende davon war eine längere Erzürnung mit Bergfeldts, bis wir wieder zusammenkamen. Dann spielte sie mir den Streich mit Betti's Verlobung hinter meinem Rücken und als ihr Emil eine reiche Partie machen konnte, kam ihr wahrer Charakter zum Vorschein, da war ihr meiner Betti Zukunft und Glück nicht so viel werth, wie ein falsches Viergroschenstück, und sie warf uns Buchholzens mit Respekt zu sagen in den Müllkasten. Mit ihr kann ich mich daher in meinem Leben nicht wieder aussöhnen, so gut wir auch zeitweise mit einander standen; sie hat mich zu tödtlich beleidigt. –

Der alte Bergfeldt dagegen konnte mich recht dauern, wenn ich ihn zuweilen von Ungefähr sah: wie ist der Mann vor der Zeit grau geworden, wie geht er kreplig, als wenn eine ungesehene schwere Last seine schwachen Schultern beugte. Mein Karl hat wohl mal mit ein graues Härchen, aber das rupf ich ihm aus, wenn es sich zeigt, und dabei ist er von Positur wie ein Tambourmajor in Civil.

Was hat der alte Bergfeldt sich zu grämen, sie werden ja reich wie die Krösusse? Anstatt aufs Bureau gehen, kann er den Schwänen auf die Köpfe spucken, sie braucht vor Elfen nicht aus den Federn und backt ihm den Eierkuchen in einer silbervergoldeten Pfanne. Unter dem werden sie's wohl nicht thun. –

Es kam aber anders ... ganz anders! –

Wenn ich daran denke, däucht mir, als wäre Alles nicht wahr, was ich miterlebte, als könnte es nicht gewesen sein, ebensowenig wie die Sonne plötzlich erlischt, oder ein stolzer, schöner Baum jählings umfällt. Und ein

Mensch ist dem Andern oft mehr als die Sonne, mehr als ein Baum, dessen blühende Zweige herrliche Früchte versprechen. Man kann es nicht glauben, daß er dahin ging, wohin er nicht hätte gehen dürfen.

Mein Karl deutete mir zwar oftmals an, daß die reiche Partie, welche Emil gemacht hatte, ihn mit Besorgniß erfülle, er sei bange, Bergfeldts täuschten sich, der Vater allerdings weniger, als die Mutter. Aber wundert man sich lange über so etwas, wenn Eine total besinnungslos auf die Welt kommt und ihr nachher nichts beizubringen gewesen ist? Anfangs, als Emil sich mit der einzigen Tochter der steinreichen Wittwe verlobt hatte, die bis über die Ohren in den bildhübschen Menschen vernarrt war, da herrschte Jubel in Bergfeldts Hallen: Emil hatte in den Glückstopf gelangt und das große Loos gezogen. Die Bergfeldten sich gleich an die künftige Schwiegermutter herangeschmissen und ein Herz und eine Seele mit ihr geworden. Weil die Alte sowohl, wie die Junge trotz ihres Geldes dennoch keinen intimen Umgang gehabt hatten, sind sie froh gewesen, Bergfeldtens als solchen zu benutzen, und in der ersten Zeit hat es an Geschenken nicht gefehlt. Emil bekam von seiner Braut eine große goldene Uhr mit Kette und Bammelage und Kredit bei dem Schneider, weil es der Tochter gefiel, Emil stets nach der neuesten Mode gehen zu lassen. Der Bergfeldten hatten sie mit großer Liebenswürdigkeit etliche seidene Kleider verehrt, daß sie für das Macherlohn einen mächtigen Schatten werfen konnte, wogegen Weigelts und der alte Bergfeldt nichts abkriegten, da sie zum Staatmachen keine Veranlagung besaßen. Die Frauensleute sahen freilich nicht ein, daß in solcher Busenfreundschaft keine Manier lag, und ließen sich durch den quarkigen Abfall von dem Reichthum blenden, aber der alte Bergfeldt fühlte halbwegs heraus, wie nicht Alles in Ordnung sei, und Emil mochte das wohl noch deutlicher empfinden, denn er war es, der schließlich und zuletzt vor dem Rest stehen sollte.

Man kann nicht direkt sagen, Emil sei leichtfertig gewesen; er war im Grunde genommen ein herzensguter Kerl, der Keinem übel wollte mit Ausnahme von dem, der die Kopfarbeit erfunden hat. Das Studiren machte ihm Mühe. Der Alte hatte ihn freilich durch das Gymnasium gedarbt, aber damit war nicht viel erreicht, das dicke Ende kam noch erst mit der Universität, mit dem Freiwilligenjahr, mit dem Harren auf eine nothdürftige Anstellung, wo es jetzt beinah mehr Juristen giebt als Prozesse. Da fiel die Geldpartie dazwischen wie eine Erlösung: Emil brauchte sich nicht mehr vor dem Examen graulen und so viel, dachte er, würde reichlich übrig sein, mit vollen Händen zurückzuerstatten, was auf ihn verwandt worden war. Das wollte er; er hatte es versprochen, seinem Vater, seiner Mutter, seiner Schwester. Er hatte sich aber verrechnet.

Ich habe seine Frau nicht kennen gelernt, ich sah sie nur von weitem, als sie seine Braut war, aber aus Augusten habe ich hinterher herausbekommen, was man von ihr zu halten hatte. Wo andere Leute ein Herz haben, saß bei ihr ein Portemonnaie, das sie nur aus Eigennutz öffnete. Schon auf der Hochzeit waren ihr seine Verwandten nicht mehr gut genug gewesen und die übrigen fremdartigen Gäste hatten so hochnäsig gethan, daß Auguste sich schrecklich unglücklich dazwischen fühlte und ihr Mann sich überhaupt nicht von den Wänden abgewagt hat. Ihr hat Emil Vieles vertraut, wenn er einmal auf ein Stündchen zu ihr schlich, was er sonst Niemandem beichten mochte: wie es ihm widerwärtig sei, fortwährend zu Hause bei den Weibern zu hocken und sich ihren Launen fügen zu müssen, wie ihm seine Armuth täglich auf das Brot gelegt wurde und wie sie ihn trietzten.

Als die Flitterwochen kaum begonnen hatten, hetzte sie ihn, sich berühmt zu machen, wieder zu arbeiten, zu studiren, damit er einen Titel erobere, mit dem sie angeredet werden könnte. Aus Liebe hätte er sich vielleicht angestrengt, aber die fehlte auf beiden Seiten. Und als er eine größere Summe verlangte – nicht für sich, wie Auguste mir später schmerzerfüllt klagte –, da verhöhnte sie ihn, er sei nur eine Null, wozu er Geld gebrauche?

Er hatte sich verkauft, und sie wollte nun den Wechsel nicht einlösen. Das war der Anfang vom Ende.

Es muß ein grauenhaftes Leben gewesen sein, das die Beiden führten, eine Hölle auf Erden. – Ob wohl ein Mensch ahnte, der im Thiergartenviertel an der Villa vorbeiging und die seltenen Blumen im Vorgarten sah, die Kübel mit Lorbeeren und Orangen, daß das Glück dort hinter den Spiegelscheiben keine Heimstätte gefunden hatte, daß seit Wochen ein anderer, unheimlicher Gast sich in den Ecken und Winkeln der Prunkzimmer herumdrückte, dessen Schritte Niemand hörte außer Emil, den vermeintlichen Herrn des Hauses?

Allerdings hatte er ein Mittel gefunden, sein Ohr zu verschließen, das lag unten im Keller, dem sprach er zu, auch wenn er auf Ausfahrten von anstandswegen die Kasse führte, aber es kamen Stunden der Nüchternheit, in denen er sein Elend doppelt empfand, dann schlich der lauernde Gast zu ihm und begann zu raunen, bis er immer lauter und eindringlicher zu ihm sprach: „Du mußt, Du kannst nicht anders!“

Und da geschah das Furchtbare, da kam es an den Tag, wer der fremde Gast gewesen war. – Der Tod. –

Mir ist es noch wie gestern. Es dämmerte bereits und der Tageslärm begann sich zu legen, als mein Karl heftiger als sonst eintrat. Ich merkte schon daran, wie er die Thüre aufriß, daß etwas passirt sein mußte, und fragte, ehe er noch Zeit zu einem Worte finden konnte: „Karl, was giebt es, ist ein Unglück geschehen?“ – „Mein armer alter Freund Bergfeldt,“ sagte er trübe. – „So rede doch, ist er seine Stellung los?“ – „Er hat mehr verloren als das. Sein Sohn, sein Emil ...“ – „Verloren, sagst Du?“ – „Emil ist todt?“ – „Unmöglich!“ rief ich erschreckt. – „Nur zu wahr. Er nahm sich selbst das Leben. Soeben komme ich von Bergfeldt. Er ist ganz gebrochen. Auguste ist bei ihm.“ – „Und wo ist sie ... die Mutter?“ – „Wo anders als bei ihrem todten Sohne.“ – „Allein?“ – „Die beiden Damen sind vorläufig ins Hotel gezogen, sie haben das Haus mit Schmähungen über den Unglücklichen verlassen, daß er ihnen einen solchen Schimpf angethan.“ – „Verlassen?“ wiederholte ich. „Karl, ich muß zu ihr. So großes Leid kann sie allein nicht tragen. Vermag ich ihr den Sohn nicht wiederzugeben, so kann ich doch mit ihr weinen.“ – Mein Karl umarmte mich, er mußte mich halten, so nahm die Nachricht mir alle Kraft, wir hatten Emil gern gehabt, stand er uns einst doch näher auf der Welt als viele Tausende. – „Geh zu ihr,“ sagte mein Karl sanft, „ich habe meinem alten Freunde die schweren Gänge abgenommen, die nöthig sind. Wenn es dunkelt, komme ich mit den Leuten.“ –

Viel früher als ich gedacht, hielt die Droschke vor dem Gitterthor. Ich zog an dem Griff, das Thor sprang auf und schloß sich wieder hinter mir; vor dem Hause wartete der Diener, der mich schweigend einließ. Auf dem Flur legte ich ab. Zwei große Mohrenfiguren hielten Lampen in den Händen und grinsten, daß Einem allein schon davon nicht gut werden konnte. Jeden Tag solche kunstgewerbliche Gesellschaft auszuhalten, muß eine Strafe sein. Der Diener öffnete eine Thür und zögernd schritt ich vor.

Nur eine halbaufgedrehte Gasflamme brannte an der Krone, es sollte wohl nicht zu heiß werden, aber trotzdem glitzerten die Goldrähme der Spiegel und Bilder und ließen sich die bunten Majolikaschüsseln und Porzellanfiguren erkennen, mit denen die Borde überladen waren. Dies Alles nahm ich wahr, nur die Bergfeldten konnte ich nicht entdecken. Schon wollte ich mich in das Nebengemach begeben, das durch dicke Plüschportieren von dem ersten Raum getrennt war, als sich in der dunkelsten Ecke etwas regte. Ich stand still. Das war sie. Kümmerlich, zusammengesunken, saß sie in einem goldgestickten

Armsessel und richtete ihr Auge matt und leer auf mich. „Da sind Sie," sagte sie kaum verständlich, „ich wußte, daß Sie kommen würden." – Ich setzte mich zu ihr, ich faßte ihre Hände, ich glättete ihr Haar und streichelte ihre Wangen, aber sie that, als sei sie noch immer allein. Ich versuchte zu sprechen, es ging nicht.

Nach einer Weile erhob sie sich. „Wollen Sie ihn sehen?" fragte sie heiser. – Ich nickte blos. Sie faßte meine Hand und zog mich in das andere Zimmer. Dort brannte auf einem Tischchen eine von den gedrehten rothen Kerzen, wie sie jetzt Mode sind, in einem silbernen Leuchter und warf ihren flackernden Schein auf einen Divan, über den man einen türkischen Teppich gebreitet hatte. Den schlug sie zurück und starrte dann unbeweglich auf das bleiche Antlitz ihres Sohnes. Als wenn er schlummerte, so lag er da, nur in der linken Schläfe war eine kleine dunkle Wunde, da hinein war die Kugel gedrungen. Ich kämpfte vergebens mit meinen Thränen, sie drangen unaufhaltsam hervor. – „Er wacht nicht wieder auf," fing sie an. „Die Aerzte waren hier. Sie sagten, er habe zu sicher gezielt. Warum zitterte seine Hand nicht, vielleicht lebte er dann noch? Warum zitterte sie nicht?" –

Vermochte ich ihr eine Antwort darauf zu geben? Er wollte wohl aus einem verhaßten Leben scheiden, darum war seine Hand so sicher. – „Gehen wir nicht lieber zurück?" fragte sie, „vorhin saß ich hier bei ihm, aber es raschelte dort am Kamin. Ich glaubte es waren Mäuse und fürchtete mich."

Noch einen Blick, einen letzten Blick; dann deckte ich den Teppich wieder über den Todten und geleitete sie auf ihren alten Platz. Draußen hörte man hin und wieder einen Wagen vorbeifahren, sonst war es still, wie mitten in der Nacht.

„Buchholzen," unterbrach sie das Schweigen, „mich durstet so; schon die ganze Zeit. Ich mochte es dem Diener nicht sagen, er ist so vornehm. Eine Weiße hätte ich gerne; nur einen Schluck. Sie sind so resolut. Emil sagte es immer. Würden Sie es wohl wagen?"

Ich ging hinaus und beorderte den Diener, das Verlangte zu holen. Er wollte Einwendungen machen, er dürfe sich nicht aus dem Hause entfernen, aber ein kurzes „Allez" machte ihm Beine. –

Endlich kam er wieder. Ich brachte das Glas selbst hinein und reichte es ihr. Sie sah mich dankerfüllt an und that dann einen langen, langen Zug. Wie mußte sie gedurstet haben, wie hatte sie wohl gelitten, das arme Weib. Sie athmete tief auf, ein Beben durchflog ihren ganzen Körper. „Mein Sohn, mein Sohn!“ schrie sie laut auf; dann erstickte der Jammer ihre Stimme. –

Emil, hättest du die Verzweiflung deiner Mutter gesehen, deine Hand würde gezittert haben, du hättest die Waffe weit von dir geschleudert. Unglückseliges Kind, du trafst nicht dich allein, du trafst auch die Herzen deiner Eltern. War das der einzige Weg, der Drangsal zu entrinnen, den du einschlugst? Gott im Himmel vergebe dir deine schwere Schuld. –

Nur ganz allmählich gelang es mir, sie einigermaßen zu beruhigen; als mein Karl kam, war sie gefaßt und willig zu folgen. Einmal noch ging sie in das andere Zimmer; sie kniete neben dem Todten und küßte seinen bleichen Mund zum letzten Male. Dann ließ sie sich den Mantel umhängen und den Hut aufsetzen, wie ein Kind. Der Wagen hielt vor dem Thor, mein Karl und ich nahmen sie in unsere Mitte, und so ward sie die Leute nicht gewahr, welche seitwärts in der Dunkelheit des Gartens neben einer Trage standen. Mein Karl kehrte wieder um, und wir fuhren der Stadt zu. Ich hielt sie in meinen Armen, bis wir vor Bergfeldts Wohnung anlangten, wo ihre Tochter uns empfing. „Ach, Frau Buchholz,“ schluchzte Auguste, „liebe Frau Buchholz, wie ist das Alles anders gekommen ... so ganz anders.“

Der verhängnißvolle Donnerstag

Es ist doch sehr weise von der Natur eingerichtet, daß die Erde rund ist und sich dreht, damit die alten Zeiten nach unten kommen und die neuen nach oben. Freilich ist der Uebelstand dabei vermacht, daß sie Alles kurz und klein mühlt, so Leid wie Freude, und nichts auf ihr Bestand hat, aber wo existirt überall etwas Vollkommenes? –

Allmählich fanden Bergfeldt's sich in den Schlag, der sie getroffen; Betti ging oft zu ihnen und plauderte in den Abendstunden mit dem Alten. Zwar ward ihr das nicht leicht, besonders in der ersten Zeit, aber als sie bald einsah, daß es ihn tröstete, aus Emils Kindheit zu erzählen, bald Dieses, bald Jenes, mit vielen Wiederholungen und Nebensachen, da that sie ihm gerne den Gefallen, geduldig zuzuhören. Auf das letzte Ereigniß kam er jedoch nie zu sprechen, es war, als hätte er noch nicht begriffen, was eigentlich vorgefallen war. Betti brachte ein Opfer, aber sie that es; das Malen, Schreiben, Sticken für Bazare und die übrigen

Beschäftigungsmittel für die weibliche Jugend ruhten, nun da sie sorgte mit den Sorgenden. Selbst die Polizeilieutenanten spielte auf Vernachlässigung an.

Waren wir aber verpflichtet, auf dem Posten zu sein, wenn sie es verlangte? Hatten wir uns geschmeichelt zu fühlen, wenn sie herumschickte, und wenn wir da waren, von ihrer Abkunft anfing und mit ihrem Stammbaum aufwartete?

Das war früher wohl mal, aber jetzt doch nicht mehr, seitdem wir erfahren haben, daß die Buchholzens zu den ältesten Familien Berlins gehören. Dies hat Herr Hermann Vogt bei seiner Berliner Geschichtsforschung im Archiv aufgefunden und uns mitgetheilt. Der erste bekannte Buchholz hieß Claus und war im Jahre 1449 und 1451 Rathmann von Berlin, wohnhaft in der Stralauerstraße. Ein anderer war der Probst Georg Buchholz, der sich große Verdienste um die Einführung der Reformation in Berlin erwarb und Canossa schon damals im Magen hatte. Das erkannten sie auch an und setzten ihm deswegen am 15. August 1540 ein bedeutendes Gehalt aus. Und dann war Kersten Buchholz im Jahre 1452 Vorsteher der Liebfrauengilde, die zu Ehren Gottes einen Altar in der Nicolaikirche gestiftet hatte und auf ihre Kosten unterhielt. Das Alles steht in alten Urkunden geschrieben, und auch das Wappen ist dabei abgemalt: im oberen silbernen Felde ein halber eiserner Ritter, der in der Rechten eine Buche hält, im unteren silbernen Felde zwei rothe Balken mit einer Buche dazwischen. Ganz der nämliche Ritter bildet den Helmschmuck.

Wir sind also durchaus nicht von gestern. Meine Idee ist nun, Betti stickt das Wappen in Seide und arbeitet daran, wenn wir gelegentlich bei Polizeilieutenants gehen. Fragt sie alsdann, was es werden soll, sage ich so oben hin: „Es ist blos unser Wappen.“ – Das wird sie hoffentlich genügend erschüttern. Besonders auf Visitenkarten und Briefbögen wird es sich bestrickend aristokratisch ausnehmen. Aber man muß Sinn dafür haben, der leider sowohl dem Doktor, wie Onkel Fritz völlig abgeht.

Wenn man Onkel Fritz überhaupt nimmt, scheint die Welt stillzustehen und kein Atom von Drehung vorhanden zu sein. Als ich ihm vor einigen Jahren zurieth: „Fritz, Du solltest heirathen,“ antwortete er: „Wilhelm, ich fürchte, es wird mir über, lieber kaufe ich mir eine Spieluhr“ – jetzt aber hat er das Junggesellenleben dick und macht trotzdem keine Anstalten. Daher war ich gesonnen, am letzten Donnerstag – wir sind Donnerstags stets mit einigen Bekannten bei uns versammelt, damit mein Schwiegersohn schließlich einsieht, daß er durch sein konsequentes Ausbleiben sich noch das Mißfallen der ganzen Familie zuzieht – Onkel Fritz ordentlich vorzunehmen. –

Er kam erwünschter Weise etwas zeitiger, als die Uebrigen, so daß die Gelegenheit zu einem freimüthigen Diskurs gar nicht besser zu verlangen war. Nachdem er auf die Frage nach seinem Befinden, wie üblich geantwortet hatte: „Danke, et schneet!“ setzte er sich zu mir und kramte in meinem Arbeitskörbchen, bis er aus Nadeln und Garnrollen ein Spielwerk zusammengestellt hatte, wie er von jeher gerne that.

„Fritz,“ fing ich an, „willst Du denn ewig ein Kind bleiben? Einmal mußt Du doch verständig werden.“ – Statt aller Antwort ließ er die Rolle schwirbeln und amüsirte sich darüber.

„Was soll man von Dir denken,“ fuhr ich fort. „Gefällt Dir Deine jetzige Lebensweise so gut, daß Du Dich nicht entschließen kannst, sie aufzugeben? Gefällt es Dir immer noch, täglich im Wirthshaus zu speisen?“ – „Das hat mir nie gefallen,“ entgegnete er. „Fünfmal reine Teller und jedesmal nichts darauf, ist kein Plan für Deutschlands Söhne, von denen die meisten zu Hause einfache, aber reelle Kost gewöhnt sind.“ – „Na, also! Du kannst Dir einen eigenen Mittagstisch gründen, warum thust Du es nicht?“ – Er schwieg und bastelte an seinem Spielzeug. – „Wie weit bist Du mit der Großmutter in Lingen?“ ging ich geradeaus auf das Ziel los. – „Hm!“ sagte er. „Halb sind wir einig ... ich will.“ – „Fritz, ich bitte Dich, sei ernst. Hast Du feste Absicht, die Erika zu heirathen, dann mache der Zoddelei ein Ende. Sonst stelle auf eine andere Partie zu.“ – „Nicht im Traume!“ – „Woran liegt es denn, daß die Angelegenheit nicht vorwärts kommt?“ – „An der lieben Großmutter. Die hat sich in den Kopf gesetzt, Berlin sei ein Sündennest und ich der schwärzeste Galgenvogel darin; ihre Enkelin nähme Schaden an ihrer Seele, wenn sie ihrer Obhut entrissen würde!“ – „Was sagt aber Erika's Vater dazu?“ – „Nichts. Der muß wollen, wie die brave alte Frau. Sie hat ihr Geld in seinem Geschäft und hält die ganze Sippschaft unter der Fuchtel.“ – „Dann ist er eine Nachtmütze!“ – „Mit Klunkern.“ – „Und von ihr finde ich es anmaßend, immer noch regieren zu wollen. Alte Leute haben ihre Ansichten, aber junge auch die ihrigen, man muß ihnen Freiheit lassen.“ – „Wie recht Du hast, Wilhelmine, Dr. Wrenzchen behauptet ganz dasselbe.“ – „Das heißt, nicht in allen Dingen,“ entgegnete ich rasch, „eine gewisse Leitung ist unerläßlich. Das sieht man an Dir. Du solltest wieder gutmachen, was Du durch Dein damaliges Auftreten verdorben hast, und Dir die Achtung der Großmutter rückerwerben.“ – „Ich kann doch unmöglich nach Lingen gehen und ihr etwas vordursten?“ – „Sag mir nur das Eine, Fritz: Ist Erika Dir wirklich treu und gut gesinnt?“ – „Ob!“ antwortete er. „Sie läßt nicht von mir und sollte sie grau darüber werden. Und ich, das steht bombenfest, lasse auch nicht von ihr.“ – „Da könnt ihr ja am Krückstock zur Trauung gehen.“ – „Wenn Erika nur nicht zu folgsam wäre, wenn sie in ihrer frommen Einfalt nicht glaubte, sie beginge einen Frevel gegen ihre Angehörigen, sie säße längst nicht mehr daheim in der Familientyrannei. Ich habe versucht, was sich versuchen läßt, aber der Schluß in allen ihren herzigen Briefen lautet: hoffe und vertraue, unsere Liebe wird siegen.“

„Das ist allerdings rührend,“ bemerkte ich, „aber was soll da herausdalbern? Fritz, bestehst Du mehr aus Eigensinn auf Deinem Stück, als aus Neigung zu ihr?“ – „Wilhelmine, die Erika hat es mir angethan vom ersten Augenblick, als ich sie sah; es drängte mich, mit ihr zusammenzutreffen, wie und wo es nur immer ging.“ – „Du wohntest schon mehr bei Krausens.“ – „Sie war so unbefangen, so kindlich, so treuherzig. Gar bald fühlte ich heraus, daß ihr das Leben in der Heimath keine Freude bot, wo selbst die Natur sich nicht viel weiter als zu Torfmoor, einer Allee und einem Erdhaufen aufgeschwungen hat, den sie Berg nennen.“ – „Ebenso hoch wie unser Kreuzberg?“ – „Wenigstens einen halben Meter niedriger.“ – „Und die Stadt?“ – „Sauber und gefällig; nur nicht ganz so groß wie Berlin.“ – „Das kann ich mir ohne Deine sinnreichen Bemerkungen zusammen addiren. Deshalb läßt es sich dort doch vielleicht recht angenehm leben.“ – „Wenn die Familienverhältnisse danach sind, warum nicht? Aber Erika's Dasein ist triste. Daß sie von Morgens bis Abends arbeitet, das hat nichts auf sich, aber daß sie nie ein gutes Wort dafür bekommt, daß es hundertmal am Tage heißt, Jeder muß seine Pflicht thun, und über das geringste Versehen ein Halloh gemacht wird, als sei ein Verbrechen begangen, das ist nicht zum Aushalten. Geiz und Galle regieren das Haus: Alles, was Geld kostet, nennen sie Sünde, und was sie sich am Leibe absparen, gilt als Frömmigkeit.“ – „Sie hat es also nicht zum Besten?“ – „Heraus aus der Gesellschaft soll sie. Alles, was sie bis dahin entbehrte, will ich ihr geben. Das Leben ist ihr neu, an meiner Seite soll sie es kennen lernen. Ich will ihr zeigen, wie schön die Welt ist, in ihren Augen will ich lesen, daß sie glücklich ist, und mein soll sie sein, die schüchterne Taube. Du siehst, ich will ... aber sie, die Großmutter, will nicht.“ – „Fritz, kann sie kochen?“ – „Wer?“ – „Die Erika.“ – „Ich hab' sie noch nicht gefragt.“ – „Das könnte sie leicht bei mir lernen, ich kenne ja Deine Leibgerichte.“ – „So weit sind wir noch lange nicht.“ – „Wenn es nicht anders geht, reise ich selbst hinüber und rede einen Ton. Laß mich nur erst mit der Großmutter unter vier Augen sein ...“

– „Dann wirst Du ihr die Hammelbeine schon gerade ziehen.“ – „Fritz, sind das Ausdrücke in so delikaten Angelegenheiten, die nur von Frauen erledigt werden können, weil sie Takt und Feingefühl erfordern? Aber nur Geduld: entweder die Sache kommt in Ordnung, oder die Alte lernt mich kennen.“ –

Krausens kamen jetzt und wir mußten abbrechen. Herr Krause hat sich einen Jägeranzug zugelegt, weil er gesund sein soll, und auch der Aerger und Verdruß besser aus dem Körper ventilirt, als wenn man nach der gewöhnlichen Mode geht, und das eignet sich für ihn, da es mit Eduard neulich wieder so weit war, daß er von der Schule geschwenkt werden sollte. Versetzt worden ist er natürlich nicht, und wenn sein Vater nicht selbst Lehrer wäre und der Junge nicht vor der versammelten Konferenz Besserung gelobt hätte, würden sie ihn ohne Gnade geschaßt haben. Nun kann Herr Krause wegen des Taugenichts in Wolle herumlaufen und nach Onkel Fritzens Meinung aussehen, wie ein von Kräften gekommener Akrobat, der Engagement sucht. Die Krausen dagegen lobt die Tracht sehr, weil sie ihren Mann flott kleide und ökonomisch in weißer Wäsche sei, die durch den vielen Borax und was die Plätterinnen sonst noch hineinwurachen, im Handumdrehen ruinirt werden. Darin konnte ich ihr nur Beifall geben, denn was sie heute auf Neu waschen nennen, ist genau genommen auf Alt waschen, so strappeziren sie das Zeug. Steif ist es allerdings wie ein Brett, und glatt wie die Kachelöfen, aber brechen thut es wie Glas. Ich gebe die feine Wäsche daher nicht aus dem Hause, aber dessen ungeachtet ist mein Karl immer piekfein. –

Die Herren setzten sich zum Whist mit dem Strohmann. Onkel Fritz, der sonst meistens zu gewinnen pflegt, spielte heute unachtsam, worüber Herr Krause grollte, wenn er sein Ede war, was er in der Wolle doch nicht durfte, worauf ich die Krausen aufmerksam machte. Sie redete sich heraus, indem sie sagte, vielleicht stammte die Wolle, die er anhätte, zufällig von zornigen Schafen, anstatt daß sie bei der Wahrheit blieb und ihren Eduard als den Grund seiner leichten Reizbarkeit angab. –

Kurz bevor wir essen wollten kam Emmi und zwar, wie ich sofort ahnte, war etwas vorgefallen. Also doch endlich. Ich nahm sie mit in das Berliner Zimmer, wo gedeckt war, und fragte: „Ist es zum Klappen gekommen?“ – „Ich langweilte mich zu Hause,“ entgegnete sie, „wenn Franz Skat spielt, kann ich doch auch hingehen, wo es mir gefällt.“ – „Das hab' ich Dir ja immer gesagt, Du hättest schon längst energisch auftreten sollen. Kommt er nachher Dich abholen?“ – Sie schüttelte verneinend den Kopf. – „Habt Ihr Euch gezankt?“ – „Das gerade nicht, aber muß er denn immer recht haben?" – „I bewahre!" – „Du weißt, Mama, ich schreibe jede Kleinigkeit gewissenhaft an, selbst die Milch für Maffi." – „Hast Du ihn nicht mitgebracht?" – „Nein, er schlief, als ich ging, und Droschkengeld wollte ich nicht an ihn wenden. Franz meint ja, das Aufschreiben mache die Hausfrau nicht aus, sondern die Beschränkung der Ausgaben." – „Und darüber erzürntet Ihr Euch?" – „Ich sagte ihm, er möge sich die Speisekammer ansehen, dann wüßte er, wo das Geld geblieben sei: zwei Schinken, eine ganze Reihe Cervelatwürste, Butter und sonst noch Manches ist darin." – „Wie kommst Du dazu, wo man Alles jeden Moment frisch haben kann? Zu viel verdirbt Dir ja nur." – „Unser Mädchen meinte, man müßte Vorrath im Hause haben. Aber das versteht Franz nicht. Sie rieth mir auch heute Abend nur ja zu gehen, dann käme kein Streit wieder." – „Ganz unrecht kann ich in diesem Falle Deinem Manne nicht geben," sagte ich, um nicht mit der Köchin übereinzustimmen, „aber Du hast den Anfang gemacht, ihm zu zeigen, daß das Elternhaus Dir Zuflucht gewährt, und das billige ich. Paß auf, an diesen Donnerstag werden wir alle denken." – Das traf auch zu. Dieser Tag wird uns Allen im Gedächtniß haften, so alt wir werden. Wie sehr bereue ich jetzt, Emmi jemals den Rath gegeben zu haben, Gleiches mit Gleichem zu vergelten, um den Doktor unter den Pantoffel zu bringen. Wie schrecklich mußte ich hinterher dafür büßen. Und ich ahnte nicht, daß an diesem Abend das Trauerspiel seinen Anfang nahm, sonst hätte ich gesagt: „Emmi, kehre zurück, es geht schief."

Ihr schien nicht behaglich zu sein, der Appetit mangelte gänzlich und je später es wurde, eine um so größere Unruhe bemächtigte sich ihrer. Mir ging es ähnlich, wenn der Doktor wild würde? Sie hatten bis jetzt in der größten Eintracht gelebt, das heißt bis auf die Donnerstage. Aber hatte er sich die nicht von vornherein ausbedungen? Es lief mir manchmal kalt über das Rückgrat, wenn ich bedachte, daß man mir allein alle Schuld beimessen und ich wohl kaum vor meinem Karl bestehen könnte. Schon wollte ich Emmi auffordern: „Du mußt nun wohl gehen, Onkel Fritz kann Dich begleiten," als die Hausglocke heftig ertönte. Emmi starrte mich an und ich sie. So konnte nur das Unheil an der Klingel reißen.

Mein Karl, der uns beiden anmerkte, daß wir unfähig waren uns zu rühren, und längst heraus hatte, daß etwas verquer sein mochte, ging nachsehen. Er blieb grauenhaft lange, wie mir däuchte. Dann rief er mich hinaus. Allerdings hatte ich mich darauf gefaßt gemacht, den Doktor in einem gewissermaßenen Ungestüm zu treffen, statt dessen aber stand ein Schutzmann auf dem Flur, der im Geschäftsstil meldete, bei dem Doktor sei soeben eingebrochen worden, er bäte, seiner Frau das schonend mitzutheilen. Wenn sie ängstlich wäre, sollte sie lieber diese Nacht in der Landsbergerstraße bleiben.

Emmi, die uns jedoch nachgeeilt war und jedes Wort gehört hatte, war nicht zu halten. Wir hinein in die Nachtdroschke, kaum, daß wir von Krauses Abschied nahmen, und nach des Doktors Wohnung gefahren.

Hier fanden wir denn die Bescheerung. Der Doktor suchte zu ermitteln, was Alles gestohlen war, Einer von der Polizei half ihm dabei, ein Anderer hielt Wache an der Thür, ein Dritter untersuchte die Wohnung und schrieb Notizen in sein Taschenbuch. Emmi eilte auf Franz zu, der ihr gleich mit den Worten kam: „Es ist nicht schlimm geworden. Viel Geld haben sie nicht erwischt, ich war heute Morgen zum Glück auf der Bank, das Andere läßt sich ersetzen." – Sie wollte ihn um Verzeihung bitten, weil sie das Haus verlassen, aber er pries ihre Abwesenheit als glücklichen Zufall, da es ihr sonst vielleicht ebenso schlimm ergangen wäre, wie dem Mädchen, das die Diebe, um es am Schreien zu verhindern, mit einem Tuch in den Mund geknebelt, und gebunden in der Kammer eingesperrt hatten, wo es halb besinnungslos vorgefunden worden war.

Die Wohnung machte einen mörderischen Eindruck. – Wo sonst jungverheirathete Zierlichkeit und Propperteh bis auf die Knochen herrschte, stand Alles durcheinander, als sollte Auktion abgehalten werden. Den Sekretair hatten die Diebe von der Wand gerückt und an der hinteren Seite erbrochen, der Schreibtisch war spolirt. Die Spindenthüren standen auf und herausgerissene Garderobe lag auf den Stühlen und dem Fußboden. Des Doktors besten Anzug hatten sie sich ausgesucht und das Getragenere zu seinem Nießbrauch liegen gelassen. Das Silberzeug war bis auf die beiden Hochzeits-Armleuchter ausgeräumt, wie Onkel Fritz bemerkte, der triumphirend ausrief: „Siehst Du, es sind doch plattirte!" – Aus der Speisekammer, die Schinken und Würste waren auch mitgegangen. Vor Nichts hatten sie Pietät gehabt.

Infolge des weichen Wetters, sah die Behausung aus, als hätte eine Karawane ihren Umzug darin gehalten. Schrecklich! Und dabei das widerliche Bewußtsein, daß Verbrecher da gewesen waren, die mit ihren Diebshänden in den Kasten und Spinden wühlten und wohl mit rohen Späßen Manches behohnlachten, was für sie keinen Werth hatte, den Kindern aber als Andenken lieb war. Ueberall fanden sich die Spuren der Spitzbuben vor, es roch sogar nach ihnen. Freilich sagt der Dichter: „Die Stätte, die ein guter Mensch betrat, ist eingeweiht für alle Zeiten";

ich aber sage, die Stelle, die von schlechten Kerlen eingeweiht wurde, bleibt Einem verekelt sein Lebenlang. – Der Doktor muß ausziehen; kein Scheuerfest kann das Bild des Greuels und der Verwüstung vertilgen, das die Wohnung darbot. Und wo waren die Einbrecher?“ – verschwunden, wie ein schöner Traum. –

Die Polizei nahm gleich an Ort und Stelle den Thatbestand auf. Das Mädchen wurde gerufen und kam mit dem Taschentuch vor den Augen an. Auch die Miether von oben, Herr Greve nebst Frau und Tochter, mußten erscheinen.

Aus allen Fragen und Antworten ergab sich nun, daß bald nachdem Frau Doktorin das Haus verlassen hatte, Jemand gekommen wäre, um den Doktor zu einem Kranken zu holen. Das Mädchen hätte genannt, wo er zu finden sei, worauf der Mann sagte, es hätte auch wohl noch Zeit bis Morgen früh, ob er seine Adresse aufschreiben könnte? – Darauf habe sie den Mann eingelassen, mit dem sei aber gleich ein Zweiter eingedrungen, der ihr den Mund zugehalten habe. Sie sei vor Schreck bewußtlos geworden und als sie wieder zu sich kam, hätte sie weder schreien noch sich bewegen können, weil sie geknebelt und gebunden war. So habe der Doktor sie bei seiner Nachhausekunft gefunden. Dies bestätigte Doktor Wrenzchen. Zu seiner Verwunderung seien die Thüren wohl zu gewesen, aber nicht verschlossen. Als er gesehen, was vorgefallen, habe er gleich den Wächter gerufen und sei zur Polizei gegangen, die alsbald konstatirt hätte, daß sowohl die Fesselung des Mädchens, als das Stehlen von mehreren Personen ausgeübt worden sein müsse, schon allein in Anbetracht des Abrückens des schweren Sekretairs von der Wand. Herr Greve und Frau bekundeten, daß sie kein verdächtiges Geräusch vernommen hätten.

„Wie die Spitzbuben aussahen?“ ward das Mädchen nun gefragt. – Das wüßte sie nicht genau mehr, nur daß sie beide schwarze Vollbärte gehabt, wäre ihr erinnerlich. – „Wie konnten Sie so unvorsichtig sein und verdächtige Menschen mit schwarzen Gaunerbärten einlassen,“ redete ich Sie an. – Sie könnte den Leuten nicht an der Nase ansehen, was sie wären, antwortete die Person impertinent. – „Warum riefen Sie nicht um Hülfe?“ – Sie hätte nicht nöthig, mir Antwort zu geben, ich wäre kein Kommissarius. – „Wenn sie ein reines Gewissen hätte, würde sie nicht so patzig sein,“ entgegnete ich darauf. – Was das heißen sollte? – Ich hätte so meine Gedanken. Die Lebensmittel wären wohl eigens für die Spitzbuben eingekauft? – Darüber sollte ich ihr Rechenschaft geben. – „Mit Vergnügen,“ sagte ich, „ich kenne Sie, Ihnen traue ich Alles zu.“ Der Doktor wollte sich in's Mittel legen, aber ich rief: „Sie hat ihre Hände dazwischen gehabt, das lasse ich mir nicht abstreiten.“ – Nun begehrte die Person auf und ich weiß auch nicht mehr, was ich ihr antwortete, weil sie sehr respektswidrig ward. Sie rief die Polizei und Herrn und Frau Greve als Zeugen an, daß ich sie beleidigt und ihre Ehre als rechtschaffenes Mädchen angegriffen hätte. Die Polizei erklärte, das Alles würde sich nach der Untersuchung finden.

Hierauf ging die Polizei und wir blieben noch in höchster Aufregung; das Mädchen mußte Kaffee kochen und wir räumten auf, damit wieder einigermaßen Physiognomie in die Wohnung kam. Im Schlafzimmer schienen die Diebe nicht gewesen zu sein, aber als wir nachsahen, ob auch einer unter die Betten gekrochen sei, fanden wir Maffi Pamph todt mit einer Schlinge um den Hals. Den hatten sie kaltlächelnd erwürgt. Herr Greve erinnerte sich, er hätte den Hund anschlagen gehört, aber sich nichts weiter dabei gedacht.

Als wir den Mokka tranken und das Mädchen wie sie ihn brachte, mir einen zornfunkelnden Blick zuwarf, sagte Onkel Fritz: „Gieb Acht, Wilhelmine, die verklagt Dich.“ – „Das sollte sie sich unterstehen!“ lachte ich wegwerfend. – „Du warst aufgeregter als Du sein durftest,“ hielt mir mein Karl vor. – „Karl, wenn sie Dir gekommen wäre, wie mir damals mit den Krebsen, Du hättest lange nicht geschwiegen. Einmal mußte sie es kriegen und das gehörig.“

Der Doktor war überaus zärtlich gegen Emmi und meinte, „es sei wie eine Fügung gewesen, daß seine Frau gerade an diesem Abend die Idee gehabt hatte, uns zu besuchen, vielleicht wäre dadurch ein großes Unglück verhütet.“

„Jawohl,“ sagte ich und lächelte Emmi verständnißvoll zu. Wir wußten ja, wie diese Fügung mit Vor- und Zunamen anfing. Sie hieß Wilhelmine Buchholz und fischte gerade ein Stück Kuchen aus ihrer Tasse.

Die Schule des Lebens

Ich habe die Krausen schon in mancher Leidenschaftlichkeit gesehen, aber so, wie sie letztens bei uns herankam, noch niemals. Ohne guten Tag zu bieten, schrie sie: „Ist Eduard hier? War er bei Ihnen?“ – „Nein,“ erwiderte ich, „ist er fort?“ – „Seit gestern,“ wimmerte sie. „Der Lehrer, bei dem wir ihn in Pension gegeben haben, glaubte, er sei die Nacht bei uns gewesen und vermuthete, er wäre vielleicht unwohl geworden, weil er auch nicht in der Klasse erschien. Das Kind ist ja so zart.“ – „Das finde ich nicht.“ – „Sie haben kein Mitleid,“ rief sie.

„Wo kann er nur sein, wo kann er nur sein?“ – „Er wird schon wieder zum Vorschein kommen,“ tröstete ich. „Haben Sie denn schon die Polizei in Bewegung gesetzt?“ – „Mein Mann läßt suchen, es kommen Zettel an die Säulen, Anzeigen in die Zeitungen, was es auch kosten mag. Wenn er nur nicht verunglückt ist?“ – „Das wollen wir nicht hoffen. Darf ich Ihnen eine Erquickung anbieten, Frau Krause ...?“ – „Nein, nein, ich habe keine Ruhe, ich muß weiter.“ – Sie ging ebenso mit sich selbst verheddert, wie sie gekommen war.

Was hatte Eduard nun wieder angestellt? Ich war überzeugt, daß er dabei war, einen Hauptstreich auszuüben, denn er that ja stets, was er nicht sollte. Es wäre aber schrecklich gewesen, wenn ihm ein Unglück zugestoßen wäre, da Krauses nur den einen Jungen zu verzehren haben. Aber dies war nicht anzunehmen, da solches Unkraut nicht vergeht. Wo aber konnte er sein? – – – – – – – – – –

*

Wo war Eduard? Das fragten nicht allein die bekümmerten Eltern, die gelben Zettel an den Anschlagsäulen und die Notizen in dem lokalen Theile der Zeitungen, das hätten gar viele gerne gewußt, sei es aus Neugierde, sei es, um die ausgesetzte Belohnung zu verdienen. Alles Suchen verlief jedoch resultatlos, denn Eduard war in Berlin nicht zu finden. Er hatte sich auf und davon gemacht.

Wenn ihm irgend etwas auf der Welt mißfiel, so waren es Griechisch und Latein. Er sah nicht ein, zu welchem Zwecke er Krakelfüße auf das Papier malen und Accente über Silben setzen sollte, von denen es ihm höchst gleichgiltig war, ob sie lang oder kurz galten, da er sich nichts dabei denken konnte, und noch weniger lag ihm daran, in wie viel Theile Gallien nach Cäsar eingetheilt wurde, wenn die Geschichte anfing unterhaltend zu werden, wenn die Römer tapfer mit den Feinden fochten, reizte es den Lehrer, sich nach den näheren Beziehungen dieser oder jener Vokabel zu erkundigen, und anstatt zu erfahren, welches Heer den schwankenden Sieg im Handgemenge erringen werde, mußte die Klasse dekliniren und konjugiren, wobei beschämendere Niederlagen erlitten wurden, als im gallischen Kriege verzeichnet stehen. Namentlich hatte Eduard Krause triftige Gründe, Julius Cäsar nicht als seinen Freund zu betrachten.

Es gab aber andere Bücher, dir ihm besser als die Denkwürdigkeiten der Alten zusagten, die er mit glühendem Eifer las. Die meldeten von fernen Gegenden, Palmen- und Fruchtwäldern, in denen Papageien schwärmten und Leuchtkäfer flogen so groß wie eine Hand. Da gab es Abenteuer mit wilden Menschen und Thieren, die stets zu Gunsten des weißen Mannes endigten und kühne Wagnisse, daß er kaum rasch genug lesen konnte, um zu erfahren, wie sie abliefen. So einen abgerichteten Strauß hätte er haben mögen, wie in dem einen Buche beschrieben war, um darauf zu reiten. Würden die Jungens Augen machen! Keiner vermochte ihn einzuholen, denn so ein Strauß ist furchtbar geschwind. Lenken wollte er ihn schon mit einem Zügel um den Schnabel. Auch einen zahmen Jaguar wünschte er sich, der ihm nachlief wie ein Hund. Wollte ihm Jemand etwas thun, der stände ihm bei; sie könnten Alle herankommen, wie sie da wären, der Jaguar litte nicht, daß sie ihn auch nur anrührten. Pfeil und Bogen müßte er immer tragen, damit könnte er ganz oben die Schulfenster einschießen. Käme der Pedell, er rasch auf seinen Strauß, der Jaguar hinter drein und hast du nicht gesehen über alle Berge.

So dachte er oft und gerne, wenn er nachsitzen mußte. Es blieb aber nicht bei den Wünschen. Die Sehnsucht, das Gelesene in Wirklichkeit zu erleben, wuchs zur brennenden Begierde, er wollte, er mußte hinaus in die weite Welt. Hier in Berlin war Alles gegen ihn. Die Lehrer zogen ihm Andere ungerechterweise vor; ihre Gunst zu erschleichen und Theekind zu werden, wie jene, die auf den ersten Bänken saßen, dazu ließe er sich nicht herbei, schmeicheln könnte er nicht. – Darum fort. – –

Durch die norddeutsche Ebene rasselte der Nachtzug, der um elf Uhr aus Berlin fährt und gegen sechs Uhr Morgens in Hamburg anlangt. Er toste an stillen Ortschaften vorbei, er sauste durch die Haide, über welche das Mondlicht einen Schleier spann, der sich mit der Ferne in eins verwob. von Zeit zu Zeit wurden helle Lichter sichtbar, die Laternen der einsamen Bahnhöfe, die das Dampfroß mit lautem Pfeifen grüßte, wenn es keine Rast machen durfte. An einigen Stationen bekam es dagegen zu trinken, ungeheure Mengen kochenden Wassers, und während es trank, klopften Männer mit eisernen Hämmern gegen die Achsen und Räder der Wagen, um zu horchen, ob irgendwo eine Stelle schadhaft geworden und ein Bruch zu befürchten sei. Etliche Passagiere erwachten und schalten über den Lärm, der ihnen den mühsam angeeigneten Schlummer verscheuchte; andere dagegen ließen sich nicht stören, sondern schliefen in den unbequemsten Sitzlagen weiter, weil sie entweder gute Gewissen hatten, oder gute Nerven.

In der Ecke eines Kupees der dritten Wagenklasse lehnte ein Knabe mit dem Hinterkopfe gegen die harte Bretterwand, fest von dem stärkenden Schlafe der Kindheit umfangen. Seinen Mund umzog ein Lächeln, daß ein Unbefangener glauben mochte, freundliche Engel spielten mit dem Schläfer auf purpurumsäumten Wolken, von deren Abglanz die Wangen des Knaben rosig wiederschimmerten, aber er würde sich nicht wenig gewundert haben, wenn es ihm möglich gewesen wäre, an dem Traume theilzunehmen, und er sich statt in die Gesellschaft liebreizender Himmelsgeschöpfe mitten in die Bedrängnisse einer Tigerjagd versetzt gesehen hätte. Da der kleine Krause sich jedoch in der letzten Zeit mehr mit Tigern, Leoparden und Jaguaren befaßt hatte, als mit Engeln, so war es ganz natürlich, daß er im Schlafe davon träumte, was ihn wachend beschäftigte. Der Schall von den gegen die Achsen geführten Hammerschlägen mochte wohl in dem Schlaftrunkenen die Vorstellung von Flintenschüssen wachgerufen haben, den Tiger fügte die schnellmalende Phantasie des Traumes hinzu. – Eduard hatte seinen langgehegten Plan zur Ausführung gebracht. Das Taschengeld, sowohl das offizielle vom Vater, wie das extraordinäre heimliche und reichlichere von der Mutter, hielt er umsomehr mit Vorsicht zusammen, als er erfahren hatte, daß zu Handelsgeschäften Gedeihen gehört, denn der erste Versuch des Kapitalienerwerbes auf dem Weihnachtsmarkt lief fatal ab. Wahrscheinlich besaß er nicht den richtigen Heckegroschen, mit dem so Mancher in Berlin zerrissenschuhig einzog, um nach einigen Jahren als Millionär das Leben nur noch auf Gummirädern genießbar finden zu können, oder es fehlte ihm an den erforderlichen Talenten. Das Handelsgeschäft in Cigarren, bei dem er seinen Alten stillschweigend betheiligte, mißglückte, sein Spargeschäft hatte dagegen Erfolg. Als wieder einmal am Schulhimmel ein drohendes Wetter aufzog, genügte die Baarschaft schon fast für ein Billet nach Hamburg, wie er in dem Berliner ABC für Reisende ergründet hatte; einige Thaler war außerdem seine Uhr werth. Er brach die Brücken hinter sich ab, indem er die Uhr sowie die verhaßten griechischen und lateinischen Quälbücher und die dazu gehörigen Lexica einem Trödler verkaufte, der jedoch zu beiderseitigem Leidwesen nur niedrigste Gebote machen konnte, weil zu viel von derselben Sorte auf Lager sei. Er nahm leichten Sinnes, was er bekam, und dachte: „Wozu gebrauche ich Geld? In Hamburg gehe ich als Schiffsjunge ja doch gleich zur See. Wird das ein Spaß, wenn ich oben im Mastkorb sitze und „Land, Land“ rufe, sobald sich die Küste mit den schwarzen Eingeborenen zeigt. Hurrah!“ – Nach Hause wollte er von Bord aus schreiben; mehr schien ihm überflüssig.

Als der Morgen graute, verließen ihn Schlaf und Traum. Er sah die Sonne aufgehen, wie sie an dem goldigen Himmelsrande sich blendend erhob. Das war ihm ein neuer Anblick. Auch die Mitpassagiere erwachten. Sie fragten den

Knaben, wohin er wolle? – „Nach Hamburg.“ – „Ob er dort Verwandte habe?“ – „Ja,“ flunkerte er. – „Wo die wohnten?“ – „Dicht bei den Schiffen.“ – „Er meine wohl den Hafen.“ – „Nun natürlich; wie er am besten dorthin gelange?“ – „Er solle nur gleich vom Berliner Bahnhof auf Höfers Hotel zugehen und sich dann links halten, so könne er nicht fehlen. Uebrigens würde ihm Jedermann gerne Bescheid geben, wenn er frage; er dürfe sich nur nicht geniren.“ – Das war ein trefflicher Rath. Nur nicht geniren; man immer drieste!

Die flache Haide endigte, rechts und links vom Bahndamm bauten sich waldige Hügel auf und in dem jungen Grün der Buchen spielte das Licht der Morgensonne. Dann wich der Wald zurück, um einem Flusse Raum zu gewähren, der in sanften Krümmungen üppige Wiesen durchschnitt. „Ist das die Elbe?“ fragte Eduard. – „Nein,“ erwiderten die Leute lächelnd, „das ist die Bille. Geben Sie Acht, gleich kommt Friedrichsruh.“ – Er sah das Schloß des Fürsten Bismarck, ganz dicht fuhr er daran vorbei. Dann wurde kurze Rast in Bergedorf gemacht. Merkwürdig gekleidete Frauen boten den Reisenden Blumen und Früchte an. Man sagte ihm, das seien Vierländerinnen. „Die Welt ist doch zu komisch,“ dachte Eduard, „was werde ich erst erleben, wenn ich in fernen Erdtheilen bin?“

Endlich hielt der Zug in der schwerfälligen Halle des Bahnhofes. Er war in Hamburg.

Alles drängte dem Ausgange zu, der Menschenstrom riß ihn mit sich fort. Draußen im Freien angelangt, stand er einen Augenblick unschlüssig, wohin er sich wenden sollte, dann aber entdeckte er den Namen „Höfers Hotel“ mit großen Buchstaben an einem stattlichen Hause. Nun wußte er Bescheid und schritt muthig vorwärts. Wie ihm gesagt worden war, bog er links ab und gelangte nach kurzer Wanderung auf einen Marktplatz, wo Vierländer und Vierländerinnen in ihrer eigenthümlichen Tracht Gemüse feil hielten. Solche Leute gab es nicht in Berlin.

Er fragte nach dem Hafen. Man gab ihm Auskunft, aber so scharf er auch zuhörte, blieb ihm die Antwort doch unverständlich. Lateinisch hatte er allerdings gehabt, aber Plattdeutsch nicht. Sollte die Reise in die Welt am Ende unerwartete Schwierigkeiten mit sich bringen? Unsinn, nur dreist. Auf gut Glück ging er weiter.

Er passirte Brücken, die über enge Kanäle führten, auf denen flache schwer beladene Fahrzeuge von Männern langsam vorwärts gedrückt wurden. An beiden Seiten des Kanals standen die Giebelhäuser unmittelbar im Wasser. Er fragte, ob das der Hafen sei? – „Nee, dat is'n Fleeth," antwortete der Mann, und Eduard war so klug wie zuvor.

Endlich aber gelangte er doch ans Ziel, er erblickte die Spitzen von Schiffsmasten, welche unten von einem langen Gebäude dem Auge entzogen wurden. Das Thor stand offen und da ihn Niemand aufhielt, ging er hinein. Da lagen Schiffe, so viele und große, wie er zuvor nie gesehen. Gewaltige Dampfkrahnen streckten ihre eisernen Arme aus, Kisten, Ballen und Säcke wurden daran gehängt, sie hoben die Last, drehten sich, und legten ihre Beute langsam nieder, wie vernünftige Wesen. So weit sein Auge reichte, arbeiteten die seltsamen Maschinen und leerten die Schiffe, rüstige Männer nahmen die Waaren in Empfang und stapelten sie in dem endlosen Schuppen auf. Er fragte einen derselben, ob er am Hafen sei? – „Dies ist der Quai," hieß es, „der Hafen liegt weiter längs. Geh'n Sie hier man rechts heraus und über die Kehrwiederbrücke nach den Vorsetzen, dann sind Sie gleich da." – –

Nun sah er den Hafen. Sein Herz pochte bei diesem ungeahnten Anblick. Ein Wald auf dem Wasser, erhoben sich die Masten, dicht neben dicht schmiegten sich die Schiffe aneinander und auf den schmalen Wassergassen, welche sie frei ließen, schossen flinke Boote daher und geschwinde kleine Dampfer. Langsam wanderte er weiter, den Blick unverwandt auf die schwimmende Stadt gerichtet. Das war groß. Das war unermeßlich.

Allgemach aber meldete sich der Hunger. Er trat in eine Matrosenschenke ein und forderte Frühstück. Was er bekam, war gut: eine große Tasse Kaffe, schwarzes Brot und weißes mit frischer Butter. Das war Alles viel besser als in Berlin. An dem Nebentische saßen Seeleute, von denen der Eine mit „Kapitän" angeredet wurde. „Ob der wohl einen Schiffsjungen gebraucht?" dachte Eduard. „Ich werde ihn fragen. Man drieste!"

Anfangs verstand der Seemann das Anliegen des Knaben nicht, als er jedoch begriff, was sein Begehren sei, sagte er: „Also Du willst zur See? Hast Du denn die Einwilligung Deines Vaters?" – Eduard schwieg. – „Oder Deines Vormundes?" – „Nein," stotterte er. – „Dann geh nur wieder nach Hause, mein Junge, das ist das Beste, was Du thun kannst." –

Enttäuscht verließ Eduard die Herberge. „Nach Hause?" Er konnte unmöglich wieder zurück. Die Uhr und die verkauften Bücher litten es nicht. Es würde sich wohl ein anderer Kapitän finden, der weniger unangenehm sei. Es waren ja so viele Schiffe da. –

Nicht ganz so zuversichtlich, wie bisher, schlenderte er am Hafen entlang, wo konnte er wohl den rechten Kapitän treffen? Er hatte sich gedacht, man ginge auf ein Schiff, brächte sein Anliegen vor und hocherfreut behielte man ihn gleich da. Nun aber lagen die Schiffe im Wasser und er war aus dem Lande. Nach einer Weile faßte er den Entschluß, einen Matrosen anzureden. Der Zufall wollte, daß er einen Engländer getroffen hatte, der ihm nicht einmal einen Blick gönnte und der Versuch, sich Raths zu erholen, verlief resultatlos. Das verstimmte ihn sehr.

Der Hafen machte ihm nur noch wenig Vergnügen und deshalb schlug er einen sanft aufsteigenden Weg ein, der zu einer Anhöhe führte. Dort sah er Leute auf Bänken unter dem Schatten der Bäume sitzen und hier gedachte auch er sich auszuruhen. –

Als er oben anlangte, sah er hinab auf den stolzen Elbstrom, in die blaue Ferne des jenseitigen Ufers, auf das rege Leben zu seinen Füßen. Ein großes Dampfschiff lief aus, majestätisch durchfurchte es die Fluth, dem Weltmeer steuerte es zu. Kleinere Dampfer, Segelschiffe und Boote kamen und gingen und er ... er konnte nicht mit. Immer größer ward das Sehnen, er vermochte den Anblick nicht länger zu ertragen. Es trieb ihn fort.

Ohne zu wissen, wohin der Weg ihn leite, schritt er fürbaß und wie ihm däuchte war der Weg gut gewählt, denn er brachte ihn in eine vergnügliche Gegend. Dort waren Buden mit Sehenswürdigkeiten. Man lud ihn ein, die Menagerie in Augenschein zu nehmen. Das durfte er sich nicht entgehen lassen. Auch ein Karoussel war nicht zu verachten, was konnte er Besseres thun, als auf einem Löwen zu reiten? Hamburg war doch eine prächtige Stadt. – Nachdem er soviel Karoussel gefahren, wie nie in seinem Leben, speiste er in einem Restaurant. Freilich schmolz seine Barschaft von Stunde zu Stunde mehr zusammen, aber eine Kokosnuß mußte er noch haben und ebenfalls einige Muscheln. Er konnte sie auf der Straße kaufen, auf Karren ausgebreitet lagen sie verlockend da.

Später am Nachmittage ward es immer lustiger. Kaspar spielte, ein Bär mußte seine Kunststücke machen, die Theater an dem Platze wurden geöffnet, überall gab es Wunderdinge zu sehen und viele, viele Menschen waren zusammengeströmt. Eduard dachte nicht mehr an die Kapitäne. –

Dann aber kam die Nacht. Die Menge verlief sich. Jeder suchte sein Heim auf. Wohin nun? Das Portemonnaie war leer, das Vergnügen hatte den letzten Groschen gekostet.

Vielleicht fand er jetzt den rechten Mann am Hafen. Er machte sich auf. Dort war die Allee, durch welche er gekommen war. Nur vorwärts, gleich mußte er an der Elbe sein.

Hatte er sich geirrt? Die Allee nahm kein Ende. – weiter, weiter. – Er stand still. „Hier war ich vorhin nicht, Wo bin ich? Nur dreist, vorwärts."

Schimmerte dort nicht der Fluß? Das mußte der Hafen sein. Noch einige Schritte und wie gebannt blieb er stehen, vor ihm erglänzte eine Wasserfläche, darin spiegelten sich Mond und Sterne und glitzerten lange Lichtstreifen von den Gaslaternen, die das Ufer umzogen. Dahinter erhoben sich die Häuser wie eine Mauer und schlanke Thürme ragten darüber auf in den Nachthimmel. Träumte er oder das schöne Hamburg?

„Hier will ich bleiben," flüsterte er, „dort drüben in dem Gebüsch finde ich wohl ein Versteck."

Er brauchte nicht lange zu suchen. Eine Bank bot ihm Rast.

Er setzte sich. Sein Auge streifte wie verloren über ein zweites, größeres Wasser, das sich ruhig ausbreitete als schliefe es. Den Knaben aber floh der Schlaf, er war allein in der Fremde und verlassen. Was sollte er morgen beginnen?

Ihn fror, denn die Nacht war kühl, ihn hungerte dazu. Die Stunden dehnten sich endlos. Er zählte die Schläge der Thurmglocken, die laut durch die Nacht klangen, er hörte, wie die Eine anfing und die Anderen ihr antworteten. Von Zeit zu Zeit drangen langgezogene schauerliche Töne an sein Ohr, wie klagende Wehrufe. Das waren die unheimlichen Akkorde der Nebelsignale von den Dampfschiffen, welche den Hafen verließen; sie klangen wie banges Leid, wie Abschiedsweinen und laute Heimwehklage, sie zogen über die Wasser durch die stille Nachtluft und fanden Wiederhall in dem verzagenden Herzen des Knaben.

Wie gerne wäre er jetzt wieder in Berlin gewesen.

Ob er die Rückreise wohl zu Fuß machen konnte? Er traute sich den Weg zu. Aber der Empfang zu Hause, der Hohn seiner Schulkameraden. Er ballte die Hände: „Ich kehre nicht um." –

Zuletzt überwältigte ihn die Müdigkeit, aber nach kurzer Frist, als der Himmel sich aufzuhellen begann, weckte ihn der kalte Morgenhauch des neuen Tages. Eduard fröstelte und der Hunger meldete sich immer unabweisbarer. Er durchsuchte seine Taschen, es fand sich kein heimlicher Sechser. Da fiel sein Blick auf die Kokosnuß; vorläufig war er geborgen. Aber wie gelangte er zu dem schmackhaften Kern und der Milch, von der die Wilden lebten? Zum Glück hatte er am Nachmittage vorher ein Messer gekauft, das kam ihm gut zu Statten. Eifrig machte er sich daran, die Nuß abzufasern. Ein schwieriges Stück Arbeit; er kam damit zu Stande, wenn auch der Schweiß von der Stirn perlte, bevor er die zähe Bastfülle entfernt hatte. Nun galt es, die harte Schale zu öffnen, allein das Messer glitt ab, wie er sich auch mühte. Er versuchte sie an einem Stein zu zerschellen, doch reichte seine Kraft dazu nicht aus, die Nuß war boshaft fest. Da kam ihm ein schlauer Gedanke: „Ich werde die Nuß verhandeln, für den Erlös kaufe ich Brot." – Seinen Durst zu löschen, bot die Alster Wasser genug, und zum Schöpfen war die größte der ausländischen Muscheln herrlich geeignet. Anders machten es die Wilden auch nicht. Aber wo waren die Wilden, und wo war er? – Er warf die Muschel weit in den Fluß hinein, als er getrunken. Die Lust an Abenteuern schien ihm vergangen zu sein.

Mittlerweile war die Stadt lebendig geworden, hurtige Dampfboote glitten unter den breiten Bogen der Brücke hindurch, in deren Nähe Eduard die Nacht verbracht hatte, Eisenbahnzüge fuhren darüber hinweg, Pferdebahnen und anderes Gefährt. Spaziergänger suchten heilsame Erholung in den blühenden Anlagen, Geschäftsleute eilten mit raschen Schritten der Stadt zu. Auch Eduard beschloß, sein Glück in der berühmten Handelsstadt zu versuchen.

Er bot seine Kokosnuß Vorübergehenden an, aber dieser Artikel war augenscheinlich nicht stark begehrt, auch fehlte es den Leuten an Zeit, sich bei ihm aufzuhalten. Es kam ihm vor, als wenn alle Hamburger rannten. Aber dort stand ein Herr, der nicht an dem allgemeinen Wettlaufen theilnahm, vielleicht ließ der sich überreden, dem wollte er sagen, wie weh der Hunger thut.

Der Herr wies den Knaben wirklich nicht ab. Im Gegentheil, er erkundigte sich mitleidig nach dem Woher und Wohin und erwarb sich Eduards Vertrauen in wenig Minuten, daß dieser sogar das Herz hatte, ihn zu fragen, ob er nicht einen Kapitän wüßte, der ihn als Schiffsjungen mitnähme? Das würde sich machen lassen? „Gieb mir die Hand mein Junge, ich werde Dich führen." – Wer war froher als Eduard?

Neugierig war der Herr, das ließ sich nicht leugnen. Er wollte wissen, wo Eduard die Nacht gewesen? „Im Freien," antwortete jener zögernd. „Hast Du kein Geld mehr?" – „Nur diese Nuß." – „Und hungrig bist Du?" – „Sehr." – „Gleich wirst Du zu essen bekommen, nur Geduld."

Obwohl diese tröstliche Aussicht Eduard ganz in Anspruch nahm, bemerkte er doch, wie eilig Vorübergehende einen Moment Halt machten und ihn mit sonderbaren Blicken betrachteten. Einige lächelten spöttisch, andere schienen ihn zu bedauern. Und der Herr hielt seine Hand so merkwürdig fest. – „Wohin gehen wir?" fragte er unsicher, „Wir sind schon da," antwortete der Herr. Sie standen vor einem schmucklosen, großen Gebäude, das keinen einladenden Eindruck machte. Der Herr zog an einem Klingelgriff, die schwere Thür öffnete sich und wurde sofort wieder hinter ihnen geschlossen. In derselben Weise mußten sie eine zweite, eiserne Gitterthür durchschreiten.

„Hier bringe ich einen Ausreißer," sagte der freundliche Herr und führte Eduard in ein Zimmer, wo er viele an ihn gerichtete Fragen beantworten mußte. Er gestand Alles, Alles. – „Wenn Du die Wahrheit gesagt hast, bleibst Du nur kurze Zeit bei uns. Wir werden Deinem Vater schreiben." – „Nein, nein," flehte Eduard. – „Es geht nicht anders, mein Junge. Und nun komm nur, wir haben ein hübsches Logis für Dich. Das Uebernachten im Freien ist ungesund." – Der Inspektor gab ihm einen Wink, und willenlos folgte ihm Eduard auf einen großen luftigen Flur mit gelb getünchten Wänden und dann eine breite Treppe hinauf. Hier mußte der Schließer wieder eine Gitterthür öffnen, die zu einem Korridor führte, an welchem das Gemach lag, welches Eduard angewiesen wurde. Es war hoch und sauber, nur vor dem Fenster die eisernen Stäbe gaben ihm einen verzweifelt unwohnlichen Anstrich. „Dort an der Wand hängt das Reglement, nach dem Du Dich zu richten hast. Tritt ein Beamter ein, erhebst Du Dich und bleibst ehrerbietig stehen. Der Tagesordnung wirst Du Dich genau fügen, jede Sachbeschädigung wird bestraft. Du darfst an Deine Angehörigen schreiben, ich möchte Dir es anrathen. Zunächst sollst Du Frühstück bekommen, nachher wirst Du arbeiten." –

Die Thür wurde verschlossen und verriegelt.

Eduard war allein. Zerknirscht warf er sich über das Lager. Sein Eigenwille war gebrochen und Reue erfaßte ihn. Bittere Reue. –

Der Schließer brachte bald dampfende Suppe und Brot; so hatte es ihm selbst an Festtagen nicht geschmeckt, wenn es etwas Gutes gab. Auch ein Korb ward hingestellt, darin befanden sich Enden von getheertem Schiffstau, die sollte er auseinander zupfen, daß sie wieder zu Werg würden. Man empfahl ihm ausdrücklich, fleißig dabei zu sein.

Und Eduard pflückte Werg. Während die Hände thätig waren, eilten seine Gedanken bald hierhin, bald dorthin. Nach Berlin führten sie ihn, da hatte er nicht nöthig gehabt, den ganzen Tag zu arbeiten. Wie frei war er gewesen. Warum verließ er Berlin, wie gut hatte er es dort gehabt? wenn die Schule aus war, durfte er hinaus ins Grüne. Die Eltern hatten ihn überall mit hin genommen. Mit dem Vater fing er Schmetterlinge, auch damals. Er hielt inne mit der Arbeit und starrte vor sich hin. Den Knaben sah er neben sich auf der Landungsbrücke stehen, und nun war er verschwunden. Eduard stieß einen leisen Schrei aus und bedeckte das Gesicht mit den Händen. Es grauste ihm vor ihm selber.

Aus dem Korbe aber und von dem Werg stieg ein eigenartiger Theergeruch auf, der zauberte ihm den Hamburger Hafen vor die Seele, und wieder kam das Verlangen, mit frischem Winde hinauszusegeln in die weite Welt. Das Wasser hatte es ihm angethan, er fühlte, er würde nie wieder von ihm lassen. –

Nach zwei Tagen holte der Vater ihn ab. Alle Vorwürfe ließ Eduard willig über sich ergehen. Nur eine Bitte hatte er: nicht wieder zurück auf das Gymnasium.

„Was willst Du denn, wenn Du nicht studiren magst?“ fuhr ihn der Vater an.

„Ich will Seemann werden.“

Prüfungen

Wenn jemals ein Prediger in der Wüste wahrgesagt hat, dann ist es Schiller gewesen, als er das klassische Citat aussprach: „Doch mit des Geschickes Mächten ist kein ew'ger Bund zu flechten.“ Auch an mir sollte dies Wort vollstreckt werden, obgleich ich nicht wußte, wie und wo ich einen Kontrakt mit den ewigen Mächten geschlossen hätte. Ich strebte überall meine Schuldigkeit zu thun und auf Recht und Ordnung zu halten, damit kommt man aber nicht mehr durch, denn die Schlechtigkeit der Menschen ist zu groß. –

Die Untersuchung über den Diebstahl bei dem Doktor war beendet und hatte zu keinem andern Resultat geführt, als daß eine Sicherheitskette und ein neues Schloß an der Thüre angebracht wurden. Die Polizeilieutenanten erklärte mir, es sei ganz regelrecht gewesen, wie überhaupt eingebrochen werden muß, und dem Doktor bleibt nichts übrig, als das Silberzeug zu verschmerzen. Ich rieth ihm, seine Kunden etwas höher zu nehmen, um allmählich wieder auf die Kosten zu kommen, aber er lehnte ab. vorläufig essen sie mit Alfenide, und daß paßt ja gut zu den Leuchtern.

Die Köchin hatte um ihre Entlassung gebeten, die ihr auch zu meinem großen Behagen gewährt wurde, zumal die Person als Grund angab, sie hätte keine Lust, sich bei jeder Gelegenheit von der Schwiegermutter heruntermachen zu lassen, der sie überdies noch zeigen wollte, daß es Gerechtigkeit in Berlin gäbe. Der Doktor hat ihr zugeredet, vernünftig zu sein, aber sie hatte geantwortet, sie wäre „falsche Betrügerin“ genannt worden, das ließe sie nicht auf sich sitzen.

Ich bezweifelte diesen Ausdruck meinerseits; der Doktor versicherte jedoch, etwas Aehnliches nebst mehreren anderen Heftigkeiten vernommen zu haben, als er kam, um mir zu rathen, der Köchin eine Summe Geldes anzubieten, damit sie kein Aufhebens weiter mache. „Sie wollen mir anmuthen, ich sollte vor dieser Person klein beigeben?“ begehrte ich auf. „Ihr so kommen, das könnte ja scheinen, als wenn ich unrecht hätte.“ – „wie Sie für gut halten, liebe Schwiegermutter, aber da das Mädchen rechtsgültig von dem Verdachte der Mitwisserschaft entlastet wurde ...“ – „Ist sie in meinen Augen deshalb noch lange nicht rein.“ – „... möchte ich Ihnen empfehlen, die Verunglimpfungen zurückzunehmen.“ – „Zu einer solchen Unterwerfung erniedrige ich mich nicht. Außerdem wäre es unerhört von ihr, zu klagen. Das ist platterdings unmöglich.“ –

Es war aber möglich. Des Morgens, mein Karl war eben ins Geschäft gegangen, kam ein dicker Brief, wie ich noch in meinem Leben keinen erhalten hatte, und dem man schon von außen die Schreckensbotschaft ansah, welche er brachte. Mit zitternder Hand unterschrieb ich dem Briefträger die Zustellungsurkunde und dann öffnete ich das Schreiben. Da stand: „In der Privatklagesache der unverehelichten Marie Johanna Band gegen Frau Wilhelmine Buchholz, wegen Beleidigung ...“ weiter kam ich nicht. Ich sah wohl Buchstaben, konnte aber nicht den geringsten Sinn hineinbringen, so tanzten sie durcheinander. Nur das Eine war klar: ich sollte vor Gericht! –

Es half nichts, ich mußte zu meinem Karl und doch, als ich mit dem Schreiben vor der Kontorthür stand, wagte ich nicht einzutreten. Ich legte die Hand auf die Klinke und zog sie wieder zurück, ich faßte sie wieder an und wagte doch nicht zu drücken. Noch ahnte er nicht, welche Schande drohte, daß sein unbescholtenes Weib verklagt worden war. Aber endlos konnte ich nicht stehen bleiben; ich öffnete leise und schwankte zaudernd an sein Pult. „Karl," sagte ich zaghaft, „lies doch blos mal dies sonderbare Schreiben ... es ist ... es hat ... ich kann nicht klug daraus werden." – Mein Karl las und seine Züge nahmen einen strengen Ausdruck an. – „Das ist ärgerlich," rief er, „mehr als ärgerlich. Du bist wegen neun Injurien verklagt ..." – „Neun?" unterbrach ich ihn erstaunt. – „Jawohl, neun Stück, sie sind einzeln aufgezählt, da sieh selbst." – „Karl, diese Frechheit geht doch über die Bäume, wo ich blos gesagt habe, sie hätte besser aufpassen müssen." – „Du ließest Dich vom Zorn hinreißen, Wilhelmine." – „Nur soweit ich durfte." – „Das wird die Verhandlung ergeben." – „Karl, kann es schlimm werden?" – „Ich hoffe, daß die Angelegenheit ohne Gericht abgemacht werden kann, vor der Verhandlung muß ein Sühneversuch stattfinden. Du gestehst Dein Unrecht ein, zahlst vielleicht eine Buße und die Sache ist erledigt. Bist Du dazu bereit?" – „Ja," seufzte ich. – „Sei nur guten Muthes und ängstige Dich nicht unnöthig. Und nun geh, Alte, das Geschäft blüht, ich habe viel zu thun." –

Guter Muth ist leicht empfohlen, aber leider kann man ihn nicht beim Krämer kaufen. Seit das gerichtliche Schreiben bei uns wohnte, lebte ich in lauter Besorgniß und Furchtsamkeit, mir war, als schwebte ein Fallbeil über meinem Haupt und das Essen ward mir lang zwischen den Zähnen.

Ich konnte den Gedanken nicht loswerden, mein Mann nehme die Sache scheinbar leicht, um mir die schreckliche Wahrheit zu verbergen. Darum ging ich am Nachmittag zu Onkel Fritz, der an die Gutheit meines Karl nicht entfernt heranreicht; von ihm erwartete ich den wirklichen Verhalt zu erfahren. – Als der die Anklage gelesen, sagte er: „Wilhelmine, die Sache ist löcherig. Geschumpfen hast Du und die Person muß sich sehr in ihrem Recht fühlen, denn sie hat als Zeugen zwei Schutzleute vorgeschlagen, die dabei waren, dann Herrn Greve und Frau, sowie den Dr. Wrenzchen." – „Den Doktor gegen mich?" – „So steht es hier. Er kann allerdings als Schwiegersohn sein Zeugniß verweigern, aber wer bürgt dafür, daß er sich die schöne Gelegenheit entgehen läßt, einmal Revanche zu nehmen? Du hast ihm genug auf den Stock gethan." – „Fritz, sollte er solcher Tükschigkeit fähig sein?" – „Vielleicht läßt er sich erweichen, wenn Du ihm die Aufhebung des schwiegermütterlichen Kuratels versprichst." – „Ich verspreche gar nichts," fuhr ich erbost auf, „sondern verlange von Dir zu wissen, ob ich den Prozeß verlieren werde?" – „Da kannst Du Dich darauf verlassen; bedenke allein, die Schutzleute sind mit ihrem Diensteid gegen Dich.“ – Ich hatte schon oft von der Gefährlichkeit des Diensteides gelesen, dem gegenüber ist man ja meistens verloren. „Fritz,“ stöhnte ich, „was soll ich thun? Was soll ich thun?“ – „Das einzige Rettungsmittel hast Du leider versäumt.“ – „Ich hole es nach, Fritz, sage mir nur, was es ist?“ Ganz gewiß, ich hole es nach. – „Du hättest Dir mildernde Umstände antrinken müssen.“

Nun war meine Geduld zu Ende. „O Du ... Du ... Kannibale,“ bäumte ich auf. „Ist Dir denn nichts ehrwürdig, nicht einmal die Drangsal Deiner leiblichen Schwester?“ – „Hab' Dich nur nicht so; man wird Dir verschiedene Märkelchen abknöpfen, sitzen brauchst Du voraussichtlich nicht.“ – „Karl sieht mit Zuversicht dem Sühneversuch entgegen; was hältst Du davon?“ – „Hat die Klägerin einen Rechtsanwalt, so ist es möglich, daß Ihr Euch einigt, sie ist aber einem Linksanwalt in die Hände gefallen, wird der ihr zusetzen, bis zum Aeußersten zu gehen, um seinen Schnitt zu machen.“ – „Womit will die Person aber die Kosten bestreiten?“ – „Wer verliert, berappt; die mußt Du tragen, mein Schatz.“ – „O wie niederträchtig, wie schändlich. Sie verklagt mich auf meine Rechnung. Ist das Gerechtigkeit?“ – „Genau nach dem Gesetz.“ – „Dann müssen die Gesetze umgestoßen werden. Fritz, ich überlebe die Schande nicht; meine Tage sind gezählt.“ – „Tröste Dich, Wilhelmine, jeder zweite anständige Mensch ist wenigstens schon einmal bestraft. Sei darum nur guten Muths ...“ –

„Kommst Du mir auch damit? rief ich bitterböse. „Wenn Du weiter nichts weißt, kannst Du Dich einbalsamiren lassen; ich huste auf Euren „guten Muth“.“ Grimmbeflügelt verließ ich Onkel Fritz und schalt mich selbst aus, ihm als trübselige Zielscheibe seines Spottes gedient zu haben. Aber wenn der Mensch den Kopf verliert, wird er dumm.

Leider hatte Onkel Fritz jedoch darin recht, daß die Person zu einem Winkeladvokaten gegangen war, zu so einem richtigen gurgelabschneiderischen Linksanwalt, und der Sühneversuch fiel ins Wasser.

Nach einigen Tagen kam wiederum eine Zustellung, worin das persönliche Erscheinen der Parteien vor dem Königlichen Schöffengericht in Alt-Moabit Nr. 11/12 Vormittags 10 Uhr in Zimmer 29 zum Sonnabend angeordnet worden war. Und wenn ich hätte entrinnen wollen, was half es? Das Gericht drohte mit gewaltsamer Vorführung im Falle unentschuldigten Ausbleibens, und ehe ich meiner Todfeindin das Schauspiel gegönnt hätte, mich in der Mitte von zwei

Häschern vor das Tribunal geschleppt zu sehen, lieber wollte ich mich freiwillig stellen, obgleich mein Nervensystem gänzlich aus seiner Façon gerathen war.

Die Gemüthsbewegungen nahmen ja kein Ende. Der Himmel mag wissen, woher die Menschheit erfahren hatte, daß ich in Anklage versetzt worden war, aber in den Bekanntenkreisen schien von nichts Anderem gesprochen zu werden als von dem bevorstehenden Termin, wäre sonst wohl die Krausen gekommen, um ihr Beileid vom Stapel zu lassen? – „Nun wissen Sie auch, wie es thut, vom Schicksal verfolgt zu werden, obgleich Sie mit uns nie Mitleid hatten, wenn das Verhängniß sich unseren Eduard zum Opfer auserkor." – „Bitte," entgegnete ich, „die Ruthe haben Sie sich selbst gebunden; ich finde es nicht hübsch, dem Verhängniß seine Streiche aufzubürden, oder verleitete das ihn etwa zum Ausreißen?" – „Eduard hat solchen Forschungsdrang ..." – „Man blos immer an der verkehrten Stelle, im Lateinischen forscht er zum Beispiel gar nicht." – „Er hat sich einen anderen Beruf erwählt und braucht es nicht mehr, da es doch nur eine todte Sprache ist." – „Darf man fragen, was für ein Geschäft ihm zusagt, vielleicht Konditor mit Naschen?" – Sie lächelte verächtlich. „Eduard will Schiffskapitän werden," sagte sie, „dabei kann er viel Reichthum erwerben, und Kapitäne sind sehr angesehen. Er hat sich schon einen Kompaß angeschafft und oben auf dem Hängeboden klettert er bereits erstaunlich an den Waschleinen. Gerade Kapitän ist das Geeignetste für ihn." – „Wenn er es nur erst wäre," warf ich hin, „noch glaub' ich nicht daran." – „Weil Sie immer Alles besser wissen wollen," entgegnete sie hitzig, „aber Ihre Klugheit ist keineswegs unfehlbar, sonst würden Sie sich wohl nicht straffällig geredet haben." – „Das verstehen Sie nicht," gab ich erregt zur Antwort. – „Gerne möglich," erwiderte sie spitz, „ich sage nur wieder, was man darüber spricht, ein Urtheil möchte ich mir nicht erlauben, unsereins hat noch nie mit den Gerichten zu thun gehabt." – Als sie weg war, sagte ich zu Betti: „Sie hat sich in ihrer wahren Gestalt gezeigt. Du läßt sie nicht wieder vor, mein Unglück ist zu groß, als daß Hyänen sich daran weiden dürfen." –

Am anderen Tage machte die Polizeilieutenanten mir eine Kondolenzvisite. „Es kommt viel auf den Richter an," sagte sie, „und wie Sie die Sache darstellen. Was wollen Sie anziehen?" – „Einfach schwarz," erwiderte ich. – „Je dürftiger um so besser, damit der Abstand zwischen Ihnen und der Klägerin nicht zu groß erscheint und man Ihren höheren Stand nicht als erschwerenden Umstand in Betracht zieht. Für Ihr seidengesticktes Wappen, werden Sie auf der Anklagebank schwerlich Verwendung haben!" – „Daran dachte ich auch nicht. Wenn wir mal Equipage halten, lasse ich es auf die Kutschenthür malen!" – „Ich meinte auch nur so; was nützen Ihnen nun die Vorfahren und Embleme, wenn sie bestraft sind? Der Mackel haftet doch für alle Zeiten." – „Noch sind wir nicht so weit." – „Sie werden mir zugeben, daß mein Mann Einsicht hat, der sagt: Sie wären schon so gut, wie verdonnert, wir sind aber über Vorurtheile erhaben und ich denke, ganz stellen wir den früheren Verkehr nicht ein." – Also in den Augen der Welt war ich bereits gerichtet. Daß die Polizeilieutenanten nie wieder öffentlich mit uns durch den Grunewald fahren würde, das stand fest. Von nun an gehörte ich zu den Ausgestoßenen. –

Dieser Gedanke nahm mir den Rest des Aufraffungsvermögens, ich konnte nur noch eben im Hause umherkrebsen, wenn ich irgendwo hinwollte. Selbst vor dem Fenster war mir das Sitzen verleidet, da es mir vorkam, als blieben die Leute stehen, um mit Fingern auf mich zu weisen. Betti suchte mir vorzureden, es sei Täuschung, aber ich habe mit meinen eigenen Augen die Heimreichen gesehen, wie sie ein paarmal auf der anderen Seite der Straße mit ihrer Aeltesten hin- und herging und spöttische Blicke zu uns hinaufwarf. Das war unertragbar. Ich wurde immer leidender und der Schlaf ward so vergänglich, daß mein Karl schnarchenshalber umquartiert werden mußte. –

Auch die Bergfeldten schenkte mir ihren Besuch, jedoch richtete er mich nicht auf, im Gegentheil. „Mein Gott, Buchholzen," sagte sie, „liegen Sie im Wurstkessel! Aber mit der Feuerzange hätten Sie nicht gleich schlagen brauchen." – „Was ist das für ein Gerede?" – „Na, Sie haben das Mädchen doch vertobakt, daß das Blut nur so heruntergelaufen ist. Da werden Sie wohl ein halbes Jährchen für abmachen müssen." – „Wo im Geringsten gar nicht gehauen worden ist. Wer redet denn so'n Kaff?" – „Buchholzen, Sie thun mir leid, aber es heißt in der ganzen Stadt nicht anders; überall jedoch, wo ich hinkomme nehme ich Ihre Partie, und sage: es ist ein Glück, daß die Köchin einen harten Deez hatte, sonst schleppten sie die Buchholzen noch aufs Schaffot." – „Das nennen Sie Einen vertheidigen?" – „Nun ja; Sie sind so herzlich gegen mich gewesen ... als mein Emil ..., es wäre mir schrecklich nahe gegangen, wenn Sie am Ende gerädert worden wären, oder auf die Art." – „Gott soll mich schützen und bewahren, Ich kann beschwören, nicht einen Finger habe ich hochgehoben?" – „Buchholzen, nur keinen Meineid. Wie kämen die Leute wohl zu dem Gerücht, wenn nichts Wahres daran wäre? Ihnen ist gewiß blos die Hand ein bischen ausgerutscht, worin sie zufällig die Feuerzange drin hatten. Das würde ich vor Gericht sagen, wenn ich an Ihrer Stelle so in die Käse geflogen wäre."

„Bergfeldten,“ sagte ich schwach, „mehr von der Sorte Gespräch kann ich nicht hören, am liebsten wäre ich allein.“ „Ich habe Zeit,“ antwortete sie und blieb kleben. „Es ist ja auch nur erst, nachher vergißt es sich, man muß ja Alles vergessen, obgleich was einmal am Menschen sitzt, das wäscht kein Regen ab.“ – Und so in dem Ton ging es weiter. Erst als ich körperlich und geistig aufgerieben war, entfernte sie sich. – „Betti,“ rief ich, mit letzter Anstrengung, „ich bin für Niemand mehr zu Hause, und wenn der Großmogul auf den Händen angelaufen käme.“ –

Aber eine Ausnahme mußte ich dennoch machen. Frau Helbich, die kleine Restaurateursfrau, ließ sich nicht abweisen, da sie wichtige Mittheilungen hatte. Sie war genau unterrichtet. Die Skatspieler hätten sich über den Fall hin und her gestritten, dadurch sei sie aufmerksam geworden. „Frau Buchholz,“ sagte sie, „Ihnen verdanken wir all unser Glück, und nun müssen wir erleben, daß Sie so schreckliche Heimsuchung haben. Das Herz möchte sich Einem umdrehen. Sie sind ganz gewiß unschuldig.“ – „Das bin ich, Frau Helbich, aber Niemand will es glauben.“ – „Ich glaube es,“ rief sie lebhaft, „und deshalb bin ich gekommen, denn sehen Sie, was auch gesagt wird, der Hund ist verdächtig.“ – „Ach nein, die Advokaten haben schon Alles ergründet.“ – „Das Erste, was Einbrecher thun, ist, daß sie die Kettenhunde vergiften.“ – „Das stimmt nicht, diesmal war es ein Möppel.“ – „Eben deshalb. Die Kettenhunde liegen draußen, da können sie heran, aber der Mops war drinnen, wer hat ihm nun das Gift gegeben? Doch nur eine Person, die im Hause war.“ – „Das stimmt auch nicht Frau Helbich, denn sie haben ihn mit einer Schlinge umgebracht. Sie irren sich.“ – „Einer von unseren Mittagskunden, ein Student meinte so. Der sagte, wenn man das Gift nachwiese, wären Sie durch.“ – „Frau Helbich, ich danke Ihnen für das Mitgefühl, aber das Gericht wird doch wohl klüger sein, als der Student und wir Uebrigen, die kein Studium genossen haben. Es wurde ja Alles untersucht und nichts gefunden.“ – „Und ich hatte so sicher gehofft, ihnen Hilfe zu bringen. Frau Buchholz, sie können nicht glauben, wie sehr ich Sie beklage.“ – Sie fing an zu weinen und ich auch, von allen Anfechtungen war dies die angreifendste, denn wir waren so hilflos alle Beide. Und am nächsten Tage sollte entschieden werden. –

Ich war derart herunter, daß ich zu Bett ging, ehe es dunkelte. Mein Karl kam und setzte sich zu mir. Er sprach sehr liebevoll und sagte, ich sollte die Sache nur nicht schlimmer nehmen, als sie wäre. Hatte er aber so vielen freundschaftlichen Besuch gehabt wie ich?“ – „Ruhe Dich nur aus,“ sprach er, „und sei nicht traurig. Wenn die Prüfungen überstanden sind, kehrt Dein alter froher Sinn wieder. Du liegst hier so ruhig und gemüthlich, sei nur vergnügt." – „Karl," entgegnete ich, „Du verlangst doch wohl nicht, daß ich schnurren soll, wie ein Hauskater? Selbst wenn ich es könnte, brächte ich es in diesem Elend nicht zu Stande." –

Betti kam und fragte, ob ich irgend worauf Appetit hätte. „Ein wenig Zwieback und Milch kannst Du später bringen, nur soviel, um das Leben zu fristen, aber es hat noch Zeit."

Ich hatte keinen Hunger. Fürchterliche Gedanken vertrieben ihn. Im Halbschlummer hatte ich Träume von Kerker und Hinrichtungen und obgleich ich mir zuredete, daran sei das Geschwätz von der Bergfeldten schuld: sowie ich die Augen schloß, ging das Verhörtwerdensollen wieder los.

Mein Karl sagte mir „Gute Nacht" und Betti bestand darauf, daß ich etwas zu mir nähme. Ihr zur Liebe zwang ich mich und fand, daß es mir besser mundete, als ich dachte. Die Milch war frisch gekocht und der Zwieback knusprig. Das Kind hatte eine Nachtlampe eingerichtet, die sie anzündete, und nachdem sie mich zärtlich geküßt hatte, ging sie. Ich war wieder allein. –

Dies also war die letzte Nacht eines bis dahin vorwurffreien Lebens, in der Folge durfte ich den Blick nicht offen mehr erheben. Und wenn Zweie tuschelten und spöttisch lachten, mußte ich nicht stets vermuthen, es gälte mir? Wenn mich Jemand schief ansah, hatte er vielleicht kein Recht dazu? Konnte ich jemals wieder den Stab über meine Nebenmenschen brechen, ohne mir zu sagen: „Du hast ja selbst auf der Anklagebank gesessen und bist verurtheilt worden?" Und dazu fiel mir der Spruch ein, der Himmel mag wissen, woher er stammt: „Weh' Wilhelmine! Ihr Antlitz wenden Verklärte von Dir ab." – Schlafen wollte ich, ach wie gerne schlafen.

Ich legte mich bald auf diese Seite, bald auf jene, und wie ich eben dachte, nun schlummerst Du ein, da fühlte ich, daß Zwiebackkrümel ins Bett gerathen waren, die bei der leisesten Bewegung prickelten und peinigten. Von Minute zu Minute vermehrten sie sich, bis die Folter unerträglich ward und mir nichts übrig blieb, als aufzustehen und das Bett von Neuem zu machen. Hierdurch wurde ich vollends munter und an Schlaf war nicht zu denken.

Ich lag und lag und grübelte ebenso wie vorhin. Halt, war da nicht wieder ein Krümel? Richtig. Es mußten welche auf den Bettvorleger gefallen sein und sich an die bloßen Füße gesetzt haben. Die ganze Parade kam richtig wieder anmarschirt; es war zum Verzweifeln. Ich weinte vor Aerger und Hinfälligkeit, wie wenig braucht doch unser Herrgott, um den Menschen zu strafen, ein einzig kleines Körnchen Zwieback langt schon. Ich wußte, ich war nicht immer gewesen, wie ich hätte sein sollen, aber hatte ich es wirklich so schrecklich verdient? Es war lange her, daß sich meine Hände inbrünstig falteten, jetzt fanden sie sich ganz wie von selbst zusammen und demüthig flehte ich um Beistand. Darauf kroch ich noch einmal heraus und machte das Bett abermals mit allergrößter Vorsicht. Als ich mich wieder gelegt hatte, kam es wie linder Friede auf mich herabgesenkt und damit auch der Schlaf. –

Am frühen Morgen weckte mich das Geräusch vom Reinmachen im Zimmer nebenan. Ich hörte, wie Doris die Fenster öffnete, die Stühle rückte und Alles in Ordnung brachte. Betti war auch schon auf. Sie kam leise herein, um zu sehen, ob ich noch schliefe und wunderte sich, mich schon wach zu finden. „Kind," sagte ich, „mit Kummer im Herzen und Krümeln im Bett schläft es sich schlecht." Sie half mir beim Ankleiden. Später kam Onkel Fritz, der mein Zeuge war, und so langsam die Uhr auch ging, die Zeit rückte doch heran, daß wir abfahren mußten. Der letzte Akt des Trauerdramas begann. –

Niemals war ich in dem Gerichtspalast draußen in Moabit gewesen und nun sollte ich ihn als Verklagte betreten. „Da hinten ist der Hof, auf dem geköpft wird," sagte Onkel Fritz und deutete auf eine Mauer. Ich flog zusammen. – „Fürchte Dich nicht," sagte er, „so lange Krauts die weißen Handschuhe noch anhat, ist er ungefährlich. Aber wenn er sie auszieht ...!" Mein Karl verbot ihm solche Reden und gab mir seinen Arm. Er fragte nach Zimmer 29; man wies uns zurecht, und nachdem wir einen langen Gang durchschritten, waren wir am Ziel. Einige Leute saßen dort auf Bänken, andere standen. Herr Greve und Frau waren da, sowie die Schutzleute und der Doktor. Und sie erblickte ich auch, die mir all' das anthat.

Aus dem Zimmer 29 trat jetzt der Gerichtsbote und las von einem Zettel: „Ahrens gegen Meier." Mehrere von den Wartenden gingen hinein, nach einer Weile kamen sie wieder heraus; sie hatten sich noch im letzten Moment vertragen. Die Glücklichen! – „Band gegen Buchholz," rief er nun. – Mir kreiste es im Gehirn. Als wenn ich in Teig träte, so schwer waren mir die Glieder, und mehr einer todtgeborenen Padde ähnlich als einem menschlichen Wesen, wankte ich hinein. Mir wurde ein kleiner viereckiger Verschlag angewiesen, wo ich auf einem Stuhle Platz nahm. Dies waren die Schranken, welche den Belasteten von der Mitwelt trennen.

An einem grünbezogenen erhöhten Tische saßen der Richter und die Schöffen nebst dem Gerichtsschreiber. Dieser las die Anklage vor. Rechts saß die Klägerin, in der Mitte standen die geladenen Zeugen, hinter denen das Publikum Platz genommen hatte, das eine Barriere von den Betheiligten schied.

Alles, was ich gesagt haben sollte, ward nun verlesen, o, wie klang es verletzend in dem Munde eines Mannes, der gar nicht dabei gewesen war. Und das mußte ich anhören. Der Richter, der durch sein schwarzes Barett ein überaus feierliches Ansehen gewann, sagte hierauf, daß Alles, was die Zeugen aussagen würden, eidlich erhärtet werden müsse, und ließ sie nach einer eindringlichen Vermahnung abtreten. Als sie fort waren, wandte der Richter sich an die Klägerin und mich und stellte uns vor, wie es doch besser sei, wenn wir uns aussöhnten; ob wir dazu bereit wären?

„Ja!“ seufzte ich.

„Nein!“ sagte die Person. Sie hätte ebenso gut ihre Reputation wie die Vornehmen und ließe sich nicht mit Füßen treten.

Dies sei nicht geschehen, entgegnete der Richter. Was sie daraus hätte, auf die Bestrafung einer unbescholtenen Dame zu dringen? Frau Buchholz würde die Kränkungen zurücknehmen und die Kosten tragen, dann sei ihrer Ehre vollkommen Genüge geschehen.

Darauf könnte sie nicht eingehen, die Buchholzen sollte sitzen und dreitausend Mark Entschädigung zahlen, das verlangte sie.

„Die Strafe bemißt das Gericht,“ erwiderte hierauf der Präsident in stark verweisendem Tone. „Sie haben gar nichts zu verlangen.“ – Ihr Advokat hätte aber so gesagt. – Dann müßte sie einen eigenthümlichen Anwalt haben. – Der verstände mehr als andere Rechtsgelehrte. – Das würde sich finden.

Da keine Einigung zu erzielen war, nahm die Verhandlung ihren Fortgang. Als erster Zeuge wurde Doktor Wrenzchen hereingerufen. Der Richter machte ihn darauf aufmerksam, daß er als naher Verwandter von der Zeugnißverweigerung Gebrauch machen könnte. – „Was wird er thun?“ fragte ich mich angstvoll, „wird er sich rächen und einen ewigen Bruch herbeiführen?“

Der Doktor sagte, er enthalte sich jeder Aussage und wolle nur seiner Verwunderung über die Dreistigkeit der Klägerin Ausdruck geben, ihn als Zeugen vorgeschlagen zu haben. Diesen Edelsinn rechnete ich ihm hoch an und werde es nie vergessen.

Nun kam Herr Greve. Der wurde nach Alter, Stand, und Religion gefragt und mußte schwören, nichts zu verschweigen und nichts hinzuzusetzen, sondern die reine Wahrheit zu sagen, so wahr ihm Gott helfe, während dessen mußte er die rechte Hand hoch erheben und Alle, die zugegen waren, mußten stehend theilnehmen.

Hierauf fragte der Richter Herrn Greve, ob er gehört habe, daß die Beklagte an jenem Abend die Klägerin eine „falsche Betrügerin“ genannt hätte? Herr Greve antwortete, dies könne er nicht erinnern. Ob er weiter vernommen habe, daß die Beklagte von der Klägerin behauptet hätte, „sie sei frech wie Oskar“? Dies Wort sei ihm im Munde einer gebildeten Dame allerdings aufgefallen, er habe daher gemuthmaßt, die Beklagte sei sehr erregt gewesen.

„Herr Gerichtshof,“ nahm ich das Wort, „hierfür kann ich den Beweis der Wahrheit antreten und bitte meinen Zeugen zu vernehmen. Sie hat sich nie anders als patzig und frech gegen mich betragen.“ – Onkel Fritz mußte erscheinen. Als er vortrat, rief die klägerische Person: „Den Zeugen lasse ich nicht gelten.“ – „Ueber die Zulässigkeit des Zeugen entscheidet das Gericht,“ sagte der Präsident. – „Das ist mir egal, ich nehme ihn nicht an. Er wollte mir einmal in die Backen kneifen, aber ich schlug ihm auf die Finger. Seitdem ist er mir feindlich.“ – „Ich hoffe, daß man mir keinen so schlechten Geschmack zutraut,“ sagte Onkel Fritz. Der Richter ersuchte ihn ernst, bei der Sache zu bleiben.

Onkel Fritz deponirte nun, daß die Klägerin sich ohne allen ersichtlichen Grund widerwärtig gegen die Beklagte gezeigt habe. Dies sei ihm auffällig gewesen, so oft wir zusammen das Haus des Doktors betreten hätten. – „Welche Veranlassung gab Ihnen die Beklagte dazu?“ fragte der Richter die Person. – „Ich kann es nicht haben, wenn Eine mir beim Kochen in die Töpfe kiekt,“ antwortete sie.

„Jawohl,“ rief ich, „damit eine erfahrene Hausfrau nicht bemerken soll, wie ihre Tochter an allen Ecken übervortheilt wird. Woher kommt es sonst, daß bei dem einfachen Leben, die Ausgaben so verschwenderisch groß sind, obgleich meine Tochter jede Kleinigkeit aufschreibt? Selbst mein Schwiegersohn ist stutzig geworden. Ihre Absicht war, mich aus dem Hause zu graulen, um die junge Frau auszubeuten, und deshalb fing sie den Skandal mit den Krebsen an.“ – „Nehmen Sie diese neue Insultation man gleich zu Protokoll,“ forderte die Person laut. – Doktor Wrenzchen stellte sich jedoch auf meine Seite.

Jetzt kam aber der gefährlichste Punkt. Die Beleidigungen schienen provozirt zu sein und wären kaum von Belang, sagte der Richter, aber die Behauptung, Klägerin hätte gemeinschaftliche Sache mit den Einbrechern gemacht, sei geeignet, dieselbe in ihrer bürgerlichen Stellung arg zu schädigen.

Die Schutzleute wurden nun verhört und sagten aus, ich hätte gerufen, die Lebensmittel wären wohl eigens für die Spitzbuben angekauft, und Klägerin hätte ihre Hände dazwischen gehabt. Dies beschworen sie und desgleichen Herr Greve und Frau.

Mir summte es vor den Ohren. Es war, als sänke der Fußboden des Zimmers ganz schräge herab und ich sollte nachrutschen. Krampfhaft hielt ich mich an dem Stuhle fest. „Sie kommen um eine milde Strafe ein, nicht wahr?“ fragte der Richter und wollte sich erheben, um das Urtheil mit den Schöffen zu berathen.

Hülfesuchend irrten meine Blicke umher. Da sah ich ein Antlitz, auf dem alle Barmherzigkeit der Welt ausgegossen lag und aus den thränenquellenden Augen drangen stumme flehende Bitten zu mir herüber. Ich verstand diese Bitten der kleinen runden Frau Helbich und wie aus höherer Eingebung stand ich auf und rief: „Herr Gerichtshof, noch eine Frage an die Klägerin: erst muß sie gestehen, warum sie dem Hunde das Gift gegeben hat.“

Man konnte eine Stecknadel fallen hören, so still ward es. Die Person verfärbte sich und schien ihre Sicherheit verloren zu haben. „Ich konnte das Unthier nie ausstehen,“ fuhr sie heraus. – „Also Sie räumen ein, den Hund vergiftet zu haben?“ fragte der Richter und sah sie durchbohrend an. – „Mir zum Aerger wurde er Maffi Pamph genannt, weil ich Marie Band heiße.“ – „Und deshalb brachten Sie ihn um?“ – „Ich wollte den Namen nicht länger hören.“ – „Herr Präsident,“ ergriff ich das Wort, „Maffi ist nur eine Abkürzung von Möppel und Pamph fügte Onkel Fritz hinzu, weil er wirklich ein Pamph war.“ – „So?“ rief die Person dazwischen und warf mir einen satanischen Blick zu, „das soll hier doch wohl kein Mensch glauben.“ – „Jawohl,“ antwortete ich, „Alles, was weich und zum Anfassen ist, fängt mit einem „M“ an, wie damals auch unser Muck. Man kann doch nicht ein Krokodil oder eine Klapperschlange auf den Schoß nehmen und streicheln und dabei „mein Meisecken“ sagen oder „Menne“.“ – Der Richter unterbrach mich, indem er sagte: „Ich muß Sie bitten, nicht abzuschweifen. Also mit dem Namen Maffi Pamph haben sie durchaus nicht die Absicht gehabt, die Klägerin zu verletzen?“

„I bewahre, wo werd' ich; Niemand ist damit gemeint worden. Dies sind Ausflüchte. Der Hund bellte jeden Fremden entsetzlich an, das kann Herr Greve bezeugen, und an jenem Abend sollte er natürlich schweigen, damit Herr Greve wegen des Lärms nicht herunterkäme und die Einbrecher überraschte. Und da das Thier sich nicht von ihr anfassen ließ, hat sie ihm was eingerührt." – „Es ist ja gar nicht wahr," rief die Person. – „Sie haben bereits halb eingestanden," wandte sich der Richter an die Klägerin, „Sie thäten gut, die ganze Wahrheit zu sagen. Leugnen hilft Ihnen nichts, die Wissenschaft hat Mittel, das Gift nachzuweisen." – „Na ja, ich hab' ihm Pulver gegeben, damit ich ihn los wurde."

„Und von wem bekamen Sie das Gift?" – „Aus der Apotheke." – „Aus welcher Apotheke?" – „Das weiß ich nicht mehr." – „Strengen Sie Ihr Gedächtniß an, es wäre doch sonderbar, wenn Sie das vergessen hätten?" – „Ich holte es nicht selber." – „Und wer that Ihnen den Gefallen?" – „Ein Bekannter." – „Wer ist dieser Bekannte; wie heißt er?" – „Es war ein fremder Mann, den ich bat ..." – „Wieder einmal der große Unbekannte," sagte der Richter. Er winkte dem Boten und flüsterte dem einige Worte zu. Dieser ging und kam dann mit einem Polizeibeamten zurück. Der Richter stand auf und sagte:

„Da die unverehelichte Marie Johanna Band dringend verdächtig ist, Beihülfe zu dem Diebstahl im Hause des Herrn Doktor Wrenzchen geleistet zu haben, wird dieselbe in Untersuchungshaft genommen und das Verfahren gegen sie aufs Neue eröffnet werden. Die Privatklage gegen Frau Wilhelmine Buchholz ist hiermit sistirt."

Die Marie Band folgte dem Polizisten ins Gefängniß und ich war frei.

Wir verließen das Zimmer 29, um Anderen Platz zu machen. Hoffentlich ist es das erste und letzte Mal, daß ich darin war. Sollte es aber dennoch sein, dann rede ich ganz andere Töne, da mir die Jurisprudenz jetzt ziemlich geläufig ist.

Als wir draußen waren und wie erlöst aufathmeten, kugelte die kleine Frau Helbich auf mich zu und wünschte mir Glück aus vollem Herzen. Frau Helbich sagte ich: „Sie haben einen durchdringenden Scharfsinn, was wäre mit mir geschehen, wenn Sie nicht gewesen wären?" – „Es hat so kommen sollen wie es kam," sagte sie, „Ihnen stand der himmlische Vater bei, der machte Alles offenbar zur rechten Zeit." – Ich drückte ihr die Hand: „Und Sie waren der Seraphim, den er mir sandte." – Wir verstanden uns. –

Nach etlichen Tagen erhielt ich wieder ein gerichtliches Schreiben: die Privatklage war aufgehoben.

Die Person hatte eingestehen müssen. Maffi war ausgebuddelt und wie ein Mensch in einer versiegelten Kiste an den Chemiker geschickt, der unglaublich viel Gift gefunden hatte, das der Mops sich durch seine Freßgier zugezogen haben mußte. Die Schlinge um den Hals war ebensolche Spiegelfechterei gewesen, wie die Fesselung der Person und das Tuch im Munde, und auch war herausgekommen, daß der eine Komplice sich ihr zuerst als Bräutigam genähert hatte, wobei er sie theils mit Liebe, theils mit Beraubung umgarnte. Wenn sie natürlich nicht von Hause aus diebstehlerisch veranlagt gewesen wäre, hätte sie sich nicht darauf eingelassen, aber ich sagte ja stets, sie taugte nicht, und Maffi war derselben Ueberzeugung gewesen, gerade so wie Professors Polli, der das Weib auch nicht riechen konnte, welches nachher in den Arrest mußte. Kluge Hunde haben mitunter übernatürliches Wissen.

Die Polizei war durch diese Entdeckung auf den abendlichen Verkehr der Person aufmerksam geworden und hatte Anhaltspunkte. Man spürte den Einbrechern nach, und der Doktor fing an auf sein Silberzeug zu hoffen.

Mir aber lagen die Prüfungen der letzten Zeit noch immer in den Gebeinen, und mein Karl hatte einen grauen Schimmer in seinen Haaren bekommen. Mein herzenstreuer, lieber Karl, so hatte die Sorge um meinetwillen Dich betrübt? Kann ich das je wieder gut machen mit aller Liebe?

Mein Schwiegersohn

Es half kein Dagegenankämpfen und kein Zureden, die Erlebnisse der letzten Wochen hatten mir den Dampf angethan, und wenn ich mir auch Mühe gab, zu lächeln, wie die Gebisse in den Schaukasten der Zahnärzte, Stimmung und Gesichtsfarbe wurden mit jedem Tage verdrießlicher und graugelblicher. So fest ich mir auch vorgenommen hatte, meinen Karl mit sanftester Nachgiebigkeit zu behandeln, war es mir dennoch unmöglich, das mürrische Wesen zu bezwingen, mit dem ich ihm und Betti das Leben verbitterte, ohne es zu wollen. Die Fliege an der Wand ärgerte mich und die Beiden kriegten die Schelte dafür. Frau Helbich brachte mir zwar ein Fläschchen mit selbst destillirter schwedischer Lebensessenz, aber die verdarb den Magen so gräßlich, daß ich einen Abscheu gegen sie faßte. – Ich war krank.

Als es gar nicht weiter ging, that ich endlich, wie mein Karl schon gleich anfangs wollte, und ließ Dr. Wrenzchen holen. – „Er hat sich reizend gegen Dich benommen, als er vor Gericht stand," sagte mein Karl, „Du kannst ihm vollauf vertrauen." – Ich aber befürchtete, er würde mir Medizin verschreiben, die mir schaden könnte. So umnachtet war mein Geist. Zuletzt mußte er doch heran.

Der Doktor examinirte mich eingehend und sagte, daß allein eine längere Kur in Karlsbad im Stande wäre, meine Gesundheit wieder herzustellen. – „Nein," erwiderte ich, „so weit lasse ich mich nicht verschicken, wie soll es werden, wenn ich nicht hier bin?" – „Sie können ohne Sorge reisen, und zwar je eher um so lieber." – „Damit ich Ihnen aus dem Wege bin!" – „Damit Ihr Zustand kein chronischer wird." – „Aber wenn Emmi nach ihrer Mutter verlangt ...?" – „Wollen Sie sich und Ihren Kindern erhalten, so folgen Sie meinen Anordnungen; als Schwiegersohn willfahre ich Ihnen in allen billigen Dingen, als Arzt bin ich dagegen unnachsichtlich und verlange Gehorsam. Entweder Sie gehen in den nächsten Tagen nach Karlsbad, oder ich sende Ihnen den Notar, daß Sie Ihr Testament machen können."

Das half. Die nöthigen Vorbereitungen waren bald getroffen, und nach einem erbärmlich traurigen Abschied setzten Betti und ich uns auf die Bahn. Konnte ich wissen, ob wir nicht statt nach Karlsbad direkt in den Tod fuhren? –

Betti hatte sich sofort entschlossen, mich zu begleiten, und ertrug meine unbewußten Launen mit duldsamster Langmuth. Eine wie ganz Andere war sie doch geworden, seitdem das Leben ihr bitteres Leid zufügte. Früher das Geballer mit den Thüren und Kopf-in-den-Nackengewerfe, und jetzt kaum hörbar und nur liebevolle Hingebung. Ich hatte ja auch Leiden genug gehabt, aber die waren auf Galle und Milz geschlagen. Ob Karlsbad helfen würde? Ich zweifelte daran.

Dazu hatte ich um so mehr Grund, als in den ersten Tagen keine Idee von Besserung zu spüren war. Das Wasser wurde vorschriftsmäßig getrunken, am frühen Morgen befand ich mich mit noch einigen Hunderten in der langen Menschenreihe, die an dem Marktbrunnen vorbei patroullirte und sich von den Quelljungfern das warme Wasser in weißen Porzellanbechern reichen ließ. Dann ward spazieren gegangen und irgendwo im Freien der Kaffee genommen. Betti meinte, Karlsbad sei wunderschön, wie es von Bergen und Waldungen eingeschlossen, von der Tepel durchströmt werde, aber das konnte ich nicht finden; mir war Alles zuwider.

Ich ließ auch den Ansichten über den nutzlosen Aufenthalt unverhohlen freien Lauf und äußerte an einem Morgen laut zu Betti, die nicht von meiner Seite wich, es sei unverantwortlich, hierher verstoßen zu werden, wo man statt besser nur noch gelber würde. „Das ist gerade richtig," redete uns ein älterer Herr an, der unmittelbar hinter mir ging, „sehr häufig verschlimmert sich die Krankheit im Anfang, aber das ist ein Zeichen davon, daß das Wasser wirkt; nach acht Tagen werden Sie anders reden." – „So?" fragte ich ungläubig. – „Verlassen Sie sich auf mich, ich besuche Karlsbad schon seit dreißig Jahren und kenne die Heilquellen. Mein Name ist Leopold Freund aus Breslau, es soll mich freuen, Ihnen mit Rath beistehen zu können." – Ich stellte uns darauf vor und wir gingen miteinander brunnentrinkend weiter. Auf einmal sagte Herr Freund: „Warum braucht Ihr Fräulein Tochter nicht auch die Kur, sie ist ja ganz gelb?" – „Warum nicht gar?" rief ich, „der Schein kommt von dem Futter ihres Sonnenschirms." – „Wirklich nur ein Reflex," lachte Herr Freund, „es ist merkwürdig, wie leicht man Jemand für kurbedürftig hält, wenn man so für Karlsbad schwärmt, wie ich."

Weil Herr Freund ein lebendiger Beweis für die Heilkraft der Quellen ist, betrachten die Karlsbader ihn, als wenn er ein Bürger ihrer Stadt wäre, und daß er wiederum vertraut mit den Verhältnissen ist, bezeugte die immer deutlicher zu Tage tretende Wirkung des Wassers.

Der Apfelsinenteint und der Mißmuth verschwanden allmählich. Lebenslust kehrte wieder zurück und das Auge erfreute sich immer mehr an den Schönheiten der Natur, während wir anfangs nicht weiter gingen, als höchstens zum Freundschaftssaal, oder Pupp, oder dem Posthof, machten wir jetzt größere Ausflüge und fast jeden Tag nannte Herr Freund uns eine neue Partie. Er selbst ging aber nie mit, sondern zog vor, spazieren zu sitzen. –

Eines Tags hatte er uns empfohlen, über die „Otto's Höhe" und das „ewige Leben" nach dem „Bergwirthshaus" zu wandern, wir thaten auch demgemäß und kletterten rüstig auf die Höhen. Die Aussicht war anmuthig und der Wald dermaßen verlockend, daß wir immer tiefer in seine grüne Dämmerung drangen, bis wir uns regulär verlaufen hatten.

„Wir ruhen uns erst ein wenig aus und kehren wieder um," rieth ich. – Betti sagte: „Setze Du Dich auf jenen Felsblock, ich werde vorangehen und den rechten Weg suchen."

„Welchen Allarm hättest Du wohl geschlagen, wenn dies im Anfang der Kur vorgefallen wäre," dachte ich und sann darüber nach, wie merkwürdig doch die Felsenbouillon ist, welche kochend aus der Erde hervorsprudelt und nicht nur den Körper reinigt, sondern auch das Gemüth. Noch eine kurze Zeit, und ich konnte meinem Karl so gut wie neu in die Arme fliegen, als wäre ich bei Spindler gewesen. Allwöchentlich kam ein Brief von Berlin, wo Alles in bester Ordnung war, während mir das Schreiben große Mühe machte, woran das Wasser schuld ist, das keine geistige Thätigkeit haben will.

Als ich mich schon über Betti's Ausbleiben beunruhigte, ward sie wieder sichtbar und zwar in Begleitung eines älteren Herrn, mit einem Strohhute, mit einer Brille, weißlichem Barte und einem Stocke, auf den er sich beim Gehen stützte. Er raisonnirte über sein Podagra, aber war trotzdem bereit, uns zu führen. Wir erzählten ihm, wie wir in die Wildniß gelangt waren, worauf er bemerkte, es gäbe theoretische und praktische Spaziergänger, aber die letzteren wären auch nicht viel werth, wenn die Potentaten ihren Dienst versagten.

Leidensgefährten machen bald Bekanntschaft, und noch ehe wir das Bergwirthshaus erreicht hatten, nannte er mich Mutter Buchholz und mußte Betti Papa Michaelsen zu ihm sagen. Er war aus Norddeutschland nach Karlsbad gekommen, um den Rothwein abzubüßen. Auf meinen Einwurf, er sollte ihn doch stehen lassen, wenn er ihm nicht bekäme, antwortete er, so grausam könne arm Vatter nicht sein.

„Was dies bedeutete?“ fragte ich. – Er entgegnete, wenn man sich selbst nicht bedauerte, Andere thäten es nicht, und das müsse Jeder am besten wissen, wie viel er bedauert werden müßte. – Ob er es so nöthig hätte? fragte ich. – Je nachdem, das hinge von den Jahrgängen ab. –

Wir schlossen uns recht aneinander, da Herr Michaelsen die Gegend kannte und um so fleißiger mitging, je mehr ihm der Sprudel auf die Beine half.

Wir waren zusammen nach den Hans-Heilingfelsen, die einen versteinerten Hochzeitszug vorstellen sollen, und nach dem Aberg, wo wir an der schwarzen Madonna vorbeikamen, die als Bildniß in einem Baum angebracht ist. Arm Vatter Michaelsen hielt nicht viel von schwarzen Madonnen. Dagegen erklärte er uns Mineralogisches und den Bau der Erdrinde, wofür Betti ziemlichen Sinn hatte. Ich bemerkte, es sei doch eigenthümlich, daß der Brunnen an Ort und Stelle am wirksamsten wäre, wie mein Schwiegersohn der Doktor gesagt hätte, ob die Forscher, die doch Alles nachmachen, nicht z. B. solche Quelle in Berlin einrichten könnten. Wie er darüber dächte? – „Es giebt zwei Sorten von Chemikern,“ antwortete er, „unnütze und schädliche. Beide haben schon genug Unfug angerichtet. Die Einen lehren das Verfälschen und die Anderen betreiben es.“ –

Uns fehlte etwas, wenn wir nicht mit Papa Michaelsen beisammen waren, und der Alte hielt soviel von Betti, daß er uns vorschlug, noch acht Tage zuzugeben. Dann sei seine Kur zu Ende und wir könnten die Rückreise gemeinschaftlich antreten. Ich willigte ein, da auch Herr Freund eine Nachkur für sehr angebracht hielt; ich wollte aber, wir wären zur rechten Zeit daheim gewesen.

Wir sitzen nämlich am Morgen friedlich bei Pupp und frühstücken, Betti einen verkehrten Kaffee mit mehr Milch, und wir beiden Alten den kurgemäßen rechten mit so viel Sahne als bei vernünftigen Menschen seit Adams Zeiten Mode ist. Da kommt der Telegraphenbote mit einer Depesche an mich, von der Dienstmagd unseres Quartiergebers begleitet, damit er mich fände. Ich öffne und lese:

> „Ein gesunder Junge, braune Augen, ganz der Vater, soll Franz heißen. Mutter äußerst wohl!
>
> Wrenzchen,"

Dies Ereigniß kam mir sehr unerwartet. Papa Michaelsen gratulirte auf das Herzlichste und nannte Betti gleich Tante. Ich konnte aber in den scherzenden Ton nicht einstimmen, denn wer sollte die Leitung des Ganzen übernehmen, wenn ich nicht da war? Aber noch mehr sollte ich überrascht werden, als eine halbe Stunde darauf eine zweite Depesche anlangte, worin es hieß:

> „Ein gesunder Junge, blaue Augen, ganz die Mutter, soll Fritz heißen. Der Vater den Umständen nach wohl!
>
> Wrenzchen."

„Ich weiß nicht, Herr Michaelsen, sind meine Verstandeskräfte noch von dem Brunnen angegriffen, oder was ist vorgefallen?" fragte ich. „Erst hat der Junge braune Augen und nun mit einem Male blaue ..."

„Es kommt vor, daß die Farbe der Augen wechselt," belehrte arm Vatter uns, „nach Darwin ist das attavistisch begründet, aber der kurze Zeitraum, in dem es diesmal geschehen, macht den Fall höchst interessant. Er muß nothwendig in einer wissenschaftlichen Zeitschrift veröffentlicht werden."

„Und warum soll der Junge erst Franz und dann Fritz heißen? Einmal sieht er dem Vater ähnlich, ein andermal der Mutter, das ist doch menschenunmöglich."

Papa Michaelsen sah mich einen Moment ungeheuer listig über die Brille an. „Sollten es am Ende gar zwei sein?“ fragte er.

„Zwei? Wo sie nur auf Einen eingerichtet sind? Ach was, es ist alles Unsinn, hier steht ja deutlich: „der Vater den Umständen nach wohl,“ das hat kein Anderer angestiftet als Onkel Fritz. – Ich finde solche Späße sehr unkurgemäß.“

Am nächsten Tage kam ein Brief von meinem Manne, der die Zwillinge bestätigte. Onkel Fritz würde mir wohl depeschirt haben, auch daß sie Franz und Fritz getauft werden sollten. Der Doktor hätte keine Zeit gehabt und ihn gebeten, für ihn auf das Telegraphenamt zu gehen. Emmi sei wohlauf und voller Glück.

Franz und Fritz! Die Namen gefielen mir keineswegs. Den Einen konnte er ja Franz nennen, weil er selbst so heißt, aber wäre es nicht hübsch gewesen, wenn der Andere Wilhelm hieße, halb dem Kaiser und halb mir zu Ehren? – Was wird das für eine Wirthschaft; jedes Stück muß mit dem vollen Namen gezeichnet werden, wenn es nicht ewig Verwechslungen geben soll. Ich sah das Durcheinander bereits lebhaft vor mir.

Aber noch eine Nachschrift hatte der Brief: „Franz ist in der letzten Stunde des letzten Mai und Fritz in der ersten Stunde des ersten Juni geboren, was sagst Du dazu?“

„Daß, wenn man nicht überall dabei ist, nur Dummheiten gemacht werden,“ rief ich aufgebracht aus. „Die armen Kinder; kein Mensch nimmt ihnen ab, daß sie Zwillinge sind, wenn der Eine seinen Geburtstag im Mai, der Andere ihn im Juni feiert. – Und obendrein Franz und Fritz! Warum nicht lieber gleich Max und Moritz?“ –

„Herr Michaelsen,“ sagte ich, „wir müssen Knall und Fall reisen, ich kann nicht eine Minute länger in Berlin entbehrt werden. wenn ich säume, finden wir ja wohl das Brandenburger Thor nicht mehr auf seinem Platz, so unerhörte Dinge gehen vor.“

„Brennt denn die Spree?“

„Wenn's weiter nichts wäre! Aber bedenken Sie blos: mein Schwiegersohn ist ohne Aufsicht!“

Onkel Fritz

Das Wiedersehen zu Hause war ein überaus erfreuliches und als ich meinen Enkeln den ersten Kuß auf die kleinen Stirnchen drückte, fand ich Alles gut, was geschehen war, schließlich konnten die beiden kleinen Wesen auch nicht für ihren Vater verantwortlich gemacht werden, der ja von nun an eine Nebenrolle zu spielen hat, weil sich Alles um die Kinder dreht. Mein Tagesstandquartier nahm ich sofort bei Doktors. Freilich wehrte er sich anfangs dagegen, aber ich fragte ihn: „Wollen Sie Weib und Kinder umbringen?" worauf er nachgab. wie wurde er aber auch gepflegt, da ich nun selbst ohne Furcht in der Küche hanthieren konnte; nach acht Tagen glänzte er ordentlich.

Emmi erholte sich von Tage zu Tage. Sie erhielt unter meiner Leitung auch nur Bekömmliches und Stärkendes, und wenn es je einen Cerberus gegeben hat, so war ich das in dieser Zeit vor dem Zimmer meiner Tochter. Nur wollte mir nicht gefallen, daß keine Wiegen angeschafft worden waren, sondern unbewegliche Bettstellchen. Emmi erklärte mir, Franz habe gesagt, das Schaukeln sei unhygienisch und mache die Kinder dumm. „Er selbst ist doch nach der alten Manier aufgezogen," warf ich ein, „und hat es trotzdem zum Doktor gebracht. Na, vielleicht wäre er ohne Wiegen schon längst Sanitätsrath."

Gar oft wünschte ich eine Wiege herbei, namentlich für den kleinen Franz, der schreiiger Natur ist und den Großmama Buchholz so lange auf den Arm tragen muß, bis er sich beruhigt. Ich bemerkte dem Doktor, daß in unserer Linie Derartiges niemals stattgefunden habe und diese Untugend von seiner Familie stammen müsse. Er sagte: „Liebe Schwiegermutter, das ist ja nur äußerlich."

Des Abends kam mein Karl oder Onkel Fritz mich abholen und gleichzeitig nach Befinden zu fragen; am Donnerstag ging der Doktor zu meinem Erstaunen nicht aus. Ihm fehlte freilich den ganzen Tag etwas, und je mehr es Abend wurde, um so deutlicher sah man ihm an, wie sehr er seine gewohnte Partie entbehrte.

Gegen Achten fragte Dr. Paber an, ob sie ihn in ihrer Medizinischen Gesellschaft erwarten dürften? Ich bat Dr. Paber zum Abendbrod zu bleiben, das Mädchen könnte gehen und absagen, Franz würde sich sehr freuen, mit ihm zu plaudern. Dr. Paber willigte ein und da noch kalter Kalbsbraten stand, bereitete ich einen extraen Fleischsalat mit Majonaise und Capern und gekerbten Radiesern zur Verzierung darauf, aber nicht zu reichlich Gurken, den sie denn auch deliziös fanden. Als gegessen und ein großer Krug Pschorrbräu geholt worden war, sagte mein Schwiegersohn: „Hätten wir nun einen Skat, ich tauschte mit keinem König.“ – Dr. Paber blickte mich an und fragte liebenswürdig: „Wie wäre es, wenn Sie einmal einen Versuch wagten, gnädige Frau?“ – „Was, ich Skat?“ widersetzte ich mich. – „Sie kennen dies unterhaltende Spiel gewiß schon vom Zusehen,“ fuhr Dr. Paber fort. – „Schwiegermutter, seien Sie kein Frosch,“ sagte der Doktor. – „Ich glaube, ich habe keinen Kartenverstand,“ wandte ich ein, aber der Doktor brachte die Blätter und die beiden Herren weihten mich nun mit großer Ausdauer in die Regeln des Spieles ein, ohne mir jedoch die schlauesten Kniffe zu verrathen, wie ich merkte, als nachher Onkel Fritz erschien, der sich neben mich setzte und mir half. Ich gewann, sogar einen Grand mit Vieren schwarz. Dr. Paber äußerte darauf hin, er habe noch keine Dame mit mehr natürlicher Anlage fürs Tourniren getroffen.

So saß ich denn mit den drei Herren, die sich alle erdenkliche Mühe gaben, dem Laster des Spiels ein neues Opfer zuzuführen und, wie ich leider gestehen muß, erfolgreich, denn es war beinahe Mitternacht, bevor wir aufhörten. Meinen Gewinn theilte ich in zwei Theile, einen für Franz, den andern für Fritz. Mit den Namen war ich einigermaßen ausgesöhnt, seitdem der Doktor mir versichert hatte, die nächste Tochter solle Wilhelmine heißen. Er weiß ja auch, wie leidenschaftlich gerne ich Gevatter stehe. –

Onkel Fritz gegenüber galt es noch ein Versprechen einzulösen. Wenn auch die Prüfungen und die Karlsbader Kur meiner Reise nach Lingen hinderlich gewesen waren, hatte ich jetzt doch die erforderlichen Schritte gethan. Unterwegs fragte ich ihn: „Fritz, ist es immer noch Deine feste Absicht?“ – „Mich heirathert mehr denn je.“ – „Gut, wir werden sehen, was sich ereignet?“

Und es ereignete sich. Die Großmutter wollte mit Erika nach Berlin kommen und probiren, ob man dies Sündenbabel betreten könnte, ohne vom Teufel geholt zu werden. – „Wilhelmine, wie hast Du das möglich gemacht?“ fragte Onkel Fritz. – „Durch ein moralisches Schreiben,“ antwortete ich. „Du sagtest mir, sie sei hinter dem Gelde her, ... ich schrieb ihr, wie viel Du im Jahre einnähmest und daß sie nicht nöthig habe, herauszurücken, was Erikas Seelenheil anbeträfe, so erlaubte ich mir die Mittheilung, wir hätten einen beinahe vierhundertjährigen Propsten in der Familie, der ihr hoffentlich genügende Garantien böte. Das schlug zu Buch.“ – Onkel Fritz packte mich und tanzte mit mir rundum, wobei er ausrief: „Wilhelmine, Du bist ein Kapitalstück,“ bis mir der Athem versetzte. –

Die Großmutter wollte bei Krause's wohnen, aber ich hielt es für gerathener, sie zu uns zu nehmen, und das war gut, denn sie erwies sich über alle Begriffe zähdrähtig. – So ohne weiteres könnte sie ihren Konsens nicht geben, nach dem bloßen Schein zu dezidiren, wäre sündlich, quängelte sie. Erst als sie Onkel Fritzens Bücher durchgeschnüffelt hatte, deutete sie an, vielleicht könnte später einmal etwas aus der Partie werden. Es war noch guter, daß sie nicht hörte, wie Onkel Fritz laut darüber dachte.

Von meiner Seite ward ihr ziemlich ununterbrochen so zugesetzt, daß sie keine stichhaltigen Einwände mehr zurechtsinnen konnte. Schließlich aber blieb sie dabei, Berlin sei zu gottlos. „Sehen Sie sich doch erst in Berlin um, ehe Sie nach dem Schein dezidiren,“ gab ich ihr zurück. – „Sie läse in den Gazetten, wie es hier zuginge.“ – Das wäre Geschwätz, sagte ich. – „Oho!“ sagte sie.

Ich gab Betti meinen Posten bei Doktors und sprang selbst in die Bucht, denn der Großmutter mußte Berlin gezeigt werden. Onkel Fritz abonnirte gleich eine Rutsche bei Beskow und nun ging es bald hierhin, bald dorthin. – „Es ist wohl immerzu und alle Tage Schützenfest in Berlin?“ fragte sie. „Nein,“ erwiderte ich, „die vielen Leute auf den Straßen gehen ihren Geschäften nach, ausgeruht wird sich nach Feierabend und amüsirt des Sonntags.“ – Alles mußte sie sehen, was nur vorhanden war und dabei nicht hinzukriegen, es schien, als wenn sie sich jahrelang ausgeruht hätte, um in Berlin Fußreisen zu machen. Und ich immer mit.

Auf die Siegessäule wollte sie hinauf, aber sie ließ es, als ich sagte, es wäre für ältere Damen nicht schicklich. Das hätte mir gerade gefehlt, mich da hinauf abzuäschern. Und den Appetit, den sie sich heranholte; die unverdaulichsten Sachen bekamen ihr, sie mimmelte so lange, bis sie sie klein hatte. Das Ueberallmithin war eine Pönitenz, da uns doch ums verheirathen und nicht um das Sehenswerthe zu thun war. Was gingen uns die Klamotten an, die Schliemann ausgegraben hat? Meine Köchinnen haben mir schon mehr zusammengeschmissen, als die paar Scherben. In die Ruhmeshalle mußte sie, in die Bibliothek, ins Bildermuseum, und wovon sie sonst etwas gehört oder gelesen hatte, bis es uns zu viel ward und wir nicht mehr mochten, denn welcher Berliner besieht sich jene Sachen öfter, als höchstens alle Jahr einmal, und dann auch noch nicht? Als sie in das egyptische Museum wollte, erklärte Onkel Fritz, es wäre geschlossen, da die Mumien gerade gefüttert würden. So kamen wir glücklich darum.

Wohl war es ersichtlich, wie ihr Berlin von Tag zu Tag besser gefiel, aber die Verstocktheit wollte nicht weichen, ja sie bestimmte bereits den Tag der Abreise, ohne daß wir einen Schritt weiter gekommen waren. Sie kannte aber Onkel Fritz schlecht. –

An dem vorletzten Nachmittage fuhren wir nach Potsdam. Es war heiß und schwül und über den Gewässern schwebte ein leichter flimmernder Dunst und kurz bevor wir Schloß Babelsberg erreicht hatten, grollte der Donner und zuckten die Blitze am Himmel, der sich mit rasender Schnelligkeit umdüsterte. – Der Wind kam auf und sauste durch die Kronen der Bäume. Es werde ein schweres Gewitter, sagte der Kastellan und ließ uns in die Vorhalle des Schlosses treten. Er hatte richtig prophezeiht, denn nicht lange währte es, da fielen Blitz und Schlag zugleich und der Regen prasselte in Strömen herab. Es war Nacht am Tage geworden, und mit der Nacht war die Furcht über uns gekommen, zumal über die Großmutter. Sie steckte die Finger in die Ohren, um das furchtbare Krachen nicht zu hören, und schloß die Augen, um die entsetzlichen Strahlen nicht zu sehen; deshalb gewahrte sie auch nicht, wie in der Tiefe der Halle eine bleiche bange Mädchengestalt sich schutzsuchend an einen unerschrocken dastehenden Mann schmiegte, der sie mit starken Armen umfing. Und wenn der Himmel in Feuer auflohte und die düstere Halle mit schneeweißem Glanz erfüllte, sah ich glückseliges Lächeln auf den Zügen des Mannes. Es waren Onkel Fritz und Erika.

Als das Unwetter nachließ, besahen wir unter der Führung des Kastellans das Schloß Babelsberg, wir durften das Arbeitszimmer des Kaisers betreten und sein Schlafgemach, Nicht Sammt und Seide noch goldener Schmuck prunken in diesem Raum. Nur ein schmales Feldbett dient dem Kaiser zum nächtlichen Ruhelager, aber es ist, als hielte Hohes und Heiliges seine Schwingen darüber ausgebreitet, das Ehrfurcht gebietet.

Auch den Spazierstock zeigte uns der Kastellan, den sich der Kaiser im Jahre selbst aus einer Staude des Parkes schnitt. Den nimmt er am liebsten, wenn er am frühen Morgen durch die schattigen Laubgänge wandelt. Dann kommen alle kleinen Vögel von nah und fern zu ihm geflogen und sagen dem Kaiser gar Vielerlei, was sonst Niemand erfährt. wer weise und gerecht ist, versteht auch die Sprache der Vögel, dem ist nichts zu gering auf Erden. –

Es hatte sich aufgeklärt. Dem Unwetter war fröhlicher Sonnenschein gefolgt, wie dem Kriege der Friede, und Wald, Gewässer und Fluren lagen in ihrer ganzen Pracht vor unseren Blicken.

Wir mußten weiter. Wir kamen an dem Park des Marmorpalais vorbei, wo Prinz Wilhelm mit seiner Gemahlin Viktoria aus dem meerumschlungenen Schleswig-Holstein wohnt. Wir sahen in der Ferne Kinder spielen, es waren die Urenkel des Kaisers, die süßen Knospen am Hohenzollernstamme. Als Bismarcks Geburtstag war, haben die Eltern mit ihren Kindern eine Eiche gepflanzt, ganz allein. Mit ihren Schubkarrchen und Schaufelchen haben die Kleinen geholfen und als der Baum gepflanzt war, netzten sie das Erdreich mit klarem Wasser. Wenn die Knaben Männer sind, wird der Eichbaum ihnen Schatten spenden. –

In Sanssouci machte die Großmutter Augen, sie kann auch lange suchen, ehe sie Aehnliches wiederfindet. Wenn man beim Obelisken eintritt und durch den breiten Waldweg mit seinen Marmorgöttern und -Göttinnen die große Fontaine erblickt, so macht das einen stets von Neuem bezaubernden Eindruck. Und dann das Schloß oben auf der Terrasse. Dort lebte der alte Fritz und dort starb er. Die Uhr stand still, als sein Herz ausschlug, und so steht sie noch. Dies war der Großmutter ungemein interessant, sie fragte dem Aufseher die Seele aus dem Leibe und war nicht aus der Stelle zu bringen. Zuletzt wollte sie auch noch die Küche sehen, in der gekocht worden war. Für das Weltgeschichtliche hatte sie keinen Sinn. Und dabei nicht gelitten, daß Erika sich nur einen Schritt von ihr entfernte.

Freilich hatte sie in Sanssouci Unerwartetes gesehen, noch größer wurden ihr aber die Augen in Charlottenhof. Da rankten die Rosen fast bis zum Dache des griechischen Hauses hinauf und die Lilien öffneten die weißen Kelche, um im Verein mit ihnen zu duften. Und weiter hin leuchtete es von rothen Rosen, hellen und dunklen, eine schöner als die andere. War es ein Wunder, daß Onkel Fritz und Erika in den Rosengarten hinein gingen und daß er seine weiße Rose an sich zog und ohne die Großmutter zu fragen herzhaft küßte? Daran war nun nichts mehr zu ändern. – „Können Sie immer noch bockbeinig sein?" fragte ich.

Hatte das Gewitter sie mürbe gemacht oder dachte sie daran, daß auch ihr Leben einmal eine Rosenzeit gehabt, von der nur noch die kratzigsten Dornen nachgeblieben waren? Sie schwieg. Ich aber winkte den Beiden, und als sie vor uns standen, verabreichte ich der Großmutter einen angemessenen Aufmunterungspuff in den Rücken. Da sagte sie „Ja!“ –

Beim Weitergehen besprachen wir Aelteren das Praktische und weil ich dafür war, daß die Hochzeit bald sein sollte, gab es neue Kämpfe. „Mein Bruder hat lange genug gewartet,“ entschied ich, „in wenigen Wochen wird geheirathet. Nicht wahr, Fritz?“ – „Je eher, je lieber,“ sagte der. Die Großmutter maulte, das wäre gegen die Konvenienz. – „Schadet nichts,“ sagte ich. – „Man ist obligirt, die Dehors zu achten,“ sagte sie. – -Lassen Sie das Bremmeln man sein,“ sagte ich, „abgemacht ist abgemacht.“ – „Ist nicht,“ sagte sie. – „Ist doch!“ sagte ich. – Fritzens und Erikas wegen gab ich nach, aber ohne die Beiden wäre es zwischen mir und der Alten noch zu Buh und Bah gekommen.

Plötzlich blieb Erika stehen, da in der Nähe Schüsse fielen und Salve auf Salve knatterte. – „Was ist das?“ fragte sie bestürzt. „Die Soldaten exercieren im Feuer,“ antwortete Fritz. – „Wozu das?“ fragte sie weiter. – „Den Herd und das Haus zu schützen, wo Du walten wirst, mein Lieb,“ sagte er freundlich, „damit kein Feind die Rosen und Lilien unserer Heimath zertritt.“ – Sie blickte zu ihm auf. „Was wäre ich ohne Dich?“ sprach sie leise. –

Am Abend war Verlobungsfeier. Fritz war unsäglich ausgelassen und steckte sogar dic Großmutter mit seiner Lustigkeit an, mit der er dreimal Brüderschaft trank, so daß sie öfter mit ihm anstieß, als ihr gut war. Sie mußte am nächsten Tage bis Mittag im Bette bleiben und lebte wegen zu sehrer Kopfschmerzen nur von Natron und Juliushaller. Als ich Onkel Fritz hierüber Vorwürfe machte, sagte er äußerst trocken: „Wilhelm, ich kann mir nicht helfen, es ist hart, aber gerecht. Warum hat sie sich nicht besser an geistige Getränke gewöhnt?“

Wie es Allen geht

Franz und Fritz werden von Tage zu Tage niedlicher, und obgleich sie schon prachtvoll getauft werden könnten, will der Doktor damit warten, bis Onkel Fritz von der Hochzeitsreise zurück ist, der die Pathenstelle bei dem Jüngsten übernehmen soll, während mein Karl den Aeltesten halten wird.

Emmi ist nicht mehr allein, wenn ihr Mann auf die Praxis geht, und vermißt ihn an den Donnerstagen nicht, wenn er seine Freunde aufsucht. Man kann ja auch nicht leugnen, daß das Skatspiel etwas Magnetisches hat, indem es anzieht und festhält. Wenn wir des Abends bei Doktors sind und Emmi und Betti im Sopha sitzend handarbeiten, wozu Franz und Fritz zwiefache Veranlassung geben, spielen mein Mann, der Doktor und ich eine Partie, wobei es nur unangenehm ist, wenn einer von den Zwillingen zu quarren anfängt. Sowie es kaum heißt: „Franz schreit oder Fritz weint," dann rennt mein Schwiegersohn nach dem Schlafzimmer. Hätte er Wiegen angeschafft, würden diese Störungen, wenn auch nicht in Wegfall kommen, so doch bedeutend abgekürzt werden können und man brauchte nicht mit drei Mätzchen und Eckern-Aß viermal besetzt neben Schellen-Aß und Zehne wie eine Sphinx giepern, ob man das Spiel gewinnt oder ob es herumgeht. Nachher weiß natürlich Niemand, wer geben soll und der Streit ist da.

Im Winter, wenn Alle beisammen sind, werde ich Skatabende bei uns arrangiren. Da Dr. Paber bereits zugesagt hat und der Polizeilieutenant, als hochgebildeter Mann, ein sehr guter Skatspieler ist, haben wir nicht zu befürchten, daß es an Kräften fehlt, zumal sicher auf Onkel Fritz gerechnet werden kann und im Nothfall Herr Kleines heran muß, dem Umgang in der Familie außerdem nur Vortheil bringt. –

Onkel Fritzen's Hochzeitsfrack wird bereits gebaut, er zählt schon die Tage bis zu seiner Abreise nach Lingen, von wo aus er dann sogleich mit seiner jungen Frau an den Rhein zu gehen beabsichtigt. Meine Begleitung und die meines Karls lehnte er ab, aus Furcht, zu viel verwandtschaftliche Rührstimmung würde der Hochzeit einen thranigen Anstrich verleihen, und weil er sie recht fidel haben will, geht sein Freund Theodor Mann als Trauzeuge mit, der neben dem Ernst nie den Scherz vernachlässigt und durch seine Kunst in Gesang und Spiel die Freude als froh begrüßten Gast einführt, wohin er kommt. Als er mir die Idee mittheilte, zwei bis drei trinkende Mitglieder von seinem Singverein „Keuchhusten" einzuladen und zwar die geaichtesten, konnte ich nicht umhin zu fragen: „Fritz, was sollen die in Lingen?" „Blos zum Vergnügen der Einwohner," sagte er. – Ich warnte: „Du kennst doch den Charakter der Großmutter." – „'ne alte tüchtige Charybdis," lachte er, „schwelgt in Wasser, das ist gesund für Kinder, schadet den Großen auch nicht und schmeckt immerzu schön." – „Also!" – „Wie Du meinst." – „Ich meine, Erika würde auch kein Amüsement davon haben." – Da ließ er's. – –

Bei Weigelts hatte sich Manches geändert. Die Thorheit, auf das Vermögen der neuen Verwandtschaft hin Schulden zu machen, um mehr zu scheinen als wirklich zu sein, hat sich bitter gerächt. Mit Emils jähem Tod stürzten nicht nur die Luftschlösser ein, die sie für die Zukunft erträumten, sondern mit Entsetzen gewahrten sie den Abgrund, an den sie gelangt waren, seitdem sie statt vor die Füße in die Wolken sahen.

Aber Auguste verlor den Muth nicht. Sie fing wieder an Federblumen zu machen und war froh, die alte Kundschaft wieder zu erlangen; ihrem Manne legte sie das Politisiren gründlichst und zwar mehr durch ihr Beispiel in unermüdlichem Fleiße, als durch Reden. Zum Glück war Herr Weigelt noch nicht ganz vernagelt, sondern konnte wieder in die Reihe gebracht werden. Da der alte Bergfeldt nicht mehr fähig war, in seinen freien Abendstunden die Bücher von Handwerkern und kleinen Geschäftsleuten zu führen, veranlaßte Auguste ihren Mann, an des Alten Stelle zu treten und den Verdienst mit ihm zu theilen. Als Weigelt nicht mehr mit den politischen Verbrechern zusammenkam, schämte er sich nach und nach seiner Leichtgläubigkeit und schien zu begreifen, daß er zum Regieren doch wohl zu dämlich sei. –

Die Bergfeldten hat sich auf das Zimmervermiethen verlegt, aber sie traf es bis jetzt unglücklich mit ihren Chamber-garnisten. Der Erste brannte mit seinen Habseligkeiten durch und ließ sie mit dem letzten Monat sitzen, wobei noch verschiedene Auslagen und ein baar geliehener Thaler waren. Bei dem nunmehrigen Zweiten vermuthet sie Aehnliches, und hat deshalb eine Strippe durch das Schlüsselloch gezogen und das eine Ende an dem Koffer des jungen Mannes befestigt. Nachts bindet sie das andere Ende um ihr Handgelenk, damit sie sofort aufwacht, wenn er heimlich rücken will. Zum Oktober ziehen sie nach der Dorotheenstadt in die Universitätsgegend, wo es sich besser vermiethet, weil dort die Studenten wohnen, in deren empfängliche Herzen die Professoren den Samen der Wissenschaft versenken, der dann Morgens und Abends mit Bier begossen werden muß, damit er aufgeht. Ich wollte ihr schon Herrn Kleines rekommandiren, aber mir fiel noch rechtzeitig ein, daß er und die Bergfeldten doch wohl nicht zu einander paßten. Herr Kleines befindet sich in alter Weise. Herr Pfeiffer ist auch nicht solider geworden. –

Als ich neulich bei Augusten ging, fand ich sie in Trauer gekleidet eifrig bei der Arbeit, sie fabrizirte jedoch keine Blumen, sondern stückte einen ganz merkwürdigen Stoff zusammen. „Was wird denn das, wenn's fertig ist?“ fragte ich. – „Ein Kittelchen für den Jungen.“ – „Aber sage blos, was ist das für komisches Zeug, so appart gestreift, wie ich nie gesehen habe?“ – Sie wurde roth. „Warum soll ich Ihnen es verheimlichen,“ sagte sie darauf, „es sind die Ueberzüge von den blauseidenen Regenschirmen, die uns der Geldverleiher aufhalste. Die Dinger waren so faltenstreifig, daß man nicht damit unter Menschen gehen konnte. – Nun hab ich ja, was ich wünschte," fügte sie traurig lächelnd hinzu, „nun können meine Kleinen in Seide gehen."

„Es werden bessere Zeiten kommen," sagte ich ermuthigend. – „Wir wollen es hoffen," entgegnete Auguste. „Aber sie kommen nicht von selbst. Darum habe ich mein altes Zauberwort wieder in Gebrauch genommen: „dalli, dalli" von früh bis spät, und wenn wir einige Jahre ärmer leben, als wie wir wirklich sind, kommen wir aus allen Verlegenheiten heraus. Ach, Frau Buchholz, wie gerne wollte ich darben, lebte nur mein armer Bruder noch." – Sie weinte. – „Du mußt vergessen," sagte ich. – „Nie, erwiderte sie, „er war zu gut." – „Du hast Deine Kinder, denen mußt Du ganz gehören."

„Ich will sie zur Arbeit und zur Zufriedenheit erziehen," sprach Auguste, „Alles andere ist eitel; wir haben es erfahren." Und emsig, als gälte es Versäumtes wieder einzubringen, führte sie die Nadel.

Plötzlich hielt sie inne und lauschte. „Da ist Vater," sagte sie und eilte dem alten Bergfeldt entgegen, der langsam stolpernd die Treppe heraufkam. Er war ganz weiß geworden und greisenhaft, „wo ist Emil?" fragte er, nachdem er mich theilnahmlos begrüßt hatte.

Auguste ging und holte den kleinen Franz. „Bist Du da, mein Emil?" schmeichelte der Alte mit dem Kinde und der Junge kletterte auf seinen Schoß. – „Er kann sich immer noch nicht besinnen," flüsterte Auguste mir zu, „und hält unsern Franz für meinen Bruder, wir stören ihn auch nicht darin." Sie hatte dem Alten Kaffee warm gestellt, da er immer so um diese Zeit kam, um mit dem Kleinen zu spielen.

Er reichte ihm die Tasse mit zitternder Hand und ließ ihn trinken. „Schmeckt's, Emil?" fragte er. – „Famos!" antwortete der Junge. Das war auch Emils Lieblingswort in dem Alter gewesen.

Franz brachte, nachdem das Trinken erledigt worden war, seine Schätze herbei, allerlei zerbrochenen Kram, aber der Großvater kannte die einzelnen Stücke ebenso gut bei Namen, wie der Junge. Sie hatten einen Puppenbalg ohne Kopf, das war die Prinzessin Vallera, und ein einzelner nachgebliebener Kegel war Kanonier Puffschnute, die wohnten zusammen in einem Kasten, der mir merkwürdig bekannt vorkam. Und richtig war es das Orgelchen. – „Ist denn die Musike schon alle?" fragte ich. – „Die hat nicht lange vorgehalten," war die Antwort, „sie konnte das viele Inwendigbesehen nicht vertragen. Ich bin froh, daß das Quieken ein Ende hat, es erinnerte mich zu herbe an meinen Hochmuth. Zum Aufbewahren von Spielsachen ist das Dings aber ganz gut zu gebrauchen."

Wenn man den kleinen Knippkieler genau betrachtete, schien es, als wenn er etwas Ähnlichkeit mit Emil hätte, namentlich wenn er ganz Lust und Leben war, aber doch nicht so viel, daß er verwechselt werden konnte, wie es der alte Bergfeldt that.

Auf Augustens Bitte, die Beiden unbeachtet zu lassen, da sie sich dann am wohlsten befänden, ging ich um so lieber ein, als mir immer klarer wurde, daß der Alte wieder ein Kind geworden war. Als der Junge allmählich lauter und unbändiger ward, rief Auguste ihn, um das Kittelchen anzupassen. Es saß gut, aber trotzdem sah der Kleine aus wie ein blaues Zebra. Das genirte den aber nicht; er stolzierte auf und ab und sang dazu:

Bildung macht uns frei,
Schlägt die Thüren ein.

„Was singt das Kind sich da zurecht?" fragte ich. – „Das alte dumme Lied hat er von meinem Manne, als der noch Politik trieb; es soll heißen: „Bildung macht uns frei, schlägt die Tyrannei" ... Willst Du gleich aufhören!" – Der Alte rief den Kleinen zu sich und ich brach auf. „Verliere nur den Muth nicht," sagte ich beim Abschied zu Augusten. Sie antwortete: „Ich hoffe und vertraue." – –

Da Krauses mit Erika verwandt sind, so kann man es ja nicht ändern, daß sie uns auch etwas näher rücken, aber bis wie weit, da werde ich schon den Grenzpfahl einschlagen.

Der Eduard scheint sich zu bessern, seitdem er vom Gymnasium ist und nicht mehr mit den verstorbenen Sprachen gepiesackt wird. Das Studiren ist auch am Ende nicht Jedermanns Sache, was Viele erst einsehen, wenn sie mitten drin sind und es nicht mehr geht, ein anderes Geschäft von vorne anzufangen, weil sie theils zu herangewachsen, theils zu verwöhnt sind. Dann verkrüppeln sie wie Herr Weigelt, und was sie vorstellen, ist nichts Halbes und nichts Ganzes.

Will Eduard Seemann werden, so ist das immer verständiger, als mit sich und der Welt zu zerfallen, weil Einer nur widerstrebend das Amt verwaltet, an das er sich gezwungen heranstudirte. Aber andere Berufe sind ja in den seltensten Fällen fein genug; es soll heut zu Tage gleich Alles wie mit dem Luftballon hochgehen.

Herr Krause übt einen größeren Einfluß auf den Jungen aus als sonst und sagte mir, daß, wenn Eduard so bei bliebe, er sich der Hoffnung hingeben dürfte, einen brauchbaren Menschen aus ihm zu erziehen. Uns kann das wegen der Verwandtschaft nur angenehm sein, und wenn er auch mal an den Säulen war, so will ich kein Aufhebens weiter davon machen, denn man hat kennen gelernt, wie leicht Jemand aus dem verborgensten Dasein an die Oeffentlichkeit gezogen und in Anklage versetzt werden kann.

Was jedoch vorgefallen ist, warum Eduard den von der Mutter anerzogenen Ungehorsam aufgiebt, das kann hierorts Niemand recht herauskriegen, weil der alte Krause sich gründlichst darüber ausschweigt. Als ich die Krausen fragte, was Eduard eigentlich in Hamburg ausgefressen hätte, erzählte sie mir eine Räubergeschichte, die sie vielleicht selbst schon glaubt, aber doch nicht anderen Leuten zumuthen sollte. Das Kind hätte so gerne das Weltmeer sehen wollen, sagte sie, und als es in Hamburg gewesen sei, hätte der Kapitän von wahrscheinlich einem Sklavenschiff Eduard zwei Tage im Zwischendeck festgehalten, um ihn mit nach der Südsee zu nehmen. Ihr Mann hätte ihn aber noch rechtzeitig aufgefunden. – „Das war ein großes Glück," sagte ich, „denn wenn das Schiff bereits unterwegs gewesen wäre, hätte Herr Krause am Ende hinterher schwimmen müssen."

Na, das Gesicht, das sie machte. – –

Onkel Fritz hat seine Wohnung soweit ausgestattet, wie vorläufig hinreichend ist. Manches fehlte allerdings noch, als er mich zur Begutachtung holte, aber er sagte, daß er sich darauf freue, mit seiner jungen Frau nach und nach anzuschaffen, was nöthig sei. Ich konnte ihm nur recht geben, denn mein Karl und ich mußten uns auch anfangs nach der Decke strecken.

Dem entsprechend richteten wir denn unser Hochzeitsgeschenk ein, vor allen Dingen kein Alfenide oder plattirtes, sondern Gediegenes. Der Doktor hat sich angegriffen und eine Pendule abgeladen, Betti stickte ein Rückenkissen und der Gesangverein „Keuchhusten", der Fritzens Bedürfnisse kennt, schickte am Abend vor seiner Abreise nach Lingen eine Punschbowle mit zwei Dutzend Gläsern. Ein Dutzend zum Gebrauch, das zweite zur Reserve. Ich gab ihm noch eine große Tute Bonbons und Süßigkeiten für Erikas jüngere Geschwister mit, daß die armen Würmer doch nicht ganz versauern. – „Fritz," sagte ich, „schreibe recht bald, wie es abgelaufen ist." – „Wenn ich Zeit habe und mit heiler Haut davongekommen bin." – „Sei nur nett gegen die Großmutter." – „Mit der bin ich ja Du und Du." –

Der Zug setzte sich in Bewegung. Ich wollte ihm noch Nachrufen: „Fahre dem Glück entgegen, Du guter Junge," aber er war schon zu weit weg.

So war Onkel Fritz nun nach Lingen gereist, und da wir seinen Hochzeitstag nicht ungefeiert vorübergehen lassen wollten, schlug ich vor, das schöne Wetter zu benutzen und einen Ausflug zu unternehmen. „Was meinst Du," fragte ich Betti, „wenn wir Tegel einmal wieder unsicher machten?" – „Tegel?" entgegnete sie mit eigenthümlicher Betonung. „Gewiß, wenn Du es gerne willst." –

Ob ich aber wollte. Schon längst hatten mein Karl und ich einen Plan gefaßt, der sollte nun zur Ausführung gelangen. Dieser Plan war meine Idee, mein Karl sorgte für die Ausführung auf die Minute. –

Es war am Nachmittag. Wir hatten uns im Wald gelagert, von wo aus wir den See überblicken konnten, und da ich früher schon die Absicht hatte, hier einmal ein Picknick zu veranstalten, fehlte der Kober mit leiblichen Genüssen nicht. Betti war ziemlich einsilbig, sie mochte wohl daran denken, wie froh wir einst an denselben Orten gewesen waren, die wir heute wiedersahen.

Mein Mann litt auch an Wortkargheit, er wußte, was sich in der nächsten Viertelstunde ereignen würde, und war über den Ausgang wohl nicht ganz sicher. Ich dagegen hegte keinerlei Zweifel, hätte ich sonst gerade Tegel gewählt? An die Vergangenheit sollte die Gegenwart geknüpft werden, was dazwischen lag, war ein Wintertag. Wo sind Frost und Schnee, wenn der Weißdorn wieder blüht? – Vergessen!

Mein Karl zog wiederholt die Uhr und spähte auf den See, auch ich sah, wie ein Boot vom andern Ufer abstieß, das geradewegs auf den Waldsaum zulenkte, wo wir uns befanden. „Sollten die zu uns wollen?" fragte ich, als wüßte ich von nichts. – „Ich vermuthe," sagte mein Karl, und räusperte sich. „Ihr wißt," fuhr er fort, „daß ich gerne einen Kompagnon hätte, das Geschäft erfordert vermehrte Kraft." – Das Boot kam näher. – „Ich habe Jemand gefunden, der mein ganzes Vertrauen besitzt, aber ich möchte auch, daß er Euch zusagt." Hierbei sah er Betti an. „Von Eurem Urtheil will ich meine Wahl abhängig machen. Darum bat ich ihn, heute herauszukommen. Dort ist er."

Das Boot rauschte heran, kräftig gerudert, und nun schoß es fest auf den Strand. Betti war aufgesprungen und stand unbeweglich, sie hatte die Männer im Boote erkannt, Felix und Max, die beiden Freunde.

Raschen elastischen Schrittes eilte Herr Felix auf Betti zu und streckte ihr beide Hände entgegen, und sie gab ihm wie im Traume die ihrigen. – „Also doch „Buchholz und Sohn“,“ sagte ich leise zu meinem Karl. Er lächelte nur. –

Als wir durch den Wald zurückgingen, das Brautpaar voran, dann mein Karl mit dem Kober und Herr Max und ich als Nachhut, fragte ich ihn: „Sind Sie nun zufrieden?“ – „Ja,“ antwortete er, „von ganzem Herzen, mein Freund ist glücklich.“ – „Und Sie haben verdient, es auch zu werden; ich will Ihnen helfen, eine rechte, reizende Braut zu suchen.“

„Zu liebenswürdig,“ entgegnete er, „aber leider kommt Ihr Anerbieten zu spät, ich habe schon eine.“

„Na, aber über Ihnen aber auch!“ scherzte ich lachend, „vergessen Sie nur nicht, daß die Buchholzen darauf brennt, sie kennen zu lernen. – – – –

Als die Verlobung bekannt gemacht worden war, kamen sie Alle gratuliren. Die Polizeilieutenanten zeigte sich sehr erstaunt und meinte, da Herr Felix Schmidt Kompagnon würde, sei es wohl eine Vernunftehe, die sie eingingen. – Ich äußerte, Vernunft wäre allerdings dabei.

Von Wichmann kam ein gereimter Wunsch, worüber wir uns sehr amüsirten, weil er ganz dösig war. Er schreibt jetzt Kritiken über alles Mögliche, namentlich über ihm unverständliche Dinge und soll schon einen ziemlichen Schrecken um sich verbreiten.

Auch Amanda Kulecke trat an. „Kind, bist Du beneidenswerth,“ sagte sie zu Betti. „Du bekommst den Mann, den Du liebst. So sehen glückliche Bräute aus wie Du. Und schmuck ist er, daß muß man ihm lassen.“ Betti umarmte sie.

„Es wird Zeit, daß die Söhne des Landes sich nach mir umsehen,“ fing Amanda wieder an. „Neulich war allerdings Einer da, aber der gefiel mir nicht, ich kann keine kleine Leute leiden, und einen Weißkohlkopf hatte er dazu.“ – Man wußte nicht, ob sie ernst genommen werden wollte, oder ob sie sich selbst verhoneckte, aber soviel ist sicher, einen von den vielen abgeblaßten Modejünglingen von heute kann sie im steifen Arm verhungern lassen. Für ihr wirklich vortreffliches Herz ist sie zu groß gerathen. Schade um das Mädchen. – – –

Nach einigen Tagen traf der erste Brief von Onkel Fritz aus Rüdesheim ein. „Er ist verrückt geworden," rief ich, „Karl, lies diesen Unsinn." – „Lieber Wilhelm," lautete das Schreiben. „Wir sind am Rhein. Er ist bedeutend größer, als die Spree. Ob das Wasser darin naß ist, habe ich noch nicht probiert. Gestern setzte ich Erika oben auf den Loreleifelsen, wo sie auf einem goldenen Kamme blies, ich mit dem Bädecker unterm Arm, hörte im kleinen Schifflein zu. Dies Bild war von so mächtiger Wirkung, daß sämmtliche Dampfschiffe anhielten, und die Passage versperrten, bis berittene Schutzleute in den Rhein sprengten und sie auseinander jagten. Wilhelm, komme her, wir wiederholen den Zauber und Du spielst die Begleitung auf der Ziehharmonika dazu.

Onkel Fritz."

Er muß einen Sonnenstich gekriegt haben," rief ich. – „Karl, wie wird Dir dabei zu Sinne?" – „Auf der anderen Seite steht auch noch etwas," sagte er kopfschüttelnd. – „Lies es, Karl, ich bin fast ängstlich, so toll hat er es noch nie getrieben." – Mein Mann las: „Liebe Frau Buchholz. Können Sie es nicht möglich machen, zwei überglückliche Menschenkinder hier am Rhein zu besuchen, die Ihnen für Ihre Liebe danken möchten, indem Sie Ihnen immer wieder sagen, wie unaussprechlich glücklich sie sind? Wir gedenken Ihrer täglich; wie viel hält Fritz von Ihnen, wie werde ich Sie liebgewinnen. Kommen Sie, kommen Sie! Wie ist doch die Erde schön. Warum sind Sie nicht bei uns?

Ihre Erika.

„Weißt Du," sagte ich zu meinem Karl, „wenn Fritz mir seine Zuneigung ausdrücken will, macht er es umgekehrt wie die Apotheker mit den Pillen, das Süße nach Innen, und das Bittere nach Außen. Aber so viel sehe ich, wenn jemals zwei Menschen eine Hochzeitsreise machten, wie sie sich gehört, dann sind es Fritz und Erika." –

Ich konnte nicht abkommen. Betti's Einrichtung zum Herbst muß besorgt werden, die Zwillinge nehmen Zeit in Anspruch, und wenn man fort ist, weiß man aus Erfahrung, geht Alles drüber und drunter. Wir werden die Hochzeit im kleinen Kreise begehen; Betti wünscht es so. –

Dann ist das Haus wieder leer und groß, wie damals, als wir einzogen. Die Kinder sind fort, wir hören ihre Schritte nicht mehr, nicht mehr den Ton ihrer Stimme, sie sind ausgeflogen, wie die jungen Vögel aus dem Neste. Es ist einsam geworden, und wir sind wieder allein, mein Karl und ich, allein, wie in der ersten

Zeit. Da war mein Brautkranz grün; wenn der Flieder wieder im Garten blüht, trag ich den Silberkranz.

Ende.